LE PARFUM

Histoire d'un meurtrier

Patrick Süskind est né en 1949 à Ambach, en Bavière, il a fait des études littéraires à Munich et à Aix-en-Provence et exerce le métier de scénariste. Le Parfum *est son premier roman, puis ce sera* Le Pigeon *(Fayard, 1987). Il a également écrit une pièce de théâtre à un personnage :* La Contrebasse.

L'histoire abominable et drolatique de Jean-Baptiste Grenouille se passe en France, à Paris et en Provence, en plein XVIIIe siècle. Le misérable Grenouille semble promis au sort le plus triste et le plus obscur. Mais il possède un don. Lui qui pourtant n'a aucune odeur est pourvu d'un nez fabuleux qui enregistre toutes celles du monde...

Ce *vrai* roman, ce roman d'aventures, est aussi un merveilleux conte philosophique à la Voltaire. Il y est d'ailleurs beaucoup question d'*essences*...

« Car l'odeur était sœur de la respiration. Elle pénétrait dans les hommes en même temps que celle-ci ; ils ne pouvaient se défendre d'elle, s'ils voulaient vivre. Et l'odeur pénétrait directement en eux jusqu'à leur cœur, et elle y décidait catégoriquement de l'inclination et du mépris, du dégoût et du désir, de l'amour et de la haine. Qui maîtrisait les odeurs maîtrisait le cœur des hommes. »

PATRICK SÜSKIND

Le Parfum

Histoire d'un meurtrier

ROMAN

TRADUIT DE L'ALLEMAND
PAR BERNARD LORTHOLARY

FAYARD

Ce livre a été publié grâce à la recommandation
de MICHEL-FRANÇOIS DEMET

Cet ouvrage est la traduction intégrale, publiée pour la
première fois en France, du livre de langue allemande :

DAS PARFUM
Die Geschichte eines Mörders

édité par Diogenes Verlag AG, Zurich.

PREMIÈRE PARTIE

1

Au XVIIIe siècle vécut en France un homme qui compta parmi les personnages les plus géniaux et les plus abominables de cette époque qui pourtant ne manqua pas de génies abominables. C'est son histoire qu'il s'agit de raconter ici. Il s'appelait Jean-Baptiste Grenouille et si son nom, à la différence de ceux d'autres scélérats de génie comme par exemple Sade, Saint-Just, Fouché, Bonaparte, etc., est aujourd'hui tombé dans l'oubli, ce n'est assurément pas que Grenouille fût moins bouffi d'orgueil, moins ennemi de l'humanité, moins immoral, en un mot moins impie que ces malfaisants plus illustres, mais c'est que son génie et son unique ambition se bornèrent à un domaine qui ne laisse point de traces dans l'histoire : au royaume évanescent des odeurs.

A l'époque dont nous parlons, il régnait dans les villes une puanteur à peine imaginable pour les modernes que nous sommes. Les rues puaient le fumier, les arrière-cours puaient l'urine, les cages d'escalier puaient le bois moisi et la crotte de rat, les cuisines le chou pourri et la graisse de mouton ; les pièces d'habitation mal aérées puaient la poussière renfermée, les chambres à coucher puaient les draps graisseux, les courtepointes moites et le remugle âcre des pots de chambre. Les cheminées crachaient une puanteur de soufre, les tanneries la puanteur de leurs bains corrosifs, et les abattoirs la puanteur du sang caillé. Les gens puaient la sueur et les vêtements non lavés ; leurs bouches puaient les dents gâtées, leurs estomacs puaient le jus d'oignons, et leurs corps, dès qu'ils n'étaient plus tout jeunes, puaient le vieux fromage et le lait aigre et les tumeurs éruptives. Les rivières puaient, les places puaient, les églises puaient, cela puait sous les ponts et dans les palais. Le paysan puait comme le prêtre, le compagnon tout comme l'épouse de son maître artisan, la noblesse puait du haut jusqu'en bas, et le roi lui-même puait, il puait comme un fauve, et la reine comme une vieille chèvre, été comme hiver. Car en ce XVIIIᵉ siècle, l'activité délétère des bactéries ne rencontrait encore aucune limite, aussi n'y avait-il aucune activité humaine, qu'elle fût constructive ou destructive, aucune manifestation de la vie en germe ou bien à son déclin, qui ne fût accompagnée de puanteur.

Et c'est naturellement à Paris que la puanteur était la plus grande, car Paris était la plus grande ville de France. Et au sein de la capitale il était un endroit où la puanteur régnait de façon particulièrement infernale, entre la rue aux Fers et la rue de la Ferronnerie, c'était le cimetière des Innocents. Pendant huit cents ans, on avait transporté là les morts de l'Hôtel-Dieu et des paroisses circonvoisines, pendant huit cents ans on y avait jour après jour charroyé les cadavres par douzaines et on les y avait déversés dans de longues fosses, pendant huit cents ans on avait empli par couches successives charniers et ossuaires. Ce n'est que plus tard, à la veille de la Révolution, quand certaines de ces fosses communes se furent dangereusement effondrées et que la puanteur de ce cimetière débordant déclencha chez les riverains non plus de simples protestations, mais de véritables émeutes, qu'on finit par le fermer et par l'éventrer, et qu'on pelleta des millions d'ossements et de crânes en direction des catacombes de Montmartre, et qu'on édifia sur les lieux une place de marché.

Or c'est là, à l'endroit le plus puant de tout le royaume, que vit le jour, le 17 juillet 1738, Jean-Baptiste Grenouille. C'était l'une des journées les plus chaudes de l'année. La chaleur pesait comme du plomb sur le cimetière, projetant dans les ruelles avoisinantes son haleine pestilentielle, où se mêlait l'odeur des melons pourris et de la corne brûlée. La mère de Grenouille, quand les douleurs lui vinrent, était debout derrière un étal de poissons dans la rue aux Fers et écaillait des gardons qu'elle venait de vider. Les poissons, prétendument pêchés le matin même dans la Seine, puaient déjà tellement que leur odeur couvrait l'odeur de cadavre. Mais la mère de Grenouille ne sentait pas plus les poissons que les cadavres, car son nez était extrêmement endurci contre les odeurs, et du reste elle avait mal dans tout le milieu du corps, et la douleur tuait toute sensibilité aux sensations extérieures. Elle n'avait qu'une envie, c'était que cette douleur cessât, elle voulait s'acquitter le plus vite possible de ce répugnant enfantement. C'était son cinquième. Tous les autres avaient eu lieu derrière cet étal et, à tous les coups, ç'avait été un enfant mort-né ou à peu près, car cette chair sanguinolente qui sortait là ne se distinguait guère des déchets de poisson qui gisaient sur le sol, et ne vivait d'ailleurs guère davantage, et le soir venu, tout cela était balayé pêle-mêle et partait dans des carrioles vers le cimetière ou vers le fleuve. C'est ce qui allait se passer une fois de plus, et la mère de Grenouille, qui était encore une jeune femme, vingt-cinq ans tout juste, qui était encore tout à fait jolie et qui avait encore presque toutes ses dents et encore des cheveux sur la tête, et qui à part la goutte, la syphilis et un peu de phtisie n'avait aucune maladie grave, qui espérait vivre encore longtemps, peut-être cinq ou dix ans, et peut-être même se marier un jour et avoir de vrais enfants en étant la respectable épouse d'un artisan qui aurait perdu sa femme, par exemple..., la mère de Grenouille souhaitait que tout cela finisse. Et quand les douleurs se précisèrent, elle s'accroupit et accoucha sous son étal, tout comme les autres fois, et trancha avec son couteau à poisson le cordon de ce qui venait d'arriver là. Mais voici qu'à cause de la chaleur et de la puanteur (qu'elle ne percevait pas comme telles, mais plutôt seulement comme une chose insupportable et enivrante, un champ de lis ou une chambre close où l'on a mis trop de jonquilles), elle tourna de l'œil, bascula sur le côté, roula sous la table et jusque sur le pavé, restant là en pleine rue, le couteau à la main.

On crie, on accourt, les badauds font cercle, on va chercher la police. La femme est toujours là, couchée par terre, le couteau à la main, et elle revient lentement à elle.

On lui demande ce qui s'est passé.

« Rien. »

Et qu'est-ce qu'elle fait avec ce couteau ?

« Rien. »

Et qu'est-ce que c'est que ce sang sur ses jupes ?

« C'est les poissons. »

Elle se lève, jette le couteau et s'en va, pour aller se laver.

Mais voilà que, contre toute attente, la chose sous l'étal se met à crier. On va y voir et, sous un essaim de mouches, au milieu des entrailles et des têtes de poissons, on découvre le nouveau-né, on le dégage. On le confie d'office à une nourrice, la mère est arrêtée. Et comme elle ne fait aucune difficulté à avouer qu'elle aurait sûrement laissé crever le marmot, comme du reste les quatre précédents, on la traduit en justice, on la condamne pour infanticide réitéré et, quelques semaines plus tard, on lui coupe la tête en place de Grève.

L'enfant avait déjà changé trois fois de nourrice. Aucune n'avait voulu le garder plus de quelques jours. Il était trop goulu, disaient-elles, il tétait pour deux, il ôtait le lait de la bouche des autres nourrissons et le pain de la bouche des nourrices, puisqu'on ne pouvait pas vivre en n'en ayant qu'un seul. L'officier de police chargé de cette affaire, un certain La Fosse, commençait à en avoir assez et méditait déjà de faire porter l'enfant au centre de regroupement des enfants trouvés et orphelins, au bout de la rue Saint-Antoine, d'où partaient chaque jour des convois d'enfants à destination du grand orphelinat d'Etat de Rouen. Mais comme ces transports s'effectuaient par porteurs chargés de hottes de raphia où, pour assurer un meilleur rendement, on fourrait ensemble jusqu'à quatre nourrissons ; comme du même coup, le taux de décès en cours de route était extrêmement élevé ; comme pour cette raison les porteurs avaient pour consigne de prendre uniquement en charge des nourrissons qui fussent baptisés et munis d'un billet de transport en bonne et due forme qui devait être visé à l'arrivée à Rouen ; mais comme l'enfant Grenouille n'était ni baptisé, ni d'ailleurs pourvu d'un nom que l'on pût inscrire sur un billet de transport en bonne et due forme ; et comme d'autre part il n'était guère concevable que la police abandonnât anonymement un enfant en l'exposant aux portes mêmes du centre de regroupement, ce qui eût été le seul moyen de couper à toute autre formalité... bref, en raison de toute une série de difficultés, ressortissant à la bureaucratie et au fonctionnement des administrations, que semblait soulever l'expédition du petit enfant, et parce qu'au demeurant le temps pressait, l'officier de police La Fosse préféra renoncer à faire exécuter sa première décision et donna pour instruction qu'on remette ce garçon aux mains de quelque institution religieuse qui en donnerait décharge, veillerait à le baptiser et déciderait de son destin ultérieur. On put s'en défaire au profit du cloître Saint-Merri, dans la rue Saint-Martin. Il y reçut le baptême et le nom de Jean-Baptiste. Et parce que le prieur était ce jour-là d'heureuse humeur et qu'il avait encore quelques fonds pour les bonnes œuvres, l'enfant ne fut pas expédié à Rouen, mais mis à l'engrais aux frais du cloître. A cette fin, on le confia à une nourrice nommée Jeanne Bussie, dans la rue Saint-Denis, et l'on accorda jusqu'à nouvel ordre trois francs par semaine à cette femme pour salaire de ses efforts.

2

Quelques semaines plus tard, Jeanne Bussie se présentait, un panier au bras, à la porte du cloître Saint-Merri et, s'adressant au père Terrier qui lui ouvrait, un moine d'une cinquantaine d'années, chauve et sentant un peu le vinaigre, la nourrice lui dit :

« Tenez ! »

Et elle posa le panier sur le seuil.

« Qu'est-ce que c'est ? » dit Terrier.

Et il se pencha sur le panier en reniflant, supposant qu'il s'agissait de victuailles.

« Le bâtard de l'infanticide de la rue aux Fers ! »

Le père farfouilla du doigt dans le panier, jusqu'à dégager le visage du nourrisson endormi.

« Il a bonne mine. Frais et rose, et bien nourri.

— Parce qu'il s'est gavé à mes dépens. Qu'il m'a sucée et vidée jusqu'aux os. Mais maintenant, c'est terminé. Vous pouvez désormais le nourrir à votre tour, de lait de chèvre, de bouillie, de jus de carottes. Il bouffe tout, ce bâtard. »

Le père Terrier était un père tranquille. Il était responsable de la gestion des bonnes œuvres de son couvent, et de la distribution d'argent aux pauvres et aux nécessiteux. En échange, il entendait qu'on lui dise merci et que, pour le reste, on le laisse en paix. Il avait horreur des détails techniques, car les détails signifiaient toujours des difficultés, et les difficultés signifiaient toujours que sa tranquillité d'esprit était compromise, or c'était une chose qu'il ne supportait pas. Il s'en voulut d'avoir ouvert la porte. Il aurait voulu que cette personne reprenne son panier, rentre chez elle et ne l'importune plus avec ses problèmes de nourrisson. Il se redressa lentement et aspira d'un coup l'odeur de lait et de laine un peu rance qu'exhalait la nourrice. C'était une odeur plaisante.

« Je ne comprends pas ce que tu veux. Je ne comprends pas où tu veux en venir. Mais j'imagine que si ce nourrisson restait encore un bon bout de temps pendu à tes tétons, ça ne pourrait pas lui faire de mal.

— A lui, non, dit la nourrice d'un ton aigre, mais à moi, si ! J'ai maigri de dix livres, et pourtant je mangeais pour trois. Et tout ça pour trois francs par semaine !

— Ah ! je comprends, dit Terrier presque soulagé. J'y suis : c'est une question d'argent, une fois de plus.

— Non ! dit la nourrice.

— Si ! C'est toujours une question d'argent. Quand on frappe à cette porte, c'est toujours pour une question d'argent. Je rêve d'ouvrir un jour à quelqu'un qui viendrait me parler d'autre chose que d'argent. Quelqu'un, par exemple, qui apporterait en passant un petit quelque chose. Par exemple quelques fruits, ou des noix. Il ne manque pas de choses qu'on puisse apporter comme ça, en automne. Ou peut-être des fleurs. Ou bien, tout simplement, il pourrait venir quelqu'un qui dise gentiment : "Dieu vous bénisse, père Terrier, je vous souhaite le bonjour !" Mais je mourrai sans avoir vu ça. Quand ce n'est pas un mendiant, c'est un commerçant, et si ce n'est pas un commerçant, alors c'est un artisan, et s'il ne demande pas l'aumône, il présente une facture. Je ne peux plus mettre le pied dehors. Dès que je sors dans la rue, je ne puis faire trois pas sans être assailli d'individus qui veulent de l'argent !

— Ce n'est pas mon cas, dit la nourrice.

— Mais je vais te dire une bonne chose : tu n'es pas la seule nourrice dans la paroisse. Il y a des centaines de mères adoptives qui se battraient pour avoir le droit, à trois francs par semaine, de nourrir au sein ce ravissant nourrisson, ou de le gaver de bouillie, de jus de légumes ou de tout autre aliment...

— Eh bien, donnez-le donc à l'une d'elles !

— ... Mais d'un autre côté, ce n'est pas bon de transbahuter comme ça un enfant. Savoir si, avec un autre lait, il profitera aussi bien qu'avec le tien ? Il est habitué à l'odeur de tes tétons, il faut que tu comprennes cela, et au battement de ton cœur. »

Et de nouveau il prit une grande bouffée de cet effluve chaud qui émanait de la nourrice, puis il dit, remarquant que ses paroles ne lui faisaient aucun effet :

« Tu vas remporter cet enfant chez toi. Je vais parler de cette affaire au prieur. Je lui proposerai de te donner désormais quatre francs par semaine.

— Non, dit la nourrice.

— Bon, eh bien, disons cinq !

— Non.

— Mais combien est-ce que tu veux donc ? lui cria Terrier. Cinq francs, c'est un paquet d'argent, pour cette tâche subalterne qui consiste à nourrir un petit enfant !

— Je ne veux pas d'argent du tout, dit la nourrice. Je ne veux plus de ce bâtard chez moi.

— Mais enfin, pourquoi, ma bonne ? dit Terrier en fourrageant encore du bout du doigt dans le panier. C'est pourtant un enfant adorable. Il est tout rose, il ne crie pas, il dort bien, et il est baptisé.

— Il est possédé par le diable. »

Terrier retira vite ses doigts du panier.

« Impossible ! C'est absolument impossible qu'un nourrisson soit possédé par le diable. Un nourrisson n'est pas un être humain, cela n'en est que l'ébauche et son âme n'est pas encore formée. Par conséquent il ne présente pas d'intérêt pour le diable. Est-ce que par hasard il parle déjà ? Est-ce qu'il a des mouvements convulsifs ? Est-ce qu'il fait déplacer des objets dans sa chambre ? Est-ce qu'il exhale une mauvaise odeur ?

— Il ne sent absolument rien, dit la nourrice.

— Tiens, tu vois ! C'est un signe qui ne trompe pas. S'il était possédé par le diable, il ne pourrait pas ne pas puer. »

Et afin de rassurer la nourrice et de faire la preuve de son propre courage, Terrier souleva le panier et le porta à son nez.

« Je ne sens rien de bizarre, dit-il après avoir reniflé quelques instants, vraiment rien de bizarre. Il me semble tout de même qu'il y a là dans ses couches quelque chose qui sent. »

Et il tendit le panier à la femme, pour avoir confirmation.

« Je ne vous parle pas de ça, dit sèchement la nourrice, en repoussant le panier. Je ne vous parle pas de ce qu'il y a dans les couches. Bien sûr que ses excréments sentent. Mais lui-même, ce bâtard, il n'a pas d'odeur.

— C'est parce qu'il est en bonne santé, s'écria Terrier. Il se porte bien, alors il n'a pas d'odeur. Il n'y a que les enfants malades qui ont une odeur, c'est bien connu. Tout le monde sait qu'un enfant qui a la petite vérole sent le crottin de cheval ; s'il a la scarlatine, il sentira les pommes blettes, et s'il souffre de consomption, il sentira les oignons. Celui-ci est en bonne santé, c'est tout ce qu'il a. Tu voudrais qu'il pue ? Est-ce qu'ils puent, tes propres enfants ?

— Non, dit la nourrice, mes enfants ont l'odeur que doivent avoir des enfants d'homme. »

Terrier reposa précautionneusement le panier sur le sol, car il sentait monter en lui les premières bouffées de rage que lui inspirait l'obstination de cette personne. Il n'était pas exclu que la poursuite de ce débat réclame l'usage de ses deux bras pour gesticuler plus à son aise, et il ne voulait pas que le nourrisson ait à en pâtir. Pour l'instant, à vrai dire, il noua ses mains derrière son dos, pointa son ventre replet en direction de la nourrice et lui demanda sévèrement :

« Tu prétends donc savoir quelle odeur doit avoir un enfant d'homme, qui malgré tout est aussi (je te le rappelle, d'autant qu'il est baptisé) un enfant du Bon Dieu ?

— Oui, dit la nourrice.

— Et tu prétends de surcroît que s'il n'a pas l'odeur que tu penses qu'il devrait avoir, toi, la nourrice Jeanne Bussie, de la rue Saint-Denis, c'est qu'alors c'est un enfant du diable ? »

Sortant sa main gauche de derrière son dos, il brandit avec un air de menace sous le nez de la femme son index recourbé comme un point d'interrogation. La nourrice réfléchit. Il ne lui plaisait guère que la conversation tourne tout d'un coup à l'interrogatoire théologique : elle n'aurait jamais le dessus.

« Ce n'est pas ce que je voulais dire, répondit-elle en faisant machine arrière. Si cette affaire a ou non quelque chose à voir avec le diable, c'est vous qui devez en décider, père Terrier, ce n'est pas dans mes compétences. Je ne sais qu'une chose, c'est que ce nourrisson me fait horreur, parce qu'il n'a pas l'odeur que doivent avoir les enfants.

— Ah ! ah ! dit Terrier satisfait en laissant retomber son bras comme un balancier. Sur cette histoire de diable, nous nous rétractons donc. Bien. Mais alors, aurais-tu l'obligeance de me dire quelle odeur a donc un nourrisson quand il a l'odeur que tu crois qu'il doit avoir ? Hein ?

— Une bonne odeur, dit la nourrice.

— "Bonne", ça veut dire quoi ? cria Terrier à la figure de la femme. Il y a bien des choses qui sentent bon. Un bouquet de lavande sent bon. Le pot-au-feu sent bon. Les jardins de l'Arabie sentent bon. Comment sent un nourrisson, je voudrais bien le savoir ! »

La nourrice hésitait. Elle savait bien quelle odeur

avaient les nourrissons, elle le savait parfaitement bien, ce n'est pas pour rien que par douzaines elle en avait nourri, soigné, bercé, embrassé... Elle était capable, la nuit, de les trouver rien qu'à l'odeur et, à l'instant même, elle avait très précisément cette odeur de nourrisson dans le nez. Mais jamais encore elle ne l'avait désignée par des mots.

« Eh bien ? aboyait Terrier en faisant claquer le bout de ses ongles.

— C'est que, n'est-ce pas, commença la nourrice, ce n'est pas très facile à dire, parce que... ils ne sentent pas partout pareil, quoiqu'ils sentent bon partout, mon Père, vous comprenez... Prenez leurs pieds, par exemple, eh bien, là ils sentent comme un caillou lisse et chaud ; ou bien non, plutôt comme du fromage blanc... ou comme du beurre, comme du beurre frais, oui, c'est ça : ils sentent le beurre frais. Et le reste du corps sent comme... comme une galette qu'on a laissé tremper dans le lait. Et la tête, là, l'arrière de la tête, où les cheveux font un rond, là, regardez, mon père, là où vous n'avez plus rien... »

Et comme Terrier, médusé par ce flot de sottises minutieusement détaillées, avait docilement incliné la tête, elle tapotait sa calvitie.

« ... c'est là, très précisément qu'ils sentent le plus bon. Là, ils sentent le caramel, cela sent si bon, c'est une odeur si merveilleuse, mon Père, vous n'avez pas idée ! Quand on les a sentis à cet endroit-là, on les aime, que ce soient les siens ou les enfants des autres. Et c'est comme ça, et pas autrement, que doivent sentir les petits enfants. Et quand ils ne sentent pas comme ça, quand là-haut derrière la tête ils ne sentent rien du tout, encore moins que de l'air froid, comme celui-là, ce bâtard, alors... Vous pouvez expliquer ça comme vous voulez, mon père, mais moi... »

Et elle croisa résolument les bras sous ses seins en jetant sur le panier qui était posé à ses pieds un

regard aussi dégoûté que s'il avait contenu des cra-
pauds.

« ... moi, Jeanne Bussie, je ne reprendrai pas ça
chez moi ! »

Le père Terrier redressa lentement la tête et passa
plusieurs fois son doigt sur son crâne chauve comme
s'il avait voulu remettre ses cheveux en ordre, puis se
mit comme par hasard le doigt sous le nez et renifla
d'un air songeur.

« Comme du caramel ?... demanda-t-il en tentant
de retrouver son ton sévère. Du caramel ! Qu'est-ce
que tu sais du caramel ? Est-ce que tu en as jamais
mangé ?

— Pas vraiment, dit la nourrice. Mais un jour, j'ai
été dans un grand hôtel de la rue Saint-Honoré et j'ai
regardé en faire, avec du sucre fondu et de la crème.
Cela sentait si bon que jamais je ne l'ai oublié.

— Oui, oui, ça va, dit Terrier en éloignant son
doigt de son nez. Tais-toi, maintenant, veux-tu ? Il
est pour moi extrêmement éprouvant de continuer à
m'entretenir ainsi avec toi à ce niveau. Je constate
que tu te refuses, quelles que soient les raisons de ce
refus, à nourrir désormais l'enfant Jean-Baptiste
Grenouille, qui t'avait été confié, et que tu le restitues
présentement à son tuteur provisoire, le cloître
Saint-Merri. Je trouve cela fâcheux, mais je pense
que je n'y peux rien. Tu peux aller. »

Là-dessus, il se saisit du panier, aspira encore une
bouffée des effluves de laine et de lait chaud qui
allaient s'évanouir, et il claqua la porte. Puis il regagna son bureau.

3

Le père Terrier était un homme instruit. Non seulement il avait étudié la théologie, mais il avait lu les philosophes, et il s'occupait accessoirement de botanique et d'alchimie. Il avait quelque confiance dans son esprit critique. Certes, il ne serait pas allé, comme d'aucun, jusqu'à mettre en question les miracles, les oracles ou la vérité des textes de la Sainte Ecriture, même si à strictement parler ils ne pouvaient s'expliquer avec la seule raison ou même la contredisaient carrément plus d'une fois. Ce genre de problèmes, il préférait ne pas s'en mêler, il les trouvait trop inquiétants et n'y aurait gagné que de sombrer dans l'insécurité et l'inquiétude les plus inconfortables, alors que justement pour se servir de sa raison, on avait besoin de sécurité et de quiétude. Mais ce qu'il combattait de la façon la plus résolue, c'étaient les idées superstitieuses du populaire : sorcellerie et divination par les cartes, pratique des amulettes, mauvais œil, formules magiques et cérémonies de la pleine lune, bref, tout ce qui se faisait dans ce genre : c'était bien affligeant de voir que de telles coutumes païennes n'étaient toujours pas extirpées après plus d'un millénaire de ferme établissement de la religion chrétienne ! De même, la plupart des cas de prétendue possession démoniaque et de pacte avec le diable se révélaient, quand on y regardait de plus près, n'être qu'un fatras de superstitions. Certes, nier l'existence même de Satan et mettre en doute sa puissance, Terrier ne serait pas allé si loin ; pour trancher de tels problèmes, touchant aux fondements de la théologie, il y avait d'autres instances compétentes qu'un simple petit moine. D'un autre côté, il était bien évident que lorsqu'une personne simple comme cette nourrice prétendait avoir découvert un phénomène démoniaque, le diable ne pouvait certainement pas y être pour quoi que ce soit. Le fait même que cette femme ait cru le découvrir était une preuve certaine qu'il n'y avait là rien de diabolique, car enfin le diable ne pouvait faire la bête au point de se laisser découvrir par la nourrice Jeanne Bussie. Et avec le nez, en plus ! Avec le rudimentaire organe de l'odorat, le moins noble de tous les sens ! Comme si l'enfer sentait le soufre, et le paradis l'encens et la myrrhe ! Superstition détestable, comme aux époques les plus noires du paganisme antique, quand les hommes vivaient encore comme des bêtes, qu'ils n'avaient pas encore des yeux perçants, qu'ils ne connaissaient pas les couleurs, mais croyaient pouvoir sentir le sang, qu'ils s'imaginaient distinguer à l'odeur l'ennemi de l'ami, se sentaient reniflés par des loups-garous et des ogres gigantesques, flairés par des Erinnyes, et qu'ils faisaient griller aux pieds de leurs dieux abominables des victimes puantes et fumantes. Quelle horreur ! Le fou voit avec son nez, dit-on, plus qu'avec ses yeux, et sans doute faudrait-il que la raison qui nous a été donnée par Dieu brille encore pendant un autre millénaire, avant que ne soient chassés les derniers restes des croyances primitives.

« Ah ! et ce pauvre petit enfant ! Cet être innocent ! Il est là couché dans son panier et il sommeille, il n'a aucune idée des répugnants soupçons qu'on nourrit à son égard. Tu ne sentirais pas comme doivent sentir les enfants des hommes, à ce que prétend cette effrontée. Eh bien, que faut-il en penser ? Guili-guili ! »

Et il balançait doucement le panier sur ses genoux, en caressant du doigt la tête du nourrisson et en disant de temps à autre « guili-guili », expression dont il pensait qu'elle avait sur les petits enfants un effet tendre et apaisant.

« Il paraît que tu devrais sentir le caramel, quelle absurdité ! Guili-guili ! »

Au bout d'un moment, il retira son doigt, le porta à

son nez, renifla, mais ne sentit rien d'autre que la choucroute qu'il avait mangée à midi.

Il hésita un instant, s'assura que personne ne pouvait l'observer, souleva le panier et y plongea son gros nez. Il le promena au ras du petit crâne, à tel point que les maigres cheveux roux de l'enfant lui chatouillaient les narines, et chercha à aspirer quelque odeur. Il ne savait pas trop quelle odeur devait avoir une tête de nourrisson. Certainement pas l'odeur de caramel, bien sûr, car enfin le caramel était du sucre fondu, et comment voudriez-vous qu'un nourrisson qui n'a jamais bu que du lait sente le sucre fondu ? Il aurait pu sentir le lait, le lait de nourrice. Mais il ne sentait pas le lait. Il aurait pu sentir les cheveux, les cheveux et la peau, et peut-être un peu la sueur d'enfant. Et Terrier de renifler, s'apprêtant à sentir une odeur de peau, de cheveux et de sueur d'enfant. Mais il ne sentait rien. Avec la meilleure volonté du monde, rien. C'est vraisemblablement qu'un nourrisson ne sent rien, pensa-t-il, ça doit être ça. Un nourrisson, pour peu qu'on le tienne propre, n'a pas à sentir, pas plus qu'il n'a à parler, à marcher ou à écrire. Ce sont des choses qui ne viennent qu'avec l'âge. A strictement parler, l'être humain n'exhale une odeur que quand il est pubère. C'est ainsi et pas autrement. Horace déjà n'écrivait-il pas : « L'éphèbe sent le mâle, et la vierge en s'épanouissant dégage le parfum du narcisse blanc... » ? Et les Romains s'y entendaient ! L'odeur humaine est toujours charnelle, c'est donc toujours une odeur de péché. Comment, par conséquent, voudrait-on qu'un nourrisson ait une odeur, lui qui n'a pas même connu en rêve le péché de la chair ? Comment voudrait-on qu'il sente ? Guili-guili ? Rien du tout !

Il avait reposé le panier sur ses genoux et le berçait doucement. L'enfant dormait toujours profondément. Son poing droit dépassait de la couverture, petit et rouge, et se crispait parfois contre sa joue de façon attendrissante. Terrier sourit et tout d'un coup se sentit tout à son aise. L'espace d'un moment, il s'accorda la permission de rêver qu'il était lui-même le père de l'enfant. Il n'aurait pas été moine, mais un bourgeois normal, un brave artisan, peut-être, il aurait pris femme, une femme toute chaude fleurant le lait et le coton, et avec elle il aurait fait un fils, et il serait en train de le bercer sur ses propres genoux, son propre enfant, guili-guili... Il se sentait bien, à cette idée. C'était une idée qui était tellement dans l'ordre. Un père berce son fils sur ses genoux, guili-guili, c'était une image aussi vieille que le monde, et tant que le monde existerait, ce serait une image neuve et juste, eh oui ! Terrier en avait le cœur tout réchauffé, et l'âme tout émue.

C'est alors que l'enfant s'éveilla. Son réveil débuta par le nez. Son petit bout de nez bougea, se retroussa et renifla. Ce nez aspirait l'air et le rejetait en courtes bouffées qui ressemblaient à des éternuements inachevés. Puis le nez se plissa, et l'enfant ouvrit les yeux. Ces yeux étaient d'une couleur mal définie, à mi-chemin entre un gris d'huître et un blanc crémeux et opalin, et ils semblaient voilés d'une sorte de taie vitreuse, comme si manifestement ils n'étaient pas encore aptes à voir. Terrier eut l'impression que ces yeux ne le percevaient pas du tout. Il en allait tout autrement du nez. Tandis que les yeux sans éclat de l'enfant louchaient dans le vague, le nez paraissait fixer un but précis, et Terrier eut le sentiment très étrange que ce but, c'était lui, sa personne, Terrier lui-même. Les minuscules ailes de ces minuscules narines, au milieu du visage de l'enfant, se dilataient comme une fleur qui éclôt. Ou plutôt comme les corolles de ces petites plantes carnivores qu'on voyait dans le jardin botanique du roi. Et comme de ces plantes, il en émanait une aspiration inquiétante. Il semblait à Terrier que l'enfant le regardait avec ses narines, l'examinait sans complaisance, plus implacablement qu'on ne saurait le faire avec les yeux, qu'il engloutissait avec son nez quelque chose qui émanait de Terrier sans que celui-ci pût le retenir ni le dissimuler... Cet enfant sans odeur passait impudemment en revue ses odeurs à lui, Terrier, c'était bien cela ! Il le flairait des pieds à la tête ! Et Terrier tout d'un coup se trouva puant, puant la sueur et le vinaigre, la choucroute et les vêtements sales. Il eut le sentiment d'être nu et laid, livré aux regards de quelqu'un qui le fixait sans rien livrer de soi-même. Cette exploration olfactive paraissait même traverser sa peau et le pénétrer en profondeur.

Les sentiments les plus délicats, les pensées les plus sales étaient à nu, devant un petit nez goulu qui n'était pas encore vraiment un nez, mais tout juste une protubérance, un minuscule organe à deux trous qui ne cessait de se froncer, de s'écarquiller et de frémir. Terrier frissonna. Il était saisi de dégoût. C'était à son tour maintenant de tordre le nez comme sur quelque chose de malodorant, avec quoi il ne voulait rien avoir affaire. Plus trace de l'idée séduisante qu'il aurait pu s'agir de sa propre chair et de son sang. Evaporée, l'idylle touchante du papa et de son fils, et d'une mère fleurant bon. Arraché, en somme, ce rideau de pensées douillettes qu'il avait tissé pour s'y blottir avec l'enfant : c'était un être étranger et froid qu'il avait là sur les genoux, un animal hostile ; et s'il n'avait été d'un caractère aussi posé et aussi régi par la crainte de Dieu et par les lumières de la raison, il l'eût jeté au loin comme une araignée, dans un accès de dégoût.

Terrier se dressa tout d'un coup et posa le panier sur la table. Il voulait se débarrasser de cette chose, si possible vite, si possible sans tarder, si possible à l'instant.

Et voilà que la chose se mit à crier. Plissant les yeux, l'enfant ouvrit tout grand son gosier rose et se mit à émettre des cris si affreusement perçants que le sang de Terrier se figea dans ses veines. Le bras tendu, il secoua le panier en criant « guili-guili » pour faire taire l'enfant, mais celui-ci n'en braila

21

que plus fort encore, et son visage devint tout bleu, comme s'il allait éclater à force de brailler.

Il faut s'en débarrasser, songea Terrier, se débarrasser immédiatement de ce... Il allait dire « diable », mais se ressaisit et se retint. De ce petit monstre, de cet enfant insupportable ! Mais qu'en faire ? Il connaissait une douzaine de nourrices et d'orphelinats dans le quartier, mais tout cela était trop proche à son goût, trop près de sa peau, il fallait que cette chose file bien plus loin, assez loin pour qu'on ne l'entende plus, pour qu'on ne puisse plus d'un moment à l'autre la remettre devant sa porte, il fallait autant que possible la caser dans une autre paroisse, de préférence sur l'autre rive, et mieux encore *extra muros*, dans le faubourg Saint-Antoine, mais oui, voilà ! C'est là qu'irait ce petit braillard, bien loin à l'est, de l'autre côté de la Bastille et des portes d'enceinte qu'on fermait à la nuit tombée.

Et, retroussant sa soutane, Terrier empoigna le panier qui hurlait et fila, fila à travers le fouillis des ruelles, gagna la rue du Faubourg-Saint-Antoine, la remonta vers l'est jusqu'à sortir de la ville, pour trouver, bien loin de là, la rue de Charonne, qu'il suivit aussi presque jusqu'au bout, et là, près du couvent de Sainte-Madeleine-de-Trenelle, il alla frapper chez une certaine Mme Gaillard, dont il savait qu'elle prenait des petits pensionnaires de tout âge et de toute sorte, pourvu qu'il se trouvât quelqu'un pour payer ; et c'est là qu'il déposa l'enfant qui criait toujours et, ayant payé un an d'avance, il s'enfuit de nouveau vers la ville où, une fois rentré dans son couvent, il s'arracha ses vêtements comme s'ils avaient été souillés, se lava des pieds à la tête et se réfugia dans le lit de sa petite chambre, où il fit maint signe de croix, pria longuement et finit par s'endormir, soulagé.

4

Mme Gaillard, quoiqu'elle n'eût pas encore trente ans, avait déjà sa vie derrière elle. Extérieurement, elle faisait son âge et, en même temps, elle avait l'air deux ou trois ou cent fois plus vieille, comme une momie de jeune fille ; et intérieurement, elle était morte depuis bien longtemps. Lorsqu'elle était encore une enfant, son père lui avait flanqué un coup de pique-feu sur le front, juste au-dessus de la base du nez, et elle en avait perdu l'odorat, mais aussi tout sens de la chaleur humaine et de la froideur humaine, et du reste toute passion. La tendresse, du même coup, lui était devenue tout aussi étrangère que la répulsion, et la joie aussi étrangère que le désespoir. Elle n'éprouva rien, quand plus tard un homme la prit, et rien non plus quand elle eut ses enfants. Elle ne s'affligea pas plus de ceux qui moururent qu'elle ne se réjouit de ceux qui lui restèrent. Lorsque son mari la battait, elle ne bronchait pas, et elle n'éprouva nul soulagement quand il mourut du choléra à l'Hôtel-Dieu. Les deux seules sensations qu'elle connût, c'était que son humeur s'assombrissait très légèrement à l'approche de sa migraine mensuelle et qu'elle s'égayait à nouveau très légèrement quand ladite migraine passait. A part cela, cette femme morte ne ressentait rien.

D'un autre côté... ou peut-être précisément à cause de cette totale absence d'émotions, Mme Gaillard avait un sens implacable de l'ordre et de la justice. Elle n'avantageait aucun des enfants qui lui étaient confiés et elle n'en défavorisait aucun. Elle distribuait trois repas par jour et pas la moindre bouchée de plus. Elle langeait les petits trois fois par jour, et seulement jusqu'à leur deuxième anniversaire. Après, celui qui faisait encore dans sa culotte recevait une gifle, sans aucune remontrance, et un repas de moins. Sur le prix des pensions, elle consacrait exactement la moitié à l'entretien des enfants et gardait exactement l'autre moitié pour elle. Elle ne cherchait pas à augmenter son bénéfice quand les denrées étaient bon marché ; mais, quand les temps étaient durs, elle n'allongeait pas un sol de plus, même si c'était une question de vie ou de mort. L'affaire n'aurait plus été rentable. Elle avait besoin de cet argent. Elle avait fait ses comptes avec précision. Pour ses vieux jours, elle voulait s'acheter une rente et, de plus, avoir de quoi mourir chez elle, au lieu de crever à l'Hôtel-Dieu comme son mari. En elle-même, la mort de cet homme ne lui avait fait ni chaud, ni froid. Mais cette agonie publique, partagée avec des centaines d'inconnus, lui faisait horreur. Elle entendait s'offrir une mort privée, et pour ce faire, elle avait besoin de toute la marge que lui laissaient les pensions. Il y avait certes des hivers où, sur deux douzaines de petits pensionnaires, elle en perdait trois ou quatre. C'était tout de même nettement moins encore que chez la plupart des nourrices privées, et infiniment moins que dans les grands orphelinats publics ou religieux, dont le taux de pertes était souvent de neuf sur dix. Au demeurant, les trous étaient vite bouchés. Paris produisait annuellement plus de dix mille enfants trouvés, bâtards et orphelins. De quoi oublier bien des pertes.

Pour le petit Grenouille, l'établissement de Mme Gaillard fut une bénédiction. Il est vraisemblable qu'il n'aurait pu survivre nulle part ailleurs. Mais là, chez cette femme sans âme, il prospéra, Il était bâti à chaux et à sable. Quand on avait comme lui survécu à sa propre naissance au milieu des ordures, on ne se laissait pas facilement bousculer et prendre sa place en ce monde. Il était capable de vivre pendant des jours de soupes claires, de se nourrir du lait le plus étendu d'eau, de supporter les légumes les plus pourris et la viande la plus avariée. Au cours de son enfance, il survécut à la rougeole, à la dysenterie, à la petite vérole, au choléra, à une chute de six mètres dans un puits et à une brûlure à l'eau bouillante de toute sa poitrine. Certes, il en garda des cicatrices, des crevasses et des escarres, ainsi qu'un pied quelque peu estropié qui le faisait boiter, mais il vécut. Il était aussi dur qu'une bactérie résistante et aussi frugal qu'une tique accrochée à un arbre et qui vit d'une minuscule goutte de sang qu'elle a rapinée des années plus tôt. Son corps n'avait besoin que d'un minimum de nourriture et de vêtements. Son âme n'avait besoin de rien. Les sentiments de sécurité, d'affection, de tendresse, d'amour, et toutes ces histoires qu'on prétend indispensables à un enfant, l'enfant Grenouille n'en avait que faire. Au contraire, il nous semble qu'il avait lui-même résolu de n'en avoir rien à faire dès le départ, tout simplement pour pouvoir vivre. Le cri qui avait suivi sa naissance, ce cri qu'il avait poussé sous l'étal, signalant son existence et envoyant du même coup sa mère à l'échafaud, n'avait pas été un cri instinctif réclamant pitié et amour. C'était un cri délibéré, qu'on dirait pour un peu mûrement délibéré et par lequel le nouveau-né avait pris parti *contre l'amour* et pourtant *pour la vie*. Il faut dire qu'étant donné les circonstances, celle-ci n'était d'ailleurs possible que sans celui-là, et que si l'enfant avait exigé les deux, il n'aurait certainement pas tardé à périr misérablement. Il est vrai que, sur le moment, il aurait aussi bien pu choisir la seconde possibilité qui s'offrait à lui : se taire et passer de la naissance à la mort sans faire le détour par la vie, épargnant du même coup au monde et à lui-même quantité de malheurs. Mais pour s'esquiver aussi modestement, il eût fallu un minimum de gentillesse innée, et Grenouille ne possédait rien de tel. Il était, dès le départ, abominable. S'il avait choisi la vie, ç'avait été par pur défi et par pure méchanceté.

Il va de soi qu'il n'avait pas choisi comme le fait un être adulte, mettant en œuvre son expérience et sa plus ou moins grande raison pour se décider entre deux options distinctes. Mais il avait tout de même choisi, de façon végétative, comme un haricot qu'on jette et qui choisit de germer, ou bien préfère y renoncer.

Ou encore comme la tique sur son arbre, à laquelle pourtant la vie n'a rien d'autre à offrir qu'une perpétuelle hibernation. La petite tique toute laide, qui donne à son corps couleur de plomb la forme d'une boule, afin d'exposer le moins de surface possible au monde extérieur ; qui rend sa peau dure et sans faille, pour ne rien laisser filtrer, pour qu'il ne transpire absolument rien d'elle au-dehors. La tique, qui se fait délibérément petite et terne, pour que personne ne la voie et ne l'écrase. La tique solitaire, concentrée et cachée dans son arbre, aveugle, sourde et muette, tout occupée, pendant des années, à flairer sur des lieues à la ronde le sang des animaux qui passent et qu'elle n'atteindra jamais par ses propres moyens. La tique pourrait se laisser tomber. Elle pourrait se laisser choir sur le sol de la forêt et, sur ses six minuscules petites pattes, se traîner de quelques millimètres dans un sens ou dans l'autre pour se disposer à mourir sous une feuille, ce ne serait pas une perte, Dieu sait ! Mais la tique, butée, bornée et répugnante, reste embusquée, et vit, et attend. Attend jusqu'à ce qu'un hasard extrêmement improbable lui amène le sang juste sous son arbre, sous la forme d'un animal. Et c'est alors seulement qu'elle sort de sa réserve, se laisse tomber, se cramponne, mord et s'enfonce dans cette chair inconnue...

Une tique comme cela, voilà ce qu'était l'enfant Grenouille. Il vivait refermé sur lui-même, attendant des temps meilleurs. Au monde, il ne donnait rien que ses excréments ; pas un sourire, pas un cri, pas un regard brillant, pas même sa propre odeur. Toute autre femme aurait rejeté cet enfant monstrueux. Mme Gaillard, non. Car elle ne sentait pas qu'il ne sentait rien et elle ne s'attendait pas de sa part à quelque émotion, puisqu'elle avait elle-même l'âme hermétiquement scellée.

Les autres enfants, en revanche, sentirent tout de suite ce qu'il en était de Grenouille. Dès le premier jour, le nouveau les mit mal à l'aise. Ils s'écartèrent de la caisse où il était couché et serrèrent leurs lits les uns contre les autres, comme s'il avait fait plus froid dans la chambre. Les plus jeunes criaient parfois, la nuit ; ils avaient l'impression qu'un courant d'air traversait la pièce. D'autres rêvaient que quelque chose leur coupait la respiration. Une fois, les plus âgés se mirent d'accord pour l'étouffer. Ils entassèrent sur sa figure des chiffons, des couvertures et de la paille, et coincèrent le tout avec des briques. Lorsque Mme Gaillard le dégagea, le lendemain matin, il était tout fripé, aplati et tout bleu, mais pas mort. Ils s'y reprirent à plusieurs fois, en vain. Quant à l'étrangler carrément, en lui serrant le cou de leurs propres mains, ou à lui obturer la bouche ou le nez, ce qui aurait été une méthode plus sûre, ils n'osaient pas. Ils ne voulaient pas le toucher. Il leur répugnait, comme une grosse araignée qu'on ne veut pas écrabouiller à main nue.

Quand il grandit, ils renoncèrent à leurs desseins meurtriers. Sans doute s'étaient-ils rendus à l'évidence : on ne pouvait l'anéantir. Au lieu de cela, ils l'évitaient, le fuyaient, se gardaient en tous les cas de le toucher. Ils ne le haïssaient pas. Ils n'étaient pas non plus jaloux de lui, ni ne lui enviaient ce qu'il mangeait. De tels sentiments n'avaient pas lieu d'être, dans la maison Gaillard. Simplement, le fait qu'il fût là les dérangeait. Ils ne pouvaient pas le sentir. Ils avaient peur de lui.

5

Pourtant, objectivement, il n'avait rien qui pût faire peur. Le temps passant, il ne devint pas particulièrement grand, ni fort ; il était laid, certes, mais pas laid à faire peur inévitablement. Il n'était pas agressif, pas fuyant, pas sournois, il ne provoquait personne. Il se tenait volontiers à l'écart. Son intelligence, elle aussi, ne paraissait rien moins que redoutable. Ce n'est qu'à trois ans qu'il se tint sur ses jambes, à quatre qu'il prononça son premier mot ; ce fut le mot « poisson », qui jaillit de sa bouche en un moment de soudaine excitation, comme un écho, tandis qu'un poissonnier remontait de loin la rue de Charonne en faisant l'article à grands cris. Les mots qu'il lâcha ensuite furent « géranium », « étable aux chèvres », « chou frisé » et « Jacques l'Horreur », ce dernier étant le nom d'un aide-jardinier du couvent voisin des Filles de la Croix, qui accomplissait à l'occasion chez Mme Gaillard les gros travaux et les tâches immondes et qui avait ceci de particulier qu'il ne s'était jamais lavé de sa vie. Les verbes, adjectifs et adverbes n'étaient pas tellement son fort. A part « oui » et « non » (que du reste il ne dit pour la première fois que très tard), il proférait uniquement des substantifs, et même précisément les noms de choses concrètes, de plantes, d'animaux et d'êtres humains, et encore seulement quand ces choses, ces plantes, ces animaux ou ces êtres humains lui faisaient soudain une forte impression olfactive.

C'est par une belle journée de mars, comme il était assis sur un tas de bûches de hêtre qui craquaient au soleil, qu'il prononça pour la première fois le mot « bois ». Il avait déjà cent fois vu du bois, et entendu cent fois le mot. D'ailleurs, il le comprenait, ayant souvent été envoyé en chercher en hiver. Mais jamais l'objet « bois » ne lui avait paru assez intéressant pour qu'il se donne la peine de dire son nom. Cela n'arriva pas avant cette journée de mars où il était assis sur le tas de bûches. Empilé à l'abri d'un toit en surplomb, contre le côté sud de la grange de Mme Gaillard, ce tas faisait comme un banc. Les bûches du dessus dégageaient une odeur sucrée et roussie, du fond du tas montait une senteur de mousse, et les parois de sapin de la grange répandaient à la chaleur une odeur picotante de résine.

Grenouille était assis sur ce tas, jambes allongées, le dos appuyé à la paroi de la grange ; il avait fermé les yeux et ne bougeait pas. Il ne voyait rien. Il n'entendait et ne ressentait rien. Il sentait uniquement l'odeur du bois qui montait autour de lui et restait prise sous l'avant-toit comme sous un éteignoir. Il buvait cette odeur, il s'y noyait, s'en imprégnait par tous ses pores et jusqu'au plus profond, devenait bois lui-même, gisait comme une marionnette en bois, comme un Pinocchio sur l'amas de bois, comme mort, jusqu'à ce qu'au bout d'un long moment, une demi-heure peut-être, il éructe enfin le mot « bois ». Comme s'il avait été bourré de bois jusqu'aux yeux, gavé de bois jusqu'à plus soif, rempli de bois du ventre au gosier et au nez, voilà comment il vomit ce mot. Et cela le ramena à lui et le sauva, juste avant que la présence écrasante du bois lui-même, son odeur, ne menaçât de l'étouffer. Il se secoua, se laissa glisser en bas du tas de bûches et s'éloigna d'un pas incertain, comme si ses jambes avaient été de bois. Bien des jours plus tard, il était encore si marqué par cette intense expérience olfactive que, lorsque le souvenir en remontait en lui avec force, il bredouillait tout seul « bois, bois » pour la conjurer.

C'est ainsi qu'il apprit à parler. Les mots qui ne désignaient pas d'objets odorants, et par conséquent les notions abstraites, surtout d'ordre éthique et moral, lui posaient de graves problèmes. Il était incapable de les retenir, il les confondait, et, même une fois adulte, il les employait encore à contrecœur et souvent de façon erronée : droit, conscience, Dieu, joie, responsabilité, humilité, gratitude, etc., tout ce qu'on entendait exprimer par là était pour lui un mystère et le demeurait.

Inversement, la langue courante n'aurait bientôt plus suffi pour désigner toutes les choses qu'il avait collectionnées en lui-même comme autant de notions olfactives. Bientôt, il ne se contenta plus de sentir le bois seulement, il sentit les essences de bois, érable, chêne, pin, orme, poirier, il sentit le bois vieux, jeune, moisi, pourrissant, moussu, il sentit même telle bûche, tel copeau, tel grain de sciure — et les distinguait à l'odeur mieux que d'autres gens n'eussent pu le faire à l'œil. Il en allait de même avec d'autres choses. Que ce breuvage blanc administré chaque matin par Mme Gaillard à ses pensionnaires fût uniformément désigné comme du lait, alors que selon Grenouille il avait chaque matin une autre odeur et un autre goût suivant sa température, la vache dont il provenait, ce que celle-ci avait mangé, la quantité de crème qu'on y avait laissée, etc. ; que la fumée, qu'une composition olfactive comme la fumée du feu, faite de cent éléments qui à chaque seconde se recombinaient pour constituer un nouveau tout, n'eût justement d'autre nom que celui de « fumée »... ; que la terre, le paysage, l'air, qui à chaque pas et à chaque bouffée qu'on aspirait s'emplissaient d'autres odeurs et étaient animés d'identités différentes, ne pussent prétendument se désigner que par ces trois vocables patauds... toutes ces grotesques disproportions entre la richesse du monde perçu par l'odorat et la pauvreté du langage amenaient le garçon à douter que le langage lui-même eût un sens ; et il ne s'accommodait de son emploi que lorsque le commerce d'autrui l'exigeait absolument.

A six ans, il avait totalement exploré olfactivement le monde qui l'entourait. Il n'y avait pas un objet dans la maison de Mme Gaillard, et dans la partie nord de la rue de Charonne pas un endroit, pas un être humain, pas un caillou, pas un arbre, un buisson ou une latte de palissade, pas le moindre pouce de terrain qu'il ne connût par l'odeur, ne reconnût de même et ne gardât solidement en mémoire avec ce qu'il avait d'unique. C'était des dizaines, des centaines de milliers d'odeurs spécifiques qu'il avait collectionnées et qu'il avait à sa disposition, avec tant de précision et d'aisance que non seulement il se les rappelait quand il les sentait à nouveau, mais qu'il les sentait effectivement lorsqu'il se les rappelait ; plus encore, il était capable, par la seule imagination, de les combiner entre elles de façons nouvelles, si bien qu'il créait en lui des odeurs qui n'existaient pas du tout dans le monde réel. C'était comme s'il avait appris tout seul et possédait un gigantesque vocabulaire d'odeurs, lui permettant de construire une quasi-infinité de phrases olfactives nouvelles — et ce à un âge où les autres enfants, à l'aide des mots qu'on leur a laborieusement inculqués, bredouillent tout juste leurs premières phrases conventionnelles pour rendre très imparfaitement compte du monde qui les entoure. Son don rappelait peut-être celui du petit musicien prodige qui a su dégager des mélodies et des harmonies l'alphabet des notes simples et qui dès lors compose lui-même des mélodies et des harmonies complètement nouvelles — à ceci près, toutefois, que l'alphabet des odeurs était incomparablement plus vaste et plus nuancé que celui des notes, et à cette autre différence encore que l'activité de l'enfant-prodige Grenouille se déroulait exclusivement en lui et ne pouvait être perçue de personne que de lui-même.

Extérieurement, il était de plus en plus renfermé. Ce qu'il préférait par-dessus tout, c'était de vagabonder seul dans le nord du faubourg Saint-Antoine, à travers les jardins potagers, les vignes et les prés. Parfois, le soir, il ne rentrait pas et il disparaissait pendant des jours. La correction à coups de bâton qui s'ensuivait ne lui arrachait pas le moindre cri de douleur. Consigné à la maison, privé de nourriture, condamné à des tâches punitives, il ne modifiait pas sa conduite pour autant. Pendant un an et demi, il fréquenta épisodiquement l'école paroissiale de Notre-Dame-du-Bon-Secours : cela n'eut pas d'effet notable. Il apprit un peu ses lettres, et à écrire son nom, et rien d'autre. Son maître d'école jugea qu'il était imbécile.

Mme Gaillard, en revanche, remarqua chez lui certaines capacités et particularités très peu communes, pour ne pas dire surnaturelles. Ainsi, la peur qu'ont les enfants du noir et de la nuit semblait lui être tout à fait inconnue. On pouvait à toute heure l'envoyer chercher quelque chose à la cave, où les autres enfants se risquaient à peine avec une lampe, ou bien l'expédier chercher du bois dans la grange par nuit noire. Jamais il ne prenait de quoi s'éclairer, et pourtant il s'orientait parfaitement, rapportant aussitôt ce qu'on avait demandé sans faire un faux mouvement, sans trébucher et sans rien renverser. Mais ce qui, à vrai dire, paraissait plus remarquable encore, c'est qu'il était capable, comme Mme Gaillard crut le constater, de voir à travers le papier, le tissu, et même à travers les cloisons de maçonnerie et les portes fermées. Il savait combien il y avait de pensionnaires dans la chambre et lesquels, sans avoir besoin d'y pénétrer. Il savait qu'il y avait une chenille dans un chou-fleur avant qu'on ait coupé la pomme en deux. Et un jour qu'elle avait si bien caché son argent qu'elle ne savait plus elle-même où il était (elle changeait souvent de cachette), il indiqua sans une seconde d'hésitation un endroit derrière la poutre de la cheminée, et effectivement : c'était là ! Il était même capable de voir dans le futur, annonçant par exemple un visiteur bien avant qu'il se montre, ou prédisant infailliblement l'approche d'un orage avant que le moindre petit nuage n'apparaisse dans le ciel. Que tout cela, il ne le voyait pas,

pas avec ses yeux, mais qu'il le subodorait grâce à un flair de plus en plus subtil et précis (la chenille dans le chou, l'argent derrière la poutre, les gens derrière les murs et à plusieurs rues de distance), c'est une idée qui ne serait jamais venue à Mme Gaillard, même si le coup de pique-feu avait laissé intact son nerf olfactif. Elle était convaincue que ce petit garçon ne pouvait qu'avoir (imbécillité ou pas !) le don de seconde vue. Et sachant que la seconde vue attire le malheur et la mort, elle commença à le trouver inquiétant. Ce qui était encore plus inquiétant et carrément insupportable, c'était l'idée de vivre sous le même toit qu'un être capable de voir à travers murs et poutres l'argent soigneusement caché ; et une fois qu'elle eut découvert ce don effroyable chez Grenouille, elle n'eut de cesse qu'elle ne s'en débarrassât ; et cela tomba fort bien que vers la même époque (Grenouille avait huit ans) le cloître Saint-Merri suspendît ses versements annuels sans aucune explication. Mme Gaillard ne déposa pas de réclamation. Pour la bonne forme, elle attendit une semaine et, l'argent de l'échéance n'étant toujours pas arrivé, elle prit le petit garçon par la main et se rendit en ville avec lui.

Dans la rue de la Mortellerie, près du fleuve, elle connaissait un tanneur nommé Grimal, qui avait notoirement besoin de main-d'œuvre jeune : non pas de vrais apprentis, ni de compagnons, mais de tâcherons à vil prix. Car son industrie comportait des tâches (écharner des peaux en décomposition, mélanger des bains et des teintures toxiques, vider des pelins corrosifs) qui étaient à ce point malsaines et dangereuses qu'un maître-tanneur conscient de ses responsabilités évitait autant que possible d'y atteler ses ouvriers et les faisait effectuer par de la racaille en chômage, des vagabonds ou encore, précisément, des enfants n'appartenant à personne et dont personne ne viendrait plus s'enquérir si les choses tournaient mal. Mme Gaillard savait naturellement qu'à vues humaines, dans cette tannerie de Grimal, Grenouille n'avait aucune chance de survivre. Mais elle n'était pas femme à s'en préoccuper outre mesure. N'avait-elle pas fait son devoir ? Il avait été mis fin à sa fonction de nourrice. Le destin ultérieur de son petit pensionnaire ne la concernait pas. S'il s'en tirait, c'était bien ; s'il y restait, c'était aussi bien ; l'essentiel était que les choses se passent légalement. Maître Grimal dut donc lui certifier par écrit qu'elle lui avait remis l'enfant, en échange de quoi elle lui donna quittance des quinze francs de provision qu'il lui versait, et elle regagna sa maison de la rue de Charonne. Elle n'éprouvait pas le moindre soupçon de mauvaise conscience. Au contraire, elle pensait avoir agi de façon non seulement légale, mais aussi de façon juste, car en gardant un enfant pour qui plus personne ne payait, elle aurait nécessairement porté tort aux autres enfants ou se serait même fait tort à elle-même, compromettant leur avenir ou même le sien, c'est-à-dire sa propre mort, sa mort privée et protégée, qui était tout ce qu'elle désirait encore dans la vie.

Puisqu'à cet endroit de l'histoire nous allons abandonner Mme Gaillard et que nous ne la rencontrerons plus par la suite, nous allons en quelques phrases dépeindre la fin de sa vie. Cette dame, quoiqu'elle fût intérieurement morte depuis l'enfance, eut le malheur de se faire très, très vieille. En l'an de grâce 1782, à près de soixante-dix ans, elle cessa son activité, elle acquit comme prévu une rente, elle se retira dans sa petite maison et attendit la mort. Mais la mort ne vint pas. A sa place survint quelque chose à quoi personne au monde ne pouvait s'attendre et qui ne s'était encore jamais produit dans le pays, à savoir une révolution, autrement dit une transformation formidable de toutes les données sociales, morales et transcendantales. Pour commencer, cette révolution n'eut pas d'effets sur la destinée personnelle de Mme Gaillard. Mais ensuite (elle avait près de quatre-vingts ans), il s'avéra tout d'un coup que son débirentier était contraint d'émigrer, que ses biens étaient confisqués, vendus aux enchères et rachetés par un culottier en gros. Pendant quelque temps encore, cette nouvelle péripétie parut n'avoir pas non plus d'effets fâcheux pour Mme Gaillard, car le culottier continuait à lui verser ponctuellement sa rente. Mais alors vint le jour où elle ne toucha plus son argent en espèces sonnantes et trébuchantes, mais sous la forme de petits bouts de papier imprimé, et ce fut, matériellement, le commencement de sa fin.

Au bout de deux ans, la rente ne suffisait même plus à payer le bois de chauffage. Madame se vit contrainte de vendre sa maison, à un prix dérisoire, car il y avait soudain, en même temps qu'elle, des milliers d'autres gens qui se voyaient également contraints de vendre leur maison. Et là encore, elle ne reçut en contrepartie que ces stupides petits papiers, et au bout de deux ans de plus ils ne valaient à peu près plus rien eux-mêmes ; et en l'an 1797 (elle allait alors sur ses quatre-vingt-dix ans) elle avait totalement perdu tout le bien qu'elle avait péniblement amassé en près d'un siècle et elle logeait dans une minuscule chambre meublée de la rue des Coquilles. Et c'est alors seulement, avec dix ans, avec vingt ans de retard, que la mort arriva ; elle arriva sous la forme d'une longue affection tumorale qui prit Madame à la gorge et lui ôta d'abord l'appétit, puis la voix, si bien qu'elle ne put avoir un seul mot de protestation lorsqu'on l'embarqua pour l'Hôtel-Dieu ; on la mit dans la même salle peuplée de centaines d'incurables promis à une mort prochaine que celle où son mari déjà était mort, on la fourra dans un lit commun avec cinq autres vieilles femmes qu'elle n'avait jamais vues, et où elles étaient couchées peau contre peau, et là on la laissa mourir en public trois semaines durant. Puis elle fut cousue dans un sac, jetée à quatre heures du matin sur une charrette avec cinquante autres cadavres et emportée, au son aigre d'une clochette, jusqu'au cimetière qu'on avait récemment ouvert à Clamart, à une lieue de l'enceinte, et où elle trouva sa dernière demeure dans une fosse commune, sous une épaisse couche de chaux vive.

C'était en l'an 1799. Dieu merci, Mme Gaillard ne soupçonnait rien du destin qui l'attendait quand, en ce jour de 1747, elle rentrait chez elle, laissant derrière elle l'enfant Grenouille et notre histoire. Sinon, il aurait pu se faire qu'elle perde sa foi en la justice et du même coup le seul sens qu'elle trouvait à la vie.

6

Au premier coup d'œil qu'il jeta sur M. Grimal (ou plutôt à la première bouffée qu'il inspira de son aura olfactive), Grenouille sut que c'était là un homme capable de le battre à mort à la moindre incartade. Sa vie désormais avait tout juste autant de valeur que le travail qu'il serait capable d'accomplir, elle avait pour toute consistance l'utilité que lui attribuerait Grimal. Aussi Grenouille se fit-il tout petit, sans faire jamais ne fût-ce qu'une tentative pour se rebeller. Du jour au lendemain, il renferma de nouveau en lui-même toute son énergie de défi et de hargne, qu'il employa exclusivement à survivre, telle la tique, à l'ère glaciaire qu'il allait traverser : endurant, frugal et terne, mettant en veilleuse la flamme de l'espoir de vivre, mais veillant jalousement sur elle. Il fut désormais un modèle de docilité, sans prétention aucune et plein d'ardeur au travail, obéissant au doigt et à l'œil et se contentant de n'importe quelle nourriture. Le soir, il se laissait sagement enfermer dans un appentis jouxtant l'atelier et où l'on entreposait des outils et des peaux brutes traitées à l'alun. Il y dormait à même le sol en terre battue. Durant le jour, il travaillait tant qu'on y voyait clair, en hiver huit heures, en été quatorze, quinze, seize heures : il écharnait les peaux qui puaient atrocement, les faisait boire, les débourrait, les passait en chaux, les affétait à l'acide, les meurtrissait, les enduisait de tan épais, fendait du bois, écorçait des bouleaux et des ifs, descendait dans les cuves remplies de vapeurs âcres, y disposait en couches successives les peaux et les écorces, selon les instructions des compagnons, y répandait des noix de galle écrasées et recouvrait cet épouvantable entassement avec des branches d'if et de la terre. Après une éternité, il fallait de nouveau tout exhumer et tirer de leur tombeau les cadavres de peaux momifiés par le tannage et transformés en cuir.

Quand il n'était pas à enterrer ou déterrer les peaux, c'est qu'il portait de l'eau. Pendant des mois, il porta de l'eau depuis le fleuve jusqu'à la tannerie, toujours deux seaux, des centaines de seaux par jour, car le tannage exigeait d'énormes quantités d'eau, pour laver, pour assouplir, pour détremper, pour teindre. Pendant des mois, il n'eut pas un fil de sec, à force de porter de l'eau ; le soir, ses vêtements dégoulinaient et sa peau était froide, ramollie et gonflée comme du cuir brassé en cuve.

Au bout d'un an de cette existence de bête plus que d'être humain, il attrapa une splénite, redoutable inflammation de la rate qui frappe les tanneurs et entraîne généralement la mort. Grimal avait déjà fait une croix sur lui et songeait à lui trouver un remplaçant — non sans regret, d'ailleurs, car jamais il n'avait eu ouvrier moins exigeant et plus efficace que ce Grenouille. Mais, contre toute attente, Grenouille survécut à la maladie. Il n'en garda que les cicatrices des gros anthrax noirs qu'il avait eus derrière les oreilles, dans le cou et sur les joues, qui le défigurèrent et le rendirent encore plus laid que jamais. Il lui en resta de surcroît — avantage inappréciable — une immunité contre l'inflammation de la rate qui lui permit désormais d'écharner, même avec des mains crevassées et en sang, les peaux dans le pire état sans risquer de se contaminer à nouveau. Cela le distinguait non seulement des apprentis et compagnons, mais de ses propres remplaçants potentiels. Et comme dorénavant il n'était plus aussi facile à remplacer, cela accrut la valeur de son travail et par conséquent la valeur de sa vie. Tout d'un coup, il ne fut plus contraint de coucher à même le sol, on lui permit de se construire un bat-flanc dans l'appentis, on lui donna de la paille pour mettre dessus, et une couverture à lui. On ne l'enferma plus pour dormir. Les repas étaient plus copieux. Grimal ne le traitait plus comme un quelconque animal, mais comme un animal domestique utile.

Lorsqu'il eut douze ans, Grimal lui donna champ libre la moitié du dimanche, et à treize ans il eut même la permission de sortir les soirs de semaine une heure, après le travail, et de faire ce qu'il voulait. Il avait gagné, puisqu'il vivait et qu'il possédait une petite dose de liberté qui suffisait pour continuer à vivre. Son temps d'hibernation était terminé. La tique Grenouille bougeait de nouveau. Elle flairait l'air du matin. L'instinct de chasse le prit. Il avait à sa disposition la plus grande réserve d'odeurs du monde : la ville de Paris.

7

C'était comme un pays de cocagne. A eux seuls, déjà les quartiers voisins de Saint-Jacques-de-la-Boucherie et de Saint-Eustache étaient un pays de cocagne. Dans les rues adjacentes de la rue Saint-

Denis et de la rue Saint-Martin, les gens vivaient tellement serrés les uns contre les autres, les maisons étaient si étroitement pressées sur cinq, six étages qu'on ne voyait pas le ciel et qu'en bas, au ras du sol, l'air stagnait comme dans des égouts humides et était saturé d'odeurs. Il s'y mêlait des odeurs d'hommes et de bêtes, des vapeurs de nourriture et de maladie, des relents d'eau et de pierre et de cendre et de cuir, de savon et de pain frais et d'œufs cuits dans le vinaigre, de nouilles et de cuivre jaune bien astiqué, de sauge et de bière et de larmes, de graisse, de paille humide et de paille sèche. Des milliers et des milliers d'odeurs formaient une bouillie invisible qui emplissait les profondes tranchées des rues et des ruelles et qui ne s'évaporait que rarement au-dessus des toits, et jamais au niveau du sol. Les gens qui vivaient là ne sentaient plus rien de particulier dans cette bouillie ; car enfin elle émanait d'eux et les avait imprégnés sans cesse, c'était l'air qu'ils respiraient et dont ils vivaient, c'était comme un vêtement chaud qu'on a porté longtemps et dont on ne sent plus l'odeur ni le contact sur sa peau. Mais Grenouille sentait tout comme pour la première fois. Il ne sentait pas seulement l'ensemble de ce mélange odorant, il le disséquait analytiquement en ses éléments et ses particules les plus subtils et les plus infimes. Son nez fin démêlait l'écheveau de ces vapeurs et de ces puanteurs et en tirait un par un les fils des odeurs fondamentales qu'on ne pouvait pas analyser plus avant. C'était pour lui un plaisir ineffable que de saisir ces fils et de les filer.

Souvent, il s'arrêtait, adossé à une façade ou accoté dans une encoignure sombre, les yeux clos, la bouche entrouverte et les narines dilatées, immobile comme un poisson carnassier dans un grand courant d'eau sombre et lente. Et quand enfin une bouffée d'air qui passait amenait à sa portée l'extrémité du fil ténu d'une odeur, alors il fonçait dessus et ne le lâchait plus, ne sentant plus dès lors que cette unique odeur, l'agrippant, l'absorbant pour la conserver à tout jamais. Il pouvait s'agir d'une vieille odeur déjà bien connue ou de l'une de ses variantes, mais ce pouvait être aussi une odeur toute nouvelle, qui n'avait guère ou pas du tout de ressemblance avec ce qu'il avait jusque-là senti, et encore moins avec ce qu'il avait vu ; par exemple l'odeur d'une soie qu'on repasse au fer ; l'odeur d'une tisane de serpolet, l'odeur d'un coupon d'étoffe brochée d'argent, l'odeur d'un bouchon qui avait fermé une bouteille d'un vin rare, l'odeur d'un peigne d'écaille. Telles étaient les odeurs, encore inconnues de lui, que Grenouille guettait, embusqué avec la passion et la patience d'un pêcheur à la ligne, afin d'en faire en lui-même la collection.

Lorsqu'il s'était imprégné à satiété de cette épaisse bouillie des rues, il gagnait des territoires plus aérés, où les odeurs étaient plus ténues, où elles se mêlaient au vent et s'y épanouissaient, presque comme un parfum : ainsi de la place des halles, où la journée, le soir tombé, se survivait encore dans les odeurs, comme si la cohue des marchands y grouillait encore et que s'y trouvaient toujours les paniers pleins à craquer de légumes et d'œufs, les tonneaux emplis de vin et de vinaigre, les sacs d'épices, de pommes de terre et de farine, les caisses avec clous et vis, les étals de viande, les étalages de tissus, de vaisselle ou de semelles de chaussures, et les mille autres choses qui se vendaient là dans la journée... Toute cette activité était présente jusqu'au moindre détail dans l'air qu'elle avait laissé derrière elle. Grenouille voyait tout le marché par l'odorat, si l'on peut dire. Et il le sentait avec plus de précision que beaucoup n'auraient pu le voir, car il le percevait par après et par conséquent de manière plus intense : comme la quintessence, l'esprit de ce qui avait été, débarrassé des attributs importuns de la présence ordinaire, tels que le vacarme, la bigarrure criarde et l'écœurante promiscuité d'êtres de chair et d'os.

Ou bien il allait à l'endroit où l'on avait décapité sa mère, sur la place de Grève, qui s'avançait dans le fleuve comme une grosse langue. Il y avait là les bateaux, tirés sur la rive ou amarrés à des pieux, sentant le charbon et le grain et le foin et les cordages mouillés.

Et venant de l'ouest par cette unique coulée que traçait le fleuve à travers la ville, un large flux de vent amenait les odeurs de la campagne, des prés autour de Neuilly, des forêts entre Saint-Germain et Versailles, de villes lointaines comme Rouen et Caen, et même parfois de la mer. La mer sentait comme une voile gonflée où se prenaient l'eau, le sel et un soleil froid. Elle avait une odeur toute bête, la mer, mais c'était en même temps une grande odeur et unique en son genre, si bien que Grenouille hésitait à la scinder en odeurs de poisson, de sel, d'eau, de varech, de fraîcheur, et autres. Il aimait mieux laisser entière l'odeur de la mer, la conserver tout d'une pièce dans sa mémoire et en jouir sans partage. L'odeur de la mer lui plaisait tant qu'il souhaita l'avoir un jour dans toute sa pureté et en quantités telles qu'il puisse s'en soûler. Et plus tard, quand il apprit par des récits combien la mer était grande et qu'on pouvait voyager dessus pendant des jours sur des bateaux, sans voir la terre, rien ne le séduisit tant que de s'imaginer sur l'un de ces bateaux, perché à la cime du mât de misaine et voguant à travers l'odeur infinie de la mer, qui de fait n'était nullement une odeur, mais un souffle, une expiration, la fin de toutes les odeurs, et dans ce souffle il rêvait de se dissoudre de plaisir. Mais il était dit que cela n'arriverait jamais ; car Grenouille, qui se plantait sur la place de Grève et plus d'une fois inspirait et expirait une bribe de vent marin qui lui était venue aux narines, ne verrait jamais de sa vie la mer, la vraie mer, le grand océan qui s'étendait à l'ouest, et jamais il ne pourrait se mêler à cette odeur.

Le quartier situé entre Saint-Eustache et l'hôtel de

ville fut bientôt si familier à son odorat, et avec une telle précision, qu'il s'y retrouvait sans peine aucune par la nuit la plus noire. Aussi étendit-il son terrain de chasse, d'abord vers l'ouest jusqu'au faubourg Saint-Honoré, puis en remontant la rue Saint-Antoine jusqu'à la Bastille, et finalement même en passant le fleuve pour gagner le quartier de la Sorbonne et le faubourg Saint-Germain, où demeuraient les gens riches. A travers les grilles de fer des entrées cochères, cela sentait le cuir des carrosses et la poudre des perruques des pages, et par-dessus leurs grands murs, les jardins exhalaient le parfum des buis et des rosiers et des troènes fraîchement taillés. C'est là aussi que, pour la première fois, Grenouille sentit des parfums au sens propre du terme : les simples eaux de lavande ou de rose qu'on mêlait à l'eau des fontaines lorsqu'on donnait des fêtes dans ces jardins, mais aussi des senteurs plus complexes et plus précieuses, musc mélangé à l'huile de néroli et de tubéreuse, jonquille, jasmin ou cannelle, qui flottaient le soir comme un lourd ruban à la suite des équipages. Il enregistrait ces senteurs comme il enregistrait les odeurs profanes, avec curiosité, mais sans admiration particulière. Certes, il notait que l'intention des parfums était de produire un effet enivrant et séduisant, et il reconnaissait la qualité de chaque essence qui entrait dans leur composition. Mais en somme ils lui semblaient tout de même plutôt grossiers et lourdauds, amalgamés au petit bonheur plutôt que composés, et il savait pouvoir fabriquer de tout autres senteurs, si seulement il pouvait disposer des mêmes substances.

Beaucoup de ces substances, il les connaissait déjà grâce aux marchands de fleurs et d'épices du marché ; d'autres lui étaient inconnues, il les filtrait pour les extraire des bouquets d'odeurs et il les conservait, sans noms, dans sa mémoire : ambre, civette, patchouli, santal, bergamote, vétiver, opopanax, benjoin, fleur de houblon, castoréum...

Il ne se montrait pas difficile dans ses choix. Entre ce qu'on désigne couramment comme une bonne ou une mauvaise odeur, il ne faisait pas la distinction, pas encore. Il était goulu. L'objectif de ses chasses, c'était tout simplement de s'approprier tout ce que le monde pouvait offrir d'odeurs, et il y mettait comme seule condition que les odeurs fussent nouvelles. L'odeur d'un cheval écumant de sueur avait pour lui autant de prix que le délicat parfum vert de boutons de roses qui se gonflent, la puanteur âcre d'une punaise ne valait pas moins que les effluves d'un rôti de veau farci, embaumant depuis les cuisines de quelque notable. Tout, il dévorait tout, il absorbait tout. Même dans la cuisine olfactive de son imagination créatrice et synthétisante, où il composait sans cesse de nouvelles combinaisons odorantes, aucun principe esthétique ne prévalait encore. C'étaient des bizarreries, qu'il créait pour les démonter aussitôt, comme un enfant qui joue avec des cubes, inventif et destructeur, et apparemment sans principe créateur.

8

Le premier septembre 1753, anniversaire de l'accession au trône du roi Louis XV, la ville de Paris fit tirer un feu d'artifice depuis le Pont Royal. Il ne fut pas aussi spectaculaire que celui qui avait été tiré pour le mariage du roi ou que le feu d'artifice mémorable qui avait marqué la naissance du dauphin, mais ce fut tout de même un feu d'artifice très impressionnant. On avait monté des soleils sur les mâts des bateaux. Du haut du pont, des « taureaux de feu » crachaient dans le fleuve une pluie d'étoiles flamboyantes. Et tandis que, de tous côtés, les pétards tonnaient avec un fracas assourdissant, et que les diablotins claquaient au ras du pavé, les fusées montaient dans le ciel pour dessiner des lis blancs sur le firmament noir. Une foule aux dizaines de milliers de têtes se pressait, tant sur le pont que sur les quais des deux côtés de la Seine, et accompagnait ce spectacle d'exclamations enthousiastes, de « ah ! » et de « oh ! », de bravos et même de vivats — quoique le roi fût sur le trône depuis déjà trente-huit ans et que sa popularité de « bien-aimé » fût depuis longtemps sur le déclin. Tel est l'effet d'un feu d'artifice.

Grenouille se tenait sans rien dire dans l'ombre du pavillon de Flore, sur la rive droite, à la hauteur du Pont-Royal. Il ne faisait pas mine d'applaudir, il ne levait pas même les yeux quand montaient les fusées. Il était venu parce qu'il croyait pouvoir flairer quelque chose de nouveau, mais il s'avéra bien vite que, sous le rapport des odeurs, ce feu d'artifice n'avait rien à lui apporter. Cette débauche bigarrée d'éclairs et de cascades, de détonations et de sifflements ne laissait derrière elle qu'une odeur extrêmement monotone où se mêlaient le soufre, l'huile et le salpêtre.

Il s'apprêtait déjà à tourner le dos à cet ennuyeux spectacle pour rentrer en suivant la galerie du Louvre, lorsque le vent lui apporta quelque chose : quelque chose de minuscule, d'à peine perceptible, une miette infime, un atome d'odeur et même moins encore, plutôt le pressentiment d'un parfum qu'un parfum réel, et pourtant en même temps le pressentiment infaillible de quelque chose qu'il n'avait jamais senti. Il se recula contre le mur, ferma les yeux et dilata ses narines. Le parfum était d'une délicatesse et d'une subtilité tellement exquise qu'il ne pouvait le saisir durablement, sans cesse le parfum se dérobait à sa perception, était recouvert par les vapeurs de poudre des pétards, bloqué par les transpirations de cette masse humaine, mis en miettes et réduit à rien par les mille autres odeurs de la ville. Mais soudain il était de nouveau là, ce n'était qu'une bribe ténue, sensible durant une brève seconde tout au plus, magnifique avant-goût... qui aussitôt disparaissait à nouveau. Grenouille était à la torture. Pour la première fois, ce n'était pas seulement l'avidité de son caractère qui était blessée, c'était effectivement son cœur qui souffrait. Il avait l'étrange prescience que ce parfum était la clef de l'ordre régissant tous les autres parfums et qu'on ne comprenait rien aux parfums si l'on ne comprenait pas celui-là ; et lui, Grenouille, allait gâcher sa vie s'il ne parvenait pas à le posséder. Il fallait qu'il l'ait, non pour le simple plaisir de posséder, mais pour assurer la tranquillité de son cœur.

Il se trouva presque mal à force d'excitation. Il n'arrivait même pas à savoir de quelle direction venait ce parfum. Parfois, il y avait des minutes d'intervalle jusqu'à ce que le vent lui en apportât de nouveau une bribe, et à chaque fois il était pris d'une angoisse atroce à l'idée qu'il l'avait perdu à jamais. Pour finir, il se consola en se persuadant désespérément que le parfum venait de l'autre rive du fleuve, de quelque part vers le sud-est.

Il se détacha du mur du pavillon de Flore, plongea dans la foule humaine et se fraya un chemin sur le pont. Dès qu'il avait fait quelques pas, il s'arrêtait, se haussait sur la pointe des pieds pour renifler par-dessus la tête des gens, commençait par ne rien sentir tant il était nerveux, puis finissait par sentir tout de même quelque chose, il ressaisissait le parfum à force de renifler, le trouvait même plus fort qu'avant et se savait sur la bonne piste, replongeait et recommençait à jouer des coudes dans la cohue des badauds et des artificiers qui à chaque instant tendaient leurs torches vers les mèches des fusées, reperdait son parfum dans l'âcre fumée de la poudre, était saisi de panique, continuait à se cogner et à se débattre et à frayer sa voie, et atteignit après d'interminables minutes l'autre rive, l'hôtel de Mailly, le quai Malaquais et le débouché de la rue de Seine...

Là il s'arrêta, reprit ses esprits et flaira. Il l'avait. Il le tenait. Comme un ruban, le parfum s'étirait le long de la rue de Seine, net et impossible à confondre, mais toujours aussi délicat et aussi subtil. Grenouille sentit son cœur cogner dans sa poitrine et il sut que ce n'était pas l'effort d'avoir couru, mais l'excitation et le désarroi que lui causait la présence de ce parfum. Il tenta de se rappeler quelque chose de comparable et ne put que récuser toute comparaison. Ce parfum avait de la fraîcheur ; mais pas la fraîcheur des limettes ou des oranges, pas la fraîcheur de la myrrhe ou de la feuille de cannelle ou de la menthe crépue ou des bouleaux ou du camphre ou des aiguilles de pin, ni celle d'une pluie de mai, d'un vent de gel ou d'une eau de source... et il avait en même temps de la chaleur ; mais pas comme la bergamote, le cyprès ou le musc, pas comme le jasmin ou le narcisse, pas comme le bois de rose et pas comme l'iris... Ce parfum était un mélange des deux, de ce qui passe et de ce qui pèse ; pas un mélange, une unité, et avec ça modeste et faible, et pourtant robuste et serré, comme un morceau de fine soie chatoyante... et pourtant pas comme de la soie, plutôt comme du lait au miel où fond un biscuit — ce qui pour le coup n'allait pas du tout ensemble : du lait et de la soie ! Incompréhensible, ce parfum, indescriptible, impossible à classer d'aucune manière, de fait il n'aurait pas dû exister. Et cependant il était là, avec un naturel parfait et splendide. Grenouille le suivait, le cœur cognant d'anxiété, car il soupçonnait que ce n'était pas lui qui suivait le parfum, mais que c'était le parfum qui l'avait fait captif et l'attirait à présent vers lui, irrésistiblement.

Il remonta la rue de Seine. On n'y voyait personne. Les maisons étaient désertes et silencieuses. Les gens étaient descendus sur les quais, voir le feu d'artifice. On n'était pas dérangé par l'odeur de

46

l'énervement des gens, ni par l'âcre puanteur de la poudre. La rue fleurait les odeurs usuelles d'eau, d'excréments, de rats et d'épluchures. Mais par-dessus cela flottait, délicat et net, le ruban qui guidait Grenouille. Au bout de quelques pas, le peu de lumière nocturne qui tombait du ciel fut englouti par les immeubles et Grenouille poursuivit sa route dans l'obscurité. Il n'avait pas besoin d'y voir. Le parfum le menait sûrement.

Cinquante mètres plus loin, il prit à droite par la rue des Marais une ruelle encore plus sombre, s'il se pouvait, et large à peine d'une brassée. Curieusement, le parfum n'y était pas beaucoup plus fort. Il était seulement plus pur et de ce fait, du fait de cette pureté toujours plus grande, il exerçait une attirance de plus en plus forte. Grenouille marchait sans volonté propre. A un endroit, le parfum le tira brutalement sur sa droite, apparemment vers le mur d'un immeuble. Un passage bas s'y ouvrait, qui menait à l'arrière-cour. Grenouille l'emprunta comme un somnambule, traversa l'arrière-cour, tourna un coin et aboutit dans une seconde arrière-cour plus petite, et là enfin il y avait de la lumière : l'endroit ne mesurait que quelques pas au carré. Il était surplombé par un auvent. Au-dessous, il y avait une bougie collée sur une table. Une jeune fille était assise à cette table et préparait des mirabelles. Elle les puisait dans un panier à sa gauche, les équeutait et les dénoyautait au couteau, puis les laissait tomber dans un seau. Elle pouvait avoir treize ou quatorze ans. Grenouille s'immobilisa. Il sut aussitôt quelle était la source du parfum qu'il avait senti à une demi-lieue, depuis l'autre rive du fleuve : ce n'était pas cette arrière-cour miteuse, ni les mirabelles. Cette source était la jeune fille.

L'espace d'un moment, il fut si désorienté qu'il pensa effectivement n'avoir jamais vu de sa vie quelque chose d'aussi beau que cette jeune fille. Pourtant il ne voyait que sa silhouette à contre-jour. Ce qu'il voulait dire, naturellement, c'est que jamais il n'avait senti quelque chose d'aussi beau. Mais comme malgré tout il connaissait des odeurs humaines, des milliers et des milliers, des odeurs d'hommes, de femmes, d'enfants, il ne parvenait pas à comprendre qu'un parfum aussi exquis pût émaner d'un être humain. Habituellement, les êtres humains avaient une odeur insignifiante ou détestable. Les enfants sentaient fade, les hommes sentaient l'urine, la sueur aigre et le fromage, et les femmes la graisse rance et le poisson pas frais. Parfaitement inintéressante et répugnante, l'odeur des êtres humains... Et c'est ainsi que, pour la première fois de sa vie, Grenouille n'en croyait pas son nez et devait requérir l'aide de ses yeux pour croire ce qu'il sentait. A vrai dire, cet égarement des sens ne dura pas longtemps. Il ne lui fallut en fait qu'un instant pour vérifier et, cela fait, s'abandonner plus impétueusement encore aux perceptions de son odorat. Maintenant, il *sentait* qu'elle était un être humain, il sentait la sueur de ses aisselles, le gras de ses cheveux, l'odeur de poisson de son sexe, et il les sentait avec délectation.

Sa sueur fleurait aussi frais que le vent de mer, le sébum de sa chevelure aussi sucré que l'huile de noix, son sexe comme un bouquet de lis d'eau, sa peau comme les fleurs de l'abricotier... et l'alliance de toutes ces composantes donnait un parfum tellement riche, tellement équilibré, tellement enchanteur, que tout ce que Grenouille avait jusque-là senti en fait de parfums, toutes les constructions olfactives qu'il avait échafaudées par jeu en lui-même, tout cela se trouvait ravalé d'un coup à la pure insignifiance. Cent mille parfums paraissaient sans valeur comparés à celui-là. Ce parfum unique était le principe supérieur sur le modèle duquel devaient s'ordonner tous les autres. Il était la beauté pure.

Pour Grenouille, il fut clair que, sans la possession de ce parfum, sa vie n'avait plus de sens. Il fallait qu'il le connaisse jusque dans le plus petit détail, jusque dans la dernière et la plus délicate de ses ramifications ; le souvenir complexe qu'il pourrait en garder ne pouvait suffire. Ce parfum apothéotique, il entendait en laisser l'empreinte, comme avec un cachet, dans le fouillis de son âme noire, puis l'étudier minutieusement et dès lors se conformer aux structures internes de cette formule magique pour diriger sa pensée, sa vie, son odorat.

Il s'avança lentement vers la jeune fille, s'approcha encore, pénétra sous l'auvent et s'immobilisa à un pas d'elle. Elle ne l'entendit pas.

Elle était rousse et portait une robe grise sans manches. Ses bras étaient très blancs, et ses mains jaunies par les mirabelles qu'elle avait entaillées. Grenouille était penché au-dessus d'elle et aspirait maintenant son parfum sans aucun mélange, tel qu'il montait de sa nuque, de ses cheveux, de l'échancrure de sa robe, et il en absorbait en lui le flot comme une douce brise. Jamais encore il ne s'était senti si bien. La jeune fille, en revanche, commençait à avoir froid.

Elle ne voyait pas Grenouille. Mais elle éprouvait une angoisse, un étrange frisson, comme on en ressent lorsqu'on est repris d'une peur ancienne dont on s'était défait. Elle avait l'impression qu'il passait derrière son dos un courant d'air froid, comme si quelqu'un avait poussé une porte donnant sur une cave gigantesque et froide. Et elle posa son couteau de cuisine, croisa ses bras sur sa poitrine et se retourna.

Elle fut si pétrifiée de terreur en le voyant qu'il eut tout le temps de mettre ses mains autour de son cou. Elle ne tenta pas de crier, ne bougea pas, n'eut pas un mouvement pour se défendre. Lui, de son côté, ne la regardait pas. Ce visage fin, couvert de taches de rousseur, cette bouche rouge, ces grands yeux d'un vert lumineux, il ne les voyait pas, car il gardait les yeux soigneusement fermés, tandis qu'il l'étranglait, et n'avait d'autre souci que de ne pas perdre la moindre parcelle de son parfum.

Quand elle fut morte, il l'étendit sur le sol au milieu des noyaux des mirabelles et lui arracha sa robe ; alors le flot de parfum devint une marée, elle le submergea de son effluve. Il fourra son visage sur sa peau et promena ses narines écarquillées de son ventre à sa poitrine et à son cou, sur son visage et dans ses cheveux, revint au ventre, descendit jusqu'au sexe, sur ses cuisses, le long de ses jambes blanches. Il la renifla intégralement de la tête aux orteils, il collecta les derniers restes de son parfum sur son menton, dans son nombril et dans les plis de ses bras repliés.

Lorsqu'il l'eut sentie au point de la faner, il demeura encore un moment accroupi auprès d'elle pour se ressaisir, car il était plein d'elle à n'en plus pouvoir. Il entendait ne rien renverser de ce parfum. Il fallait d'abord qu'il referme en lui toutes les cloisons étanches. Puis il se leva et souffla la bougie.

C'était l'heure où les premiers badauds rentraient chez eux, remontant la rue de Seine en chantant et en lançant des vivats. Grenouille, dans le noir, s'orienta à l'odeur jusqu'à la ruelle, puis jusqu'à la rue des Petits-Augustins, qui rejoint le fleuve parallèlement à la rue de Seine. Peu après, on découvrait la morte. Des cris s'élevèrent. On alluma des torches. Le guet arriva. Grenouille était depuis longtemps sur l'autre rive.

Cette nuit-là, son réduit lui sembla un palais, et son bat-flanc un lit à baldaquin. Ce qu'était le bonheur, la vie ne le lui avait pas appris jusque-là. Tout au plus connaissait-il de très rares états de morne contentement. Mais à présent, il tremblait de bonheur et ne pouvait dormir tant était grande sa félicité. Il avait l'impression de naître une seconde fois, ou plutôt non, pour la première fois, car jusque-là il n'avait existé que de façon purement animale, en n'ayant de lui-même qu'une connaissance extrême-

50

ment nébuleuse. A dater de ce jour, en revanche, il lui semblait savoir enfin qui il était vraiment : en l'occurrence, rien de moins qu'un génie ; et que sa vie avait un sens et un but et une fin et une mission transcendante ; celle, en l'occurrence, de révolutionner l'univers des odeurs, pas moins ; et qu'il était le seul au monde à disposer de tous les moyens que cela exigeait : à savoir son nez extraordinairement subtil, sa mémoire phénoménale et, plus important que tout, le parfum pénétrant de cette jeune fille de la rue des Marais, qui contenait comme une formule magique tout ce qui fait une belle et grande odeur, tout ce qui fait un parfum : délicatesse, puissance, durée, diversité, et une beauté irrésistible, effrayante. Il avait trouvé la boussole de sa vie à venir. Et comme tous les scélérats de génie à qui un événement extérieur trace une voie droite dans le chaos de leur âme, Grenouille ne dévia plus de l'axe qu'il croyait avoir trouvé à son destin. Il comprenait maintenant clairement pourquoi il s'était cramponné à la vie avec autant d'obstination et d'acharnement : il fallait qu'il soit un créateur de parfums. Et pas n'importe lequel. Le plus grand parfumeur de tous les temps.

Dès cette même nuit, il inspecta, d'abord à l'état de veille et puis en rêve, l'immense champ de ruines de son souvenir. Il examina les millions et les millions de fragments odorants qui y gisaient et les classa selon un ordre systématique : les bons avec les bons, les mauvais avec les mauvais, les raffinés avec les raffinés, les grossiers avec les grossiers, la puanteur avec la puanteur et l'ambroisie avec l'ambroisie. Au cours de la semaine suivante, cet ordre devint de plus en plus subtil, le catalogue des odeurs de plus en plus riche et de plus en plus nuancé, la hiérarchie de plus en plus nette. Et bientôt il put déjà se mettre à édifier de façon raisonnée les premières constructions olfactives : maisons, murailles, escaliers, tours, caves, chambres, appartements secrets... une citadelle intérieure des plus magnifiques compositions d'odeurs, dont chaque jour voyait l'extension, l'embellissement et la consolidation de plus en plus parfaite.

Qu'à l'origine de cette splendeur il y ait eu un meurtre, il n'est pas sûr qu'il en ait été conscient, et cela lui était parfaitement indifférent. L'image de la jeune fille de la rue des Marais, son visage, son corps, il était déjà incapable de s'en souvenir. Car enfin, il avait conservé d'elle et s'était approprié ce qu'elle avait de mieux : le principe de son parfum.

9

A cette époque, il y avait à Paris une bonne dou-zaine de parfumeurs. Six d'entre eux étaient établis sur la rive droite, six sur la rive gauche, et un exac-tement au milieu, à savoir sur le Pont-au-Change, entre la rive droite et l'île de la Cité. Ce pont était alors tellement garni, sur ses deux côtés, par des maisons à quatre étages qu'en le traversant on n'apercevait nulle part le fleuve et qu'on se croyait dans une rue tout à fait normale, bâtie sur la terre ferme, et de surcroît extrêmement élégante. De fait, le Pont-au-Change était considéré comme l'une des adresses commerciales les plus riches de la ville. C'est là qu'étaient établis les orfèvres, les ébénistes, les meilleurs perruquiers et maroquiniers, les meilleurs faiseurs de lingerie fine et de bas, les enca-dreurs, les bottiers de luxe, les brodeurs d'épaulettes, les fondeurs de boutons d'or et les banquiers. C'est là aussi qu'était située la maison, à la fois magasin et domicile, du parfumeur et gantier Giuseppe Baldini. Au-dessus de sa vitrine était tendu un baldaquin somptueux, laqué de vert, flanqué des armoiries de

Baldini tout en or, un flacon d'or d'où jaillissait un bouquet de fleurs d'or, et devant la porte était disposé un tapis rouge qui portait également les armoiries de Baldini brodées en or. Quand on poussait la porte retentissait un carillon persan, et deux hérons d'argent se mettaient à cracher de l'eau de violettes dans une coupe dorée qui rappelait encore la forme des armoiries de Baldini.

Derrière le comptoir en buis clair se tenait alors Baldini lui-même, vieux et raide comme une statue, en perruque poudrée d'argent et habit bleu à passements d'or. Un nuage de frangipane, eau de toilette dont il s'aspergeait tous les matins, l'enveloppait de manière presque visible, situant son personnage dans des lointains brumeux. Dans son immobilité, il avait l'air d'être son propre inventaire. Ce n'est que quand retentissait le carillon et que les hérons crachaient — ce qui n'arrivait pas trop souvent — qu'il reprenait soudain vie : sa silhouette s'affaissait, rapetissait et s'agitait, jaillissait avec force courbettes de derrière le comptoir, avec une telle précipitation que le nuage de frangipane avait peine à suivre, et priait le client de bien vouloir s'asseoir, afin qu'on lui présente les parfums et les cosmétiques les plus exquis.

Et Baldini en avait des milliers. Son assortiment allait des essences absolues, huiles florales, teintures, extraits, décoctions, baumes, résines et autres drogues sous forme sèche, liquide ou cireuse, en passant par toutes sortes de pommades, pâtes, poudres, savons, crèmes, sachets, bandolines, brillantines, fixatifs pour moustaches, gouttes contre les verrues et petits emplâtres de beauté, jusqu'aux eaux de bain, aux lotions, aux sels volatils et aux vinaigres de toilette, et enfin à un nombre infini de parfums proprement dits. Pourtant Baldini ne s'en tenait pas à ces produits de cosmétique classique. Son ambition était de réunir dans sa boutique tout ce qui sentait d'une façon ou d'une autre, ou bien avait quelque rapport avec l'odorat. C'est ainsi qu'on trouvait aussi chez lui tout ce qu'on pouvait faire se consumer lentement, bougies, plaquettes et rubans odorants, mais aussi la collection complète des épices, des grains d'anis à l'écorce de cannelle, des sirops, des liqueurs et des eaux-de-vie de fruits, des vins de Chypre, de Malaga et de Corinthe, des miels, des cafés, des thés, des fruits secs et confits, des figues, des bonbons, des chocolats, des marrons glacés, et même des câpres, des cornichons et des oignons au vinaigre, et du thon mariné. Et puis aussi de la cire à cacheter odorante, des papiers à lettres parfumés, de l'encre d'amour à l'huile de rose, des écritoires en maroquin, des porte-plume en bois de santal blanc, des petites boîtes et des coffrets en bois de cèdre, des pots-pourris et des coupes pour mettre des pétales de fleurs, des porte-encens de cuivre jaune, des coupelles et des flacons de cristal avec des bouchons taillés dans de l'ambre, des gants parfumés, des mouchoirs, des coussinets de couture bourrés de fleurs de muscadier, et des tentures imprégnées de musc, à parfumer des chambres pendant plus de cent ans.

Naturellement, toutes ces marchandises ne pouvaient trouver place dans cette boutique somptueuse qui donnait sur la rue (ou sur le pont) et, faute de cave, c'est non seulement le grenier de la maison qui servait d'entrepôt, mais tout le premier et tout le deuxième étage, ainsi que toutes les pièces qui se trouvaient au niveau le plus bas, côté fleuve. La conséquence de tout cela, c'est qu'il régnait dans la maison Baldini un indescriptible chaos d'odeurs. Si raffinée que fût la qualité de chaque produit — car Baldini ne se fournissait qu'en première qualité —, leur polyphonie olfactive était intolérable, comme un orchestre de mille exécutants, dont chacun aurait joué *fortissimo* une mélodie différente. Baldini et ses employés n'étaient plus sensibles à ce chaos, tels de vieux chefs d'orchestre, dont on sait bien qu'ils sont tous durs d'oreille, et même son épouse, qui habitait au troisième étage et défendait celui-ci avec acharnement, contre une nouvelle extension de l'entrepôt, n'était plus guère incommodée par toutes ces odeurs. Il en allait autrement du client qui pénétrait pour la première fois dans la boutique de Baldini. Il encaissait de plein fouet l'impact de ce mélange d'odeurs et, selon son tempérament, s'en trouvait exalté ou abruti, et dans tous les cas le désarroi de ses sens était tel que souvent il ne savait plus du tout pourquoi il était entré. Les garçons de courses en oubliaient leur commission. Des messieurs à l'air rogue en avaient le cœur tout soulevé. Et plus d'une dame était prise d'un malaise, à moitié d'hystérie et à moitié de claustrophobie, perdait connaissance et ne retrouvait ses esprits qu'en respirant les sels les plus puissants, à base d'huile d'œillet, d'ammoniaque et d'esprit de camphre.

Dans de telles conditions, il n'était donc pas fort surprenant que le carillon persan, à la porte de la boutique de Giuseppe Baldini, retentît de plus en plus rarement et que les hérons d'argent ne crachassent plus qu'exceptionnellement.

10

De derrière ce comptoir, où il était planté comme une statue depuis des heures à regarder fixement la porte, Baldini cria :

« Chénier ! Mettez votre perruque ! »

Apparut alors, entre les tonneaux d'huile d'olive et les jambons de Bayonne qui pendaient du plafond, l'ouvrier de Baldini, Chénier, un homme un peu plus jeune que son patron, mais déjà vieux, qui s'avança jusqu'à la partie la plus chic de la boutique. Il tira sa perruque de la poche de sa veste et s'en coiffa le crâne.

« Vous sortez, monsieur ?

— Non, dit Baldini, je vais me retirer quelques heures dans mon laboratoire et je veux n'être dérangé sous aucun prétexte.

— Ah ! je comprends ! Vous allez créer un nouveau parfum. »

BALDINI. — C'est cela. Pour parfumer un maroquin pour le comte de Verhamont. Il exige quelque chose de complètement nouveau. Il exige quelque chose comme... comme... je crois que ça s'appelait *Amor et Psyché*, ce qu'il voulait, et il paraîtrait que c'est de ce... de cet incapable de la rue Saint-André-des-Arts, de ce...

CHÉNIER. — Pélissier.

BALDINI. — Oui. Pélissier. C'est ça. C'est ainsi que s'appelle cet incapable. *Amor et Psyché* de Pélissier. Vous connaissez ça ?

CHÉNIER. — Ouais. Si, si. On sent cela partout, maintenant. A tous les coins de rue. Mais si vous voulez mon avis : rien d'extraordinaire ! Rien en tout cas qui puisse se comparer à ce que vous allez composer, monsieur.

BALDINI. — Non, naturellement.

CHÉNIER. — Cela vous a une odeur extrêmement banale, cet *Amor et Psyché*.

BALDINI. — Une odeur vulgaire ?

CHÉNIER. — Tout à fait vulgaire, comme tout ce que fait Pélissier. Je crois qu'il y a dedans de l'huile de limette.

BALDINI. — Pas possible ! Et quoi encore ?

CHÉNIER. — Peut-être de l'essence de fleur d'oranger. Et peut-être de la teinture de romarin. Mais je ne saurais le dire avec certitude.

BALDINI. — D'ailleurs, ça m'est complètement égal.

CHÉNIER. — Evidemment.

BALDINI. — Je me fiche complètement de ce que cet incapable de Pélissier a bien pu gâcher dans son parfum. Je ne m'en inspirerai même pas !

CHÉNIER. — Et vous aurez bien raison, monsieur.

BALDINI. — Comme vous le savez, je ne m'inspire jamais de personne. Comme vous le savez, mes parfums sont le fruit de mon travail.

CHÉNIER. — Je le sais, monsieur.

BALDINI. — Ce sont des enfants que je porte et que je mets au monde tout seul !

CHÉNIER. — Je sais.

BALDINI. — Et je songe à créer pour le comte de Verhamont quelque chose qui fera véritablement fureur.

CHÉNIER. — J'en suis convaincu, monsieur.

BALDINI. — Vous vous chargez de la boutique. J'ai besoin d'être tranquille. Faites en sorte que j'aie la paix, Chénier...

Il dit et, sans plus rien d'imposant désormais, courbé comme il seyait à son âge et même avec une allure de chien battu, il s'éloigna en traînant les pieds et gravit lentement l'escalier qui menait au premier étage, où se trouvait son laboratoire.

Chénier prit derrière le comptoir la place et exactement la même pose que son maître, le regard rivé sur la porte. Il savait ce qui allait se passer au cours des prochaines heures : dans la boutique, rien, et dans le laboratoire, là-haut, la catastrophe habituelle. Baldini allait ôter son habit bleu imprégné de frangipane, s'asseoir à son bureau et attendre l'inspiration. L'inspiration ne viendrait pas. Sur quoi Baldini se précipiterait sur l'armoire contenant des centaines de flacons d'échantillons et fabriquerait un mélange au petit bonheur. Ce mélange serait raté. Baldini proférerait des jurons, ouvrirait lentement la fenêtre et jetterait le mélange dans le fleuve. Il ferait un autre essai, qui serait tout aussi raté, et cette fois il crierait, tempêterait et, dans la pièce déjà pleine de parfums, à vous faire tourner la tête, il aurait une crise de larmes. Il redescendrait vers sept heures dans un état lamentable, tremblant et pleurant, et dirait :

« Chénier, je n'ai plus de nez, je suis incapable de donner le jour à ce parfum, je ne peux pas livrer le maroquin du comte, je suis perdu, je suis déjà mort en dedans, je veux mourir, je vous en prie, Chénier, aidez-moi à mourir ! »

Et Chénier proposerait qu'on envoie quelqu'un chez Pélissier acheter un flacon d'*Amor et Psyché*, et Baldini acquiescerait à condition que personne n'apprenne cette ignominie ; Chénier jurerait ses grands dieux et la nuit, en cachette, ils imprégneraient le maroquin du comte de Verhamont avec le parfum du concurrent. Voilà ce qui allait se passer, ni plus ni moins, et Chénier aurait seulement souhaité que toute cette comédie soit déjà finie. Baldini n'était plus un grand parfumeur. Autrefois, oui, dans sa jeunesse, il y a trente ou quarante ans, il avait créé *Rose du Sud* et le *Bouquet Galant de Baldini*, deux parfums splendides, auxquels il devait sa fortune. Mais maintenant il était vieux et usé, il ne connaissait plus les modes actuelles ni le nouveau goût des gens, et quand par hasard il raclait ses fonds de tiroir pour bricoler un parfum de son cru, c'était un truc complètement démodé et invendable, qu'au bout d'un an ils diluaient au dixième et écoulaient pour parfumer les fontaines. Dommage pour lui, songeait Chénier en vérifiant dans la glace la position de sa perruque, dommage pour le vieux Baldini ; dommage pour son affaire florissante, car, d'ici qu'il l'ait coulée, je serai trop vieux pour la reprendre...

11

Giuseppe Baldini avait bien ôté son habit parfumé, mais ce n'était que par une vieille habitude. Il y avait longtemps que l'odeur de frangipane ne le dérangeait plus pour sentir les parfums, car enfin il la portait sur lui depuis des lustres et ne la percevait plus du tout. Il avait aussi fermé à clef la porte du laboratoire et demandé qu'on ne le dérangeât pas, mais il ne s'était pas assis à son bureau pour ruminer et attendre l'inspiration, car il savait bien mieux encore que Chénier que l'inspiration ne viendrait pas ; car en fait elle n'était jamais venue. C'était vrai qu'il était vieux et usé, et vrai aussi qu'il n'était plus un grand parfumeur ; mais lui savait qu'il ne l'avait jamais été de sa vie. *Rose du Sud*, il l'avait hérité de son père, et la recette du *Bouquet Galant de Baldini*, il l'avait achetée à un marchand d'épices ambulant qui venait de Gênes. Ses autres parfums étaient des mélanges connus de toute éternité. Jamais il n'avait rien inventé. Il n'était pas un inventeur. Il était un fabricant soigneux de parfums qui avaient fait leurs preuves ; il était comme un cuisinier qui, à force d'expérience et de bonnes recettes, fait de la grande cuisine, mais n'a jamais encore inventé un seul plat. Laboratoire, expérimentations, inspiration, secrets de fabrication : il ne se livrait à toutes ces simagrées que parce qu'elles faisaient partie de l'image qu'on se faisait d'un « maître parfumeur et gantier ». Un parfumeur, c'était une sorte d'alchimiste, il faisait des miracles, voilà ce que voulaient les gens — eh bien, soit ! Que son art ne fût qu'un artisanat comme tant d'autres, il était le seul à le savoir, et c'était là sa fierté. Il n'entendait pas du tout être un inventeur. Toute invention lui était fort suspecte, car elle signifiait toujours qu'on enfreignait une règle. Il ne songeait d'ailleurs nullement à inventer un nouveau parfum pour ce comte de Verhamont. Du reste, il ne se laisserait pas persuader par Chénier, ce soir, de se procurer *Amor et Psyché* de Pélissier. Il l'avait déjà. Le parfum était là, sur son bureau, devant la fenêtre, dans un petit flacon de verre avec un bouchon à l'émeri. Cela faisait déjà quelques jours qu'il l'avait acheté. Pas lui-même, naturellement. Il ne pouvait tout de même pas aller en personne chez Pélissier acheter un parfum ! Mais il avait pris un intermédiaire, qui à son tour en avait pris un second... La prudence s'imposait. Car Baldini ne voulait pas seulement utiliser ce parfum pour le maroquin du comte, cette petite quantité n'y aurait d'ailleurs pas même suffi. Ses intentions étaient bien pires : ce parfum, il voulait le copier.

Au demeurant, ce n'était pas interdit. C'était seulement d'une extraordinaire inélégance. Contrefaire en cachette le parfum d'un concurrent et le vendre sous son propre nom, c'étaient des manières détestables. Mais c'était encore plus inélégant et plus détestable de se faire prendre sur le fait, et c'est pourquoi il ne fallait pas que Chénier fût au courant, car Chénier était bavard.

Ah ! quel malheur qu'un honnête homme fût contraint d'emprunter des voies aussi tortueuses ! Quel malheur de souiller de façon aussi sordide le bien le plus précieux qu'on possédait, à savoir son propre honneur ! Mais que faire ? Malgré tout, le comte de Verhamont était un client qu'on ne pouvait se permettre de perdre. De toute manière, Baldini n'avait plus guère de clients. Il était contraint à nouveau de courir derrière ses pratiques, comme au début des années vingt, lorsqu'il était au commencement de sa carrière et sillonnait les rues, son petit éventaire accroché sur le ventre. Or, Dieu sait que lui, Giuseppe Baldini, propriétaire du magasin de produits de parfumerie qui était le plus grand de Paris, et d'ailleurs florissant, ne bouclait plus son budget qu'à condition de visiter ses clients, sa mallette à la main. Et cela lui déplaisait fort, car il avait largement dépassé la soixantaine et il détestait attendre dans des antichambres froides, pour faire renifler à de vieilles marquises de l'Eau de Mille Fleurs ou du Vinaigre des Quatre Brigands, ou pour leur vanter les mérites d'un onguent contre la migraine. Au reste, il régnait dans ces antichambres une concurrence parfaitement écœurante. On y rencontrait cet arriviste de Brouet, de la rue Dauphine, qui prétendait posséder le plus vaste catalogue de pommades de toute l'Europe ; ou Calteau, de la rue Mauconseil, qui s'était débrouillé pour devenir fournisseur officiel de la comtesse d'Artois ; ou cet individu imprévisible, cet Antoine Pélissier, de la rue Saint-André-des-Arts, qui chaque saison lançait un nouveau parfum dont tout le monde se toquait.

Un parfum de Pélissier pouvait ainsi bouleverser tout le marché. Si, une année, la mode était à l'Eau de Hongrie, et que Baldini s'était par conséquent approvisionné en lavande, bergamote et romarin de manière à couvrir ses besoins, voilà que Pélissier sortait *Air de Musc,* un parfum musqué extrêmement lourd. Il fallait tout d'un coup que tout le monde dégage cette odeur bestiale, et il ne restait plus à Baldini qu'à faire passer son romarin en lotions capillaires, et qu'à coudre sa lavande dans des petits sachets à mettre dans les armoires. Si au contraire, l'année suivante, il avait commandé en grandes quantités du musc, de la civette et du castoréum, il prenait à Pélissier la fantaisie de créer un parfum baptisé *Fleur des Bois,* qui sans tarder était un succès. Et si, pour finir, Baldini, après avoir tâtonné pendant des nuits ou en graissant chèrement quelques pattes, réussissait à savoir de quoi *Fleur des Bois* était fait, voilà que Pélissier abattait une nouvelle carte, qui s'appelait *Nuits turques* ou *Senteur de Lisbonne* ou *Bouquet de la Cour,* ou Dieu sait quoi encore. Cet animal était en tout cas, avec sa créativité débridée, un danger pour toute la profession. On aurait souhaité retrouver la rigidité des anciennes lois corporatives. On aurait souhaité que soient prises les mesures les plus draconiennes contre cet empêcheur de danser en rond, contre ce fauteur d'inflation parfumière. Il fallait lui retirer sa patente et lui coller une bonne interdiction d'exercer... et pour commencer, ce type aurait dû faire un apprentissage ! Car il n'avait pas sa maîtrise de parfumeur et gantier, ce Pélissier. Son père était vinaigrier, et Pélissier fils était vinaigrier, purement et simplement. Et c'est uniquement parce qu'en tant que vinaigrier il avait le droit de faire dans les spiritueux qu'il avait pu s'introduire subrepticement sur les terres des véritables parfumeurs et y faire tous ces dégâts, cet animal puant. Du reste, depuis quand avait-on besoin d'un nouveau parfum chaque saison ? Est-ce que c'était nécessaire ? Le public autrefois était aussi très satisfait avec de l'eau de violette et quelques bouquets simples à base de fleurs qu'on modifiait très légèrement peut-être tous les dix ans. Pendant des millénaires, les hommes s'étaient contentés d'encens et de myrrhe, de quelques baumes et huiles, et d'aromates séchés. Et même quand ils eurent appris à distiller dans des cornues et des alambics, à se servir de la vapeur d'eau pour arracher aux plantes, aux fleurs et aux bois leur principe odorant sous forme d'huiles éthériques, à extraire ce principe avec des pressoirs de chêne à partir des graines et des noyaux et des écorces des fruits, ou bien à le soustraire aux pétales des fleurs avec des graisses soigneusement filtrées, le nombre des parfums était encore demeuré modeste. En ces temps-là, un personnage comme Pélissier n'eût pas été du tout possible, car alors, rien que pour produire une simple pommade, il fallait des capacités dont ce gâcheur de vinaigre n'avait pas la moindre idée. Il fallait non seulement savoir distiller, il fallait être expert en onguents et apothicaire, alchimiste et préparateur, commerçant, humaniste et jardinier tout à la fois. Il fallait être capable de distinguer entre la graisse de rognons d'agneau et la barde de veau, entre une violette Victoria et une violette de Parme. Il fallait savoir à fond le latin. Il fallait savoir quand se récolte l'héliotrope et quand fleurit le pélargonium, et que les fleurs du jasmin perdent leur arôme avec le lever du soleil. Autant de choses dont ce Pélissier n'avait aucune idée, cela va sans dire. Vraisemblablement, il n'avait jamais quitté Paris, ni vu de sa vie du jasmin en fleur. Sans parler du fait qu'il n'avait pas le moindre soupçon du travail de géant que cela exigeait, pour faire sourdre de cent mille fleurs de jasmin une pincée de concrète ou quelques gouttes d'essence absolue. Il ne connaissait vraisemblablement que cette dernière, ne connaissait le jasmin que comme un concentré liquide et brunâtre, contenu dans un petit flacon et rangé dans son coffre-fort à côté des nombreux autres flacons qui lui servaient à combiner ses parfums à la mode. Non, un personnage comme ce jeune fat de Pélissier, au bon vieux temps de la belle ouvrage, n'aurait même pas pu mettre un pied devant l'autre. Il lui manquait tout : caractère, instruction, frugalité, et le sens de la subordination corporative. Ses succès de parfumeur, il les devait purement et simplement à une découverte faite voilà tantôt deux cents ans par le génial Mauritius Frangipani (un Italien, du reste !), qui avait constaté que les principes des parfums sont solubles dans l'esprit-de-vin. En mélangeant à l'alcool ses poudres odorantes et en transférant ainsi leur parfum à un liquide évanescent, il avait affranchi le parfum de la matière, il avait spiritualisé le parfum, il avait inventé l'odeur pure, bref, il avait créé ce qu'on appelle le parfum. Quel exploit ! Quel événement historique ! Comparable en vérité seulement aux grandes conquêtes du genre humain, comme l'invention de l'écriture par les Assyriens, la géométrie euclidienne, les idées de Platon, et la transformation du raisin en vin par les Grecs. Un acte véritablement prométhéen !

Mais les grandes conquêtes de l'esprit humain ont toutes leurs revers, elles valent toujours à l'humanité non seulement des bienfaits, mais aussi contrariétés et misère, et malheureusement la magnifique découverte de Frangipani avait eu elle aussi des conséquences fâcheuses : car dès lors qu'on eut appris à capter dans des liqueurs et à mettre en flacons l'esprit des fleurs et des plantes, des bois, des résines et des sécrétions animales, l'art de la parfumerie échappa peu à peu au petit nombre d'artisans universellement compétents et devint accessible à des charlatans, pourvu qu'ils possédassent un nez point trop grossier, comme par exemple cette bête puante de Pélissier. Sans se soucier de la manière dont avait bien pu naître ce que contenaient ses flacons, il était en mesure de suivre ses lubies olfactives et de combiner tout ce qui lui passait par la tête, ou tout ce dont le public avait envie dans l'instant.

Pour sûr, ce bâtard de Pélissier, avec ses trente-cinq ans, était déjà à la tête d'une fortune plus grande que celle que lui, Baldini, avait fini par amasser au bout de trois générations et par un labeur obstiné. Et la fortune de Pélissier s'accroissait de jour en jour, tandis que Baldini voyait de jour en jour la sienne qui se rétrécissait. Une chose pareille eût été impensable autrefois ! Qu'un respectable artisan, un commerçant bien établi, ait à se battre pour assurer sa simple existence, on ne voyait ça que depuis quelques dizaines d'années ! Depuis que partout et dans tous les domaines s'était répandue cette manie fébrile d'innover, cet activisme sans retenue, cette rage d'expérimenter, cette folie des grandeurs, dans le négoce, dans les échanges et dans les sciences !

Ou encore cette folie de la vitesse ! Qu'avait-on à faire de toutes ces routes nouvelles qu'on piochait de toutes parts, et de ces nouveaux ponts ? Pour quoi faire ? A quoi cela vous avançait, de pouvoir gagner Lyon en une semaine ? Qui est-ce qui y tenait ? Qui y trouvait son compte ? Ou bien de traverser l'Atlantique, de filer en un mois jusqu'à l'Amérique — comme si, pendant des millénaires, on ne s'était pas fort bien passé de ce continent ! Qu'est-ce que perdait l'homme civilisé, à ne pas aller dans la forêt vierge des Indiens, ou chez les nègres ? Voilà maintenant qu'ils allaient jusqu'en Laponie, c'est dans le nord, dans les glaces éternelles, où vivent des sauvages qui dévorent des poissons crus. Et ils veulent découvrir encore un autre continent, qui se trouverait dans les mers du sud, allez savoir où c'est ! Et cette folie, en quel honneur ? Parce que les autres en faisaient autant, les Espagnols, les maudits Anglais, ces insolents de Hollandais, avec lesquels il fallait ensuite se prendre au collet, sans d'ailleurs en avoir les moyens. Un de ces bateaux de guerre coûte trois cent mille livres, excusez du peu, et se coule en cinq minutes d'un seul coup de canon, sans espoir de retour, et tout ça est payé avec nos impôts. Un dixième de tous nos revenus, voilà ce qu'exige M. le ministre des Finances aux dernières nouvelles, et c'est catastrophique, même si l'on n'en paie pas autant, car c'est cet état d'esprit qui est néfaste.

Tout le malheur de l'homme vient de ne pouvoir rester seul dans sa chambre, là où est sa place. *Dixit* Pascal. Et Pascal était un grand homme, un Frangipani de l'esprit, un artisan dans le meilleur sens du terme, mais les gens de cette trempe ne font plus recette aujourd'hui. A présent, les gens lisent des livres subversifs, écrits par des huguenots ou des Anglais. Ou bien ils écrivent des libelles, ou de prétendues sommes scientifiques, où ils mettent en question tout et le reste. Rien de ce qu'on pensait n'est plus vrai, à les entendre ; on a changé tout ça. Voilà que dans un verre d'eau nageraient de toutes petites bestioles qu'on ne voyait pas autrefois ; et il paraît que la syphilis est une maladie tout ce qu'il y a de plus normale et non pas un châtiment de Dieu ; lequel n'aurait pas créé le monde en sept jours, mais en des millions d'années, si du moins c'était bien lui ;

les sauvages sont des hommes comme nous ; nos enfants, nous les éduquons de travers ; et la terre n'est plus ronde comme naguère, elle est aplatie en haut et en bas comme melon — comme si ça avait de l'importance ! Dans tous les domaines, on pose des questions, on farfouille, on cherche, on renifle et on fait des expériences à tort et à travers. Il ne suffit plus de dire ce qui est et comment c'est : il faut maintenant que tout soit prouvé, de préférence par des témoins et des chiffres et je ne sais quelles expériences ridicules. Ces Diderot, d'Alembert, Voltaire, Rousseau, et autres plumitifs dont le nom m'échappe (il y a même parmi eux des gens d'Eglise, et des messieurs de la noblesse !), ils ont réussi ce tour de force de répandre dans toute la société leur inquiétude sournoise, leur joie maligne de n'être satisfaits de rien et d'être mécontents de toute chose en ce monde, bref, l'indescriptible chaos qui règne dans leurs têtes !

Où qu'on portât le regard, c'était l'agitation. Les gens lisaient des livres, même les femmes. Des prêtres traînaient dans les cafés. Et quand pour une fois la police intervenait et fourrait en prison l'une de ces signalées fripouilles, les éditeurs poussaient les hauts cris et faisaient circuler des pétitions, tandis que des messieurs et des dames du meilleur monde usaient de leur influence, jusqu'à ce qu'on libère la fripouille au bout de quelques semaines, ou qu'on la laisse filer à l'étranger, où elle continuait à pamphlétiser de plus belle. Et dans les salons, on vous rebattait les oreilles de la trajectoire des comètes ou d'expéditions lointaines, de la force des leviers ou de Newton, de l'aménagement des canaux, de la circulation sanguine et du diamètre du globe.

Et même le roi s'était fait présenter l'une de ces inepties à la dernière mode, une espèce d'orage artificiel nommé électricité : en présence de toute la Cour, un homme avait frotté une bouteille, et ça avait fait des étincelles, et il paraît que Sa Majesté s'était montrée très impressionnée. On ne pouvait imaginer que son arrière-grand-père, ce Louis-le-Grand qui méritait son nom et sous le règne béni duquel Baldini avait encore eu le privilège de vivre de nombreuses années, eût toléré qu'une démonstration aussi ridicule se déroulât sous ses yeux ! Mais c'était l'esprit des temps nouveaux, et tout cela finirait mal !

Car à partir du moment où l'on ne se gênait plus pour mettre en doute de la façon la plus insolente l'autorité de l'Eglise de Dieu ; où l'on parlait de monarchie, elle aussi voulue par Dieu, et de la personne sacrée du roi comme si ce n'étaient que des articles interchangeables dans un catalogue de toutes les formes de gouvernement, parmi lesquelles on pouvait choisir à sa guise ; quand enfin on avait le front, comme cela se faisait à présent, de présenter Dieu lui-même, le Tout-Puissant, comme quelque chose dont on pouvait fort bien se passer, et de prétendre très sérieusement que l'ordre, les bonnes mœurs et le bonheur sur terre étaient imaginables sans lui et pouvaient procéder uniquement de la moralité innée et de la raison des hommes... Dieu du ciel !..., il ne fallait plus s'étonner alors que tout soit sens dessus dessous, que les mœurs se dégradent et que l'humanité s'attire les foudres de Celui qu'elle reniait. Cela finira mal. La grande comète de 1681, dont ils ont ri et dont ils ont prétendu que ce n'était qu'un amas d'étoiles, c'était tout de même bien un avertissement divin ; car elle annonçait — on le savait bien maintenant — un siècle dissolu, un siècle de déchéance, un marécage spirituel, politique et religieux, que l'humanité avait creusé de ses mains, où elle n'allait pas tarder à sombrer et où seules fleurissaient encore des fleurs nauséabondes aux couleurs tapageuses, comme ce Pélissier !

Il était debout à la fenêtre, le vieux Baldini, et jetait un regard haineux vers le soleil qui éclairait le fleuve à l'oblique. Des péniches surgissaient sous ses pieds et glissaient lentement vers l'ouest en direction du Pont-Neuf et du port qui était au pied des galeries du Louvre. Aucune ne remontait ici le courant, elles empruntaient l'autre bras du fleuve, de l'autre côté de l'île. Ici, tout se contentait de descendre le courant, les péniches vides ou pleines, les petites embarcations à rames et les barques plates des pêcheurs, l'eau teintée de crasse et l'eau frisée d'or, tout ici ne faisait que s'écouler, descendre et disparaître, lentement, largement, irrésistiblement. Et quand Baldini regardait tout droit à ses pieds, le long de sa maison, il avait l'impression que les eaux aspiraient et entraînaient au loin les piles du pont, et il avait le vertige.

Ç'avait été une erreur d'acheter cette maison sur le pont et une double erreur de la prendre sur le côté ouest. Du coup, il avait sans cesse sous les yeux le courant qui s'éloignait et il avait l'impression de s'en aller lui-même, lui et sa maison et sa fortune acquise en des dizaines d'années : lui et elles partaient au fil de l'eau, et il était trop vieux et trop faible pour s'arc-bouter encore contre ce puissant courant. Parfois, lorsqu'il avait à faire sur la rive gauche, dans le quartier de la Sorbonne ou de Saint-Sulpice, il ne prenait pas par l'île et le pont Saint-Michel, mais faisait le tour par le Pont-Neuf, car sur ce pont il n'y avait pas de constructions. Alors il s'accotait au parapet du côté de l'est et regardait vers l'amont, afin de voir pour une fois le courant venir vers lui et tout lui apporter ; et pendant quelques instants il se plaisait à imaginer que la tendance de sa vie s'était inversée, que les affaires étaient florissantes, que la famille était prospère, que les femmes se jetaient à son cou et que son existence, au lieu de s'étioler, s'amplifiait à n'en plus finir.

Mais ensuite, quand il levait un tout petit peu les yeux, il voyait à quelques centaines de mètres sa propre maison, fragile, étroite et haute, sur le Pont-au-Change, et il voyait la fenêtre de son laboratoire au premier étage, et il se voyait lui-même à cette fenêtre, se voyait regarder en direction du fleuve et observer le courant qui s'éloignait, comme à présent. Et du coup le beau rêve s'envolait et Baldini, debout sur le Pont-Neuf, se détournait, plus abattu qu'avant, abattu comme à présent, tandis qu'il se détournait de la fenêtre, allait à son bureau et s'y asseyait.

12

Devant lui était posé le flacon contenant le parfum de Pélissier. Le liquide avait au soleil un éclat d'un brun doré, limpide, sans rien de trouble. Il avait l'air parfaitement innocent, comme du thé clair — et pourtant, outre quatre cinquièmes d'alcool, il contenait un cinquième de ce mystérieux mélange qui était capable de mettre en émoi une ville entière. Et ce mélange à son tour pouvait être constitué de trois ou de trente éléments différents, dans des proportions tout à fait précises qu'il fallait trouver parmi une infinité d'autres. C'était l'âme de ce parfum (pour autant qu'on pût parler d'âme, s'agissant d'un parfum de ce commerçant au cœur froid qu'était Pélissier) et c'est son agencement qu'il fallait maintenant découvrir.

Baldini se moucha soigneusement et baissa un peu la jalousie de la fenêtre, car la lumière directe du soleil était dommageable à tout élément odoriférant et à toute concentration olfactive un peu raffinée. Du tiroir de son bureau, il tira un mouchoir frais, en dentelle blanche, et le déploya. Puis il retira le bouchon du flacon, en le tournant légèrement. Ce faisant, il rejeta la tête en arrière et pinça les narines, car pour rien au monde il ne voulait se faire une impression prématurée en sentant directement le flacon. Le parfum se sentait à l'état épanoui, aérien, jamais à l'état concentré. Il en fit tomber quelques gouttes sur le mouchoir, qu'il agita en l'air pour faire partir l'alcool et qu'il porta ensuite à son nez. En trois coups très brefs, il aspira le parfum comme une poudre, l'expira aussitôt et, de la main, s'envoya de l'air frais au visage, puis renifla encore sur le même rythme ternaire et, pour finir, aspira une longue bouffée, qu'il relâcha lentement, en s'arrêtant plusieurs fois, comme s'il la laissait glisser sur un long escalier en pente douce. Il jeta le mouchoir sur la table et se laissa retomber contre le dossier de son fauteuil.

Le parfum était ignoblement bon. Ce misérable Pélissier était malheureusement un artiste. Un maître, Dieu nous pardonne, et quand bien même il n'avait pas suivi d'apprentissage ! Baldini eût souhaité que cet *Amor et Psyché* fût de lui. Cela n'avait pas trace de vulgarité. C'était absolument classique, rond et harmonieux. Et pourtant d'une nouveauté fascinante. C'était frais, mais pas racoleur. C'était fleuri sans être pâteux. Cela vous avait de la profondeur, une magnifique profondeur, tenace, flamboyante et d'un brun foncé — mais pas surchargée ni grandiloquente pour un sou.

Baldini se leva presque avec déférence et porta de nouveau le mouchoir à son nez.

« Merveilleux, merveilleux, marmonna-t-il en reniflant avidement. C'est d'un caractère gai, c'est affable, c'est comme une mélodie, ça vous met carrément de belle humeur... Sottises ! De belle humeur ! »

Et il rejeta rageusement le carré de dentelle sur la table, se détourna et alla dans le coin le plus reculé de la pièce, comme s'il avait honte de son enthousiasme.

« Ridicule ! De se laisser aller à de pareils dithyrambes. Comme une mélodie. Gai. Merveilleux. Belle humeur. — Stupidités ! Stupidités puériles. Impression momentanée. Vieille erreur de ma part.

Question de tempérament. Hérédité italienne, vrai-semblablement. Ne juge pas, tant que tu sens ! C'est la première règle, Baldini, vieille bête ! Sens, quand tu sens, et juge quand tu as senti ! *Amor et Psyché* est un parfum qui n'est pas indifférent. C'est un produit tout à fait réussi. Une combinaison habile. Pour ne pas dire de la frime. D'ailleurs, qu'attendre d'autre que de la frime, de la part d'un homme comme Pélissier ? Naturellement qu'un type comme Pélis-sier ne fabrique pas du parfum de bas étage. Cette fripouille sait parfaitement vous en mettre plein la vue, il sait troubler votre odorat avec une harmonie parfaite, il sait se déguiser en parfumeur classique comme le loup qui s'affublait d'une peau de mou-ton ; en un mot, c'est un scélérat de talent. Et c'est bien pire qu'un maladroit orthodoxe.

« Mais toi, Baldini, tu ne vas pas te laisser endor-mir. Tu as juste été un instant surpris par la première impression que t'a produite ce trucage. Mais est-ce qu'on sait quelle odeur il aura dans une heure, quand ses substances les plus volatiles se seront éva-porées et que son corps apparaîtra ? Ou quelle odeur il aura ce soir, lorsqu'on ne percevra plus que ces composants lourds et obscurs qui restent pour le moment dans la pénombre olfactive, dissimulés qu'ils sont par d'agréables rideaux de fleurs ? Attends un peu, Baldini !

« La deuxième règle dit : le parfum vit dans le temps ; il a sa jeunesse, sa maturité et sa vieillesse. Et ce n'est que s'il sent également bon à ces trois âges qu'on peut dire qu'il est réussi. N'avons-nous pas souvent déjà vu les cas d'un mélange de notre cru qui, au premier essai, avait une fraîcheur magnifi-que, et qui en peu de temps sentait le fruit pourri, et qui finalement avait une affreuse odeur de civette pure, parce que nous en avions forcé la dose ? Tou-jours être prudent avec la civette ! Une goutte de trop, et c'est la catastrophe. C'est une erreur classi-que. Qui sait, peut-être que Pélissier en aura trop mis ? Peut-être que d'ici ce soir il ne restera de son prétentieux *Amor et Psyché* qu'une vague odeur de pipi de chat ? Nous allons voir.

« Nous allons sentir. Comme la hache tranchante fend la souche et la débite en bûchettes, notre nez va scinder son parfum en tous ses composants. Il apparaîtra alors que ce parfum prétendument magique a été fait de façon très normale et d'ailleurs bien connue. Nous, Baldini, parfumeur, nous traquerons et débusquerons le vinaigrier Pélissier. Nous arracherons le masque qui dissimule sa trogne et nous démontrerons à cet innovateur ce dont est capable la vieille école. Nous allons le refaire au quart d'once près, son parfum à la mode. Entre nos mains, il va naître une seconde fois, si parfaitement copié que le plus fin limier ne saura le distinguer du sien. Non ! Nous n'en resterons pas là ! Nous l'améliorerons encore ! Nous mettrons le doigt sur ses erreurs, nous les éliminerons et nous lui collerons tout cela sous le nez en lui disant : tu n'es qu'un gâte-sauce, Pélissier ! Un petit péteux, voilà ce que tu es ! Un petit arriviste de la parfumerie, rien d'autre !

« Au travail, maintenant, Baldini ! Il s'agit d'affûter ton nez, et de t'en servir sans faire de sentiment ! De décortiquer ce parfum selon les règles de l'art ! D'ici ce soir, il faut que tu sois en possession de la formule ! »

Et il se rua de nouveau vers son bureau, prit du papier, de l'encre et un mouchoir propre, disposa tout soigneusement et commença son travail d'analyse. Cela consistait à se passer rapidement sous le nez le mouchoir imprégné de parfum frais et à tenter de capter au passage l'un ou l'autre des éléments de ce nuage odorant, sans se laisser trop distraire par le mélange complexe de toutes ses parties ; pour ensuite, tenant le mouchoir à bout de bras loin de lui, noter promptement le nom de l'élément qu'il venait de détecter, et derechef se passer le mouchoir sous le nez afin de saisir au vol le fragment suivant, et ainsi de suite...

13

Il travailla deux heures durant sans s'interrompre. Et de plus en plus fébriles étaient ses gestes, de plus en plus désordonnés les gribouillis de sa plume sur le papier, de plus en plus fortes les doses de parfum qu'il versait du flacon sur son mouchoir et se mettait sous le nez.

C'est à peine s'il sentait encore quelque chose, il était depuis longtemps anesthésié par les substances éthériques qu'il inhalait, il n'était même plus capable de reconnaître ce qu'au début de l'opération il avait cru analyser sans doute possible. Il sut que cela n'avait pas de sens de continuer à sentir. Il ne trouverait jamais de quoi était composé ce parfum à la mode, il n'y arriverait plus aujourd'hui, mais il n'y parviendrait pas davantage demain, quand son nez se serait, avec l'aide de Dieu, remis de cette épreuve. Jamais il n'avait pu apprendre à analyser ainsi. C'était une activité qui lui faisait horreur, de décortiquer un parfum ; de découper un tout, plus ou moins bien lié, en de simples fragments. Cela ne l'intéressait pas. Il n'avait plus envie de continuer.

Mais machinalement, sa main persistait à refaire, comme des milliers de fois, le geste gracieux consistant à humecter le mouchoir de dentelle, à l'agiter, puis à le faire voleter devant son visage ; et machinalement, à chacun de ces passages, Baldini absorbait goulûment une dose d'air imprégné de parfum, qu'il rejetait ensuite en la retenant comme il convenait. Jusqu'à ce qu'enfin son nez lui-même mît un terme à cette torture en enflant intérieurement de façon allergique et en se fermant de lui-même comme un bouchon de cire. A présent, il ne sentait plus rien du tout, il pouvait à peine respirer. Le nez était bouché comme par un gros rhume, et de petites larmes s'amassaient au coin des yeux. Dieu soit loué ! Il pouvait désormais s'arrêter en toute bonne conscience. Il avait fait son devoir, du mieux qu'il avait pu, dans toutes les règles de l'art, et comme souvent déjà il avait échoué. *Ultra posse nemo obligatur.* Le travail était terminé. Demain matin, il enverrait quelqu'un chez Pélissier acheter une grande bouteille d'*Amor et Psyché,* et il en parfumerait le maroquin du comte de Verhamont, suivant la commande qui lui avait été faite. Et ensuite il prendrait sa petite mallette, avec ses échantillons démodés de savonnettes, de sent-bon, de pommades et de sachets de senteurs, et il ferait sa tournée des salons, chez des duchesses séniles. Et un jour, la dernière duchesse sénile serait morte, et du même coup sa dernière cliente. Et lui-même serait alors un vieillard et vendrait sa maison, à Pélissier ou à l'un quelconque de ces commerçants aux dents longues, et peut-être qu'il en tirerait encore quelques milliers de livres. Et il ferait une ou deux valises, et, avec sa vieille femme, si elle n'était pas morte d'ici là, il partirait pour l'Italie. Et s'il survivait au voyage, il s'achèterait une petite maison à la campagne dans les environs de Messine, là où c'était peu cher. Et c'est là qu'il mourrait, Giuseppe Baldini, ci-devant grand parfumeur parisien, dans la misère la plus noire, s'il plaisait à Dieu. Et c'était bien ainsi.

Il reboucha le flacon, reposa sa plume et s'épongea une dernière fois le front avec le mouchoir imprégné de parfum. Il sentit le froid de l'alcool qui s'évaporait, mais plus rien d'autre. Le soleil se couchait.

Baldini se leva. Il ouvrit la jalousie et son corps fut baigné de la tête aux genoux dans la lumière du couchant et rougeoya d'un coup comme une torche à peine éteinte. Il vit derrière le Louvre l'aura écarlate du soleil, et une lueur plus douce sur les toits d'ardoise de la ville. A ses pieds, le fleuve brillait comme de l'or, les bateaux avaient disparu. Et sans doute une brise se levait, car des risées couvraient d'écailles la surface de l'eau, elles étincelaient ici et là de plus en plus près, comme si une main gigantesque avait déversé dans l'eau des millions de louis d'or, et le courant parut un moment s'être inversé : il coulait vers Baldini, comme un flot scintillant d'or pur.

Baldini avait les yeux humides et tristes. Pendant un moment, il se tint immobile, regardant ce tableau splendide. Puis soudain il ouvrit brutalement la fenêtre, et fit claquer les deux battants, et jeta bien haut et bien loin le flacon de Pélissier. Il le vit heurter l'eau et déchirer pour un instant le tapis d'or étince-lant.

L'air frais entra à flots. Baldini respira largement et nota que son nez était moins congestionné. Puis il ferma la fenêtre. Presque au même instant, la nuit tomba, tout d'un coup. Le tableau doré de la ville et du fleuve se figea en une silhouette d'un gris de cendre. La pièce était brusquement devenue sombre. Baldini avait repris la même posture qu'avant et regardait fixement par la fenêtre.

« Je n'enverrai personne chez Pélissier demain, dit-il en empoignant à deux mains le dossier de sa chaise. Je ne le ferai pas. Et je ne ferai pas non plus ma tournée des salons. J'irai demain chez le notaire et je vendrai ma maison et mon fonds de commerce. Voilà ce que je ferai. *E Basta !* »

Il avait à présent sur le visage une expression de galopin impertinent et il se sentait tout d'un coup très heureux. Il était redevenu ce vieux Baldini, c'est-à-dire Baldini jeune, courageux et résolu une fois de plus à faire front au destin — même si faire front, c'était en l'occurrence se retirer. Et alors ? Il n'y avait rien d'autre à faire ! Cette époque stupide ne lui laissait pas le choix. Dieu accorde de bonnes épo-ques et des mauvaises, mais il ne veut pas qu'aux époques mauvaises nous nous plaignions et nous lamentions, il veut que nous montrions que nous sommes des hommes. Et Il nous a envoyé un signe. Cette fantasmagorie rouge et or sur la ville, c'était un avertissement : agis, Baldini, avant qu'il soit trop tard ! Ta maison est encore bien assise, tes entrepôts encore pleins, et tu pourras encore obtenir un bon prix de ton fonds de commerce en déclin. Les décisions sont encore entre tes mains. Vieillir modestement à Messine, certes ce n'était pas ton but dans la vie, mais c'est tout de même plus honorable et plus chrétien que de faire somptueusement faillite à Paris. Que les Brouet, les Calteau et les Pélissier triomphent donc tranquillement. Giuseppe Baldini se retire du champ de bataille. Mais il l'aura fait de son propre chef et dans l'honneur !

A présent, il était carrément fier de lui. Et infiniment soulagé. Pour la première fois depuis bien des années, les courbatures serviles de son échine disparaissaient, qui lui avaient crispé la nuque et ployé toujours plus bas les épaules, et il se tenait droit sans peine, affranchi, libéré et content. Son souffle passait aisément par son nez. Il percevait nettement l'odeur d'*Amor et Psyché* qui régnait dans la pièce, mais cela ne lui faisait plus rien. Baldini avait transformé sa vie et se sentait merveilleusement bien. Il allait maintenant voir sa femme et la mettre au courant de ses décisions, puis il irait à Notre-Dame et allumerait un cierge pour remercier Dieu du signe qu'Il lui avait adressé et pour l'incroyable fermeté de caractère qu'Il avait accordée à son serviteur, Giuseppe Baldini.

C'est avec une fougue quasi juvénile qu'il flanqua sa perruque sur son crâne chauve, enfila son habit bleu, saisit le chandelier qui était sur son bureau et quitta le laboratoire. A peine avait-il allumé sa bougie au lampion de l'escalier pour s'éclairer jusqu'à son appartement, qu'il entendit sonner en bas, au rez-de-chaussée. Ce n'était pas le beau carillon persan de la porte de la boutique, c'était la sonnette aigrelette de l'entrée de service, dont le bruit déplaisant l'avait toujours irrité. Il avait souvent voulu la supprimer pour la remplacer par une clochette plus agréable, mais avait toujours reculé devant la dépense ; et maintenant, songea-t-il soudain avec un petit ricanement, cela n'avait plus aucune importance ; il allait vendre cette sonnette importune en même temps que toute la maison. Ce serait à son successeur de s'en irriter !

La sonnette grelottait à nouveau. Il écouta ce qui se passait en bas. Manifestement, Chénier avait déjà quitté la boutique. La bonne ne semblait pas vouloir descendre non plus. Aussi Baldini descendit-il lui-même pour ouvrir.

Vigoureusement, il tira le verrou et fit tourner le lourd panneau... et il ne vit rien. L'obscurité engloutissait complètement la lueur de sa bougie. Puis, très progressivement, il parvint à distinguer une petite silhouette, un enfant ou un jeune adolescent, qui portait quelque chose sur le bras.

« Que veux-tu ?

— C'est Maître Grimal qui m'envoie, j'apporte le chevreau », dit la silhouette.

L'enfant s'approcha et tendit à Baldini son bras replié, sur lequel étaient accrochées quelques peaux, les unes sur les autres. A la lumière de sa bougie, Baldini distingua le visage d'un garçon, le regard aux aguets et craintif. Son attitude était défiante. On aurait dit qu'il se cachait derrière son avant-bras tendu, comme quelqu'un qui s'attend à des coups. C'était Grenouille.

14

Le chevreau pour le maroquin du comte ! Baldini
se rappelait. Il avait commandé ces peaux voilà quelques jours chez Grimal : du cuir chamoisé, le plus fin
et le plus souple, pour le sous-main du comte de
Verhamont, à quinze francs la peau. Mais à présent,
il n'en avait plus que faire, à vrai dire ; il pouvait
s'épargner cette dépense. D'un autre côté, s'il se
contentait de renvoyer ce garçon... ? Qui sait, cela
pouvait faire mauvaise impression, on allait peut-
être jaser, des bruits pouvaient se répandre : Baldini
n'est plus de parole, Baldini n'a plus de commandes,
Baldini ne peut plus payer... et tout ça n'était pas
bon, non, non, car cela pouvait faire baisser la valeur
du fonds. Mieux valait accepter ce chevreau inutile.
Personne n'avait besoin de savoir avant l'heure que
Giuseppe Baldini avait transformé sa vie.

« Entre ! »

Il fit entrer le garçon et ils passèrent dans la boutique. Baldini devant avec son chandelier, Grenouille
sur ses talons avec les peaux. C'était la première fois
que Grenouille mettait les pieds dans une parfumerie, dans un lieu où les odeurs n'étaient pas accessoires, mais où elles étaient carrément au centre des
préoccupations. Il connaissait naturellement tous
les droguistes et marchands de parfums de la ville, il
avait passé des nuits entières devant leurs vitrines, le
nez pressé contre les fentes de leurs portes. Il
connaissait tous les parfums qu'on y vendait et souvent déjà il les avait en imagination combinés en de
magnifiques créations intérieures. Donc, rien de
nouveau ne l'attendait là. Mais de même qu'un
enfant doué pour la musique brûle de voir un
orchestre de près ou de monter, à l'église, jusqu'au
buffet d'orgue pour y découvrir les claviers, de même
Grenouille brûlait de voir une parfumerie de près et,
quand il avait entendu dire qu'il fallait livrer du cuir

à Baldini, il avait tout mis en œuvre pour qu'on lui confie cette commission.

Et voilà qu'il était dans cette boutique de Baldini, à l'endroit de Paris où le plus grand nombre de parfums professionnels étaient réunis sur aussi peu de place. Il ne voyait pas grand-chose, à la lumière vagabonde de la bougie, il aperçut tout juste l'ombre du comptoir avec sa balance, les deux hérons au-dessus de leur bassin, un fauteuil pour les clients, les rayonnages sombres le long des murs, le reflet fugitif d'ustensiles de cuivre, et des étiquettes blanches sur des bocaux et des coupelles ; et il ne sentit d'ailleurs rien de plus que ce qu'il avait déjà senti dans la rue. Mais il ressentit aussitôt la gravité qui régnait en ces lieux, on aimerait presque dire la gravité sacrée, si le mot « sacré » avait eu pour Grenouille la moindre signification ; c'est la gravité froide qu'il ressentait, le réalisme artisanal, le sobre sens des affaires qui était attaché à chaque meuble, à chaque instrument, aux tonnelets, aux bouteilles et aux pots. Et tandis qu'il marchait derrière Baldini, dans l'ombre de Baldini, car celui-ci ne se donnait pas la peine de l'éclairer, la pensée s'imposait à lui que sa place était ici et nulle part ailleurs, qu'il allait y rester et que c'était de là qu'il bouleverserait le monde.

Cette pensée était naturellement d'une immodestie proprement grotesque. Il n'y avait rien, mais vraiment rien du tout, qui pût autoriser un petit vagabond, employé subalterne d'une tannerie, d'origine plus que douteuse, sans relations ni protections, ni le moindre statut corporatif, à espérer prendre pied dans le commerce de parfums le plus renommé de Paris ; d'autant que, comme nous le savons, la fermeture de ce commerce était quasiment chose faite. Mais il ne s'agissait au demeurant pas d'un espoir : ce qu'exprimait l'immodeste pensée de Grenouille, c'était une certitude. Cette boutique, il savait qu'il ne la quitterait plus que pour aller chercher son balluchon chez Grimal, et ensuite plus jamais. La tique avait senti le sang. Des années durant, elle s'était tenue immobile, refermée sur elle-même, et avait attendu. Maintenant, elle se laissait tomber, jouant son va-tout, sans rien qui ressemblât à de l'espoir. Et c'est pourquoi sa certitude était si grande.

Ils avaient traversé la boutique. Baldini ouvrit l'arrière-boutique qui donnait sur le fleuve et qui servait pour partie d'entrepôt, pour partie d'atelier et de laboratoire : on y cuisait les savons, on y travaillait les pommades, et l'on y mélangeait les eaux de senteur dans des bouteilles pansues. Lui montrant une grande table devant la fenêtre, Baldini dit au garçon :

« Là ! Pose-les là ! »

Grenouille sortit de l'ombre de Baldini, étendit les peaux sur la table, puis bondit prestement en arrière et se plaça entre Baldini et la porte. Baldini resta encore un moment sans bouger. Il tenait la bougie un peu sur le côté, pour qu'il ne tombe pas de goutte de cire sur la table, et caressait du dos des doigts la surface lisse du cuir. Puis il retourna la première feuille et passa la main sur son envers, qui était comme du velours, à la fois rêche et doux. Il était très bon, ce cuir. Fait tout exprès pour un maroquin. Il ne rétrécirait presque pas au séchage et, si on le rebroussait bien à la paumelle, il retrouverait toute sa souplesse, cela se sentait tout de suite, rien qu'à le serrer entre le pouce et l'index ; il pourrait emmagasiner le parfum pour cinq ou dix ans ; c'était un très, très bon cuir — peut-être qu'il en ferait des gants, trois paires pour lui et trois pour sa femme, en vue du voyage jusqu'à Messine.

Il retira sa main. La table de travail avait une allure émouvante : comme tout y était prêt ! Le bassin de verre pour le bain de parfum, la plaque de verre pour le séchage, les creusets pour additionner les essences, le pilon et la spatule, le pinceau, la paumelle et les ciseaux. C'était comme si ces choses n'avaient fait que dormir parce qu'il faisait nuit et allaient reprendre vie demain. Peut-être devrait-il emporter cette table à Messine ? Et une partie de ses instruments, en se limitant aux plus importants ?... On était bien assis et l'on travaillait très bien, à cette table. Le plateau était en planches de chêne, et le piétement aussi, l'ensemble était entretoisé, si bien que rien ne tremblait ni ne branlait dans cette table, qui de surcroît ne craignait ni acide, ni huile, ni coup de couteau... et qui coûterait une fortune à emporter à Messine ! Même par bateau ! Et c'est pourquoi elle serait vendue, cette table, elle serait vendue demain, comme d'ailleurs tout ce qu'il y avait dessus, dessous et à côté ! Car lui, Baldini, avait le cœur tendre, certes, mais il avait aussi du caractère, et c'est pour-quoi, même s'il lui en coûtait, il mettrait sa décision à exécution ; il abandonnerait tout cela les larmes aux yeux, mais il le ferait tout de même, car il savait que c'était la bonne décision, il avait reçu un signe.

Il se retourna pour sortir. Et voilà que ce petit être mal bâti lui bouchait la porte, il l'avait déjà presque oublié.

« C'est bien, dit Baldini. Tu diras à ton maître que le cuir est bien. Je passerai l'un de ces prochains jours pour le régler.

— Très bien », dit Grenouille sans bouger, barrant ainsi la route à Baldini, qui s'apprêtait à quitter l'atelier.

Baldini tiqua un peu mais, ne soupçonnant rien, il prit l'attitude du garçon pour de la timidité et non pour de l'astuce.

« Qu'est-ce qu'il y a ? demanda-t-il. Tu as encore une commission à me faire ? Eh bien, dis-la. »

Grenouille était toujours tassé sur lui-même et levait vers Baldini ce regard qui paraissait traduire l'anxiété, mais provenait en fait d'une tension de bête aux aguets.

« Je veux travailler chez vous, Maître Baldini. Chez vous, je veux travailler dans votre affaire. »

Cela n'était pas dit sur le ton de la prière, mais de la revendication, et d'ailleurs ce n'était pas vraiment dit, c'était sorti comme sous pression, dans un sifflement de reptile. Et de nouveau Baldini se méprit sur l'énorme assurance de Grenouille, il y vit la maladresse d'un petit garçon. Il le regarda avec un sourire aimable et lui dit :

« Tu es apprenti tanneur, mon fils ; je n'ai pas l'emploi d'un apprenti tanneur. J'ai moi-même un compagnon, et je n'ai pas besoin d'un apprenti.

— Vous voulez parfumer ces peaux de chevreau, Maître Baldini ? Ces peaux que je vous ai apportées, vous voulez qu'elles sentent, n'est-ce pas ? siffla Grenouille comme s'il n'avait pas prêté attention à la réponse de Baldini.

— Effectivement, dit Baldini.

— Qu'elles sentent *Amor et Psyché* de Pélissier ? » demanda Grenouille en se tassant encore davantage sur lui-même.

Là, Baldini fut parcouru d'un léger frisson de frayeur. Non qu'il se demandât comment ce petit gars était si bien au courant, mais simplement à entendre le nom de ce parfum détesté, dont sa tentative de déchiffrage s'était aujourd'hui soldée par un échec.

« Où vas-tu prendre cette idée absurde que j'utiliserais le parfum d'un autre, pour...

— Vous sentez ce parfum ! siffla Grenouille. Vous en avez sur le front, et dans la poche droite de votre habit, vous avez un mouchoir qui en est imprégné. Il n'est pas bon, cet *Amor et Psyché*, il est mauvais, il y a dedans trop de bergamote et trop de romarin, et pas assez d'huile de rose.

— Ah ! tiens, dit Baldini qui était complètement surpris par le tour technique que prenait la conversation. Quoi d'autre ?

— Fleur d'oranger, limette, œillet, musc, jasmin, de l'eau-de-vie et quelque chose dont je ne connais pas le nom, tenez, c'est là ! Dans cette bouteille ! »

Et il tendit le doigt vers un endroit qui était dans le noir. Baldini brandit son chandelier dans la direction indiquée, son regard suivi l'index du garçon et tomba sur une bouteille du rayon ; elle était pleine d'un baume gris-jaune.

« Du storax ? » demanda-t-il.

Grenouille acquiesça de la tête.

« Oui. C'est ce qui est là. Du storax. »

Puis il se plia, comme tordu par une convulsion et murmura le mot pour lui seul au moins une douzaine de fois :

» Storaxstoraxstoraxstorax... »

Baldini tendit sa bougie vers cet avorton qui coassait « storax » dans son coin et pensa : ou bien il est possédé, ou bien c'est un escroc, ou bien il est exceptionnellement doué. Car, judicieusement dosés, il était fort possible que les éléments indiqués pussent donner *Amor et Psyché* ; c'était même vraisemblable. Huile de rose, œillet et storax : c'étaient ces trois composants qu'il avait si désespérément cherchés cet après-midi ; avec eux, les autres éléments de la composition (qu'il croyait avoir reconnus lui aussi) collaient comme des sections pour former un joli gâteau rond. La question n'était plus que de savoir dans quelles proportions exactes il fallait les assembler. Et pour le découvrir, il faudrait à Baldini des jours entiers d'expériences, un travail épouvantable, presque pire encore que la simple identification des éléments, car il s'agirait alors de mesurer, de peser et de noter, et en même temps de faire terriblement attention, car la moindre inadvertance — la pipette qui tremble, une erreur en comptant les gouttes — pouvait tout gâcher. Et chaque essai loupé était affreusement cher. Chaque mélange gâché coûtait une petite fortune... Il allait mettre ce petit bonhomme à l'épreuve, il allait lui demander la formule exacte d'*Amor et Psyché*. S'il la savait, au gramme et à la goutte près, alors c'était à l'évidence un escroc, qui avait extorqué d'une manière ou d'une autre la recette de Pélissier pour trouver accès et embauche chez Baldini. Mais s'il la devinait approximativement, alors c'était un génie olfactif, et comme tel il piquait l'intérêt professionnel de Baldini. Non que celui-ci revînt sur la décision qu'il avait prise de lâcher son affaire ! Ce n'est pas le parfum de Pélissier en lui-même qui lui importait. Même si ce gars lui en procurait des litres, Baldini ne songeait pas un instant à en parfumer le maroquin du comte de Verhamont, mais... Mais on n'avait tout de même pas été parfumeur sa vie entière, on ne s'était pas occupé sa vie entière de la composition des parfums, pour perdre d'une heure à l'autre toute sa passion professionnelle ! Cela l'intéressait à présent de trouver la formule de ce maudit parfum, et plus encore d'explorer le talent de cet inquiétant garçon, qui avait été capable de lire un parfum sur son front. Il voulait savoir ce que cela cachait. Il était tout simplement curieux.

« Tu as, semble-t-il, le nez fin, jeune homme », dit-il quand Grenouille eut fini de coasser.

Il revint sur ses pas dans l'atelier, pour poser soigneusement le chandelier sur la table de travail.

« Le nez fin, il n'y a pas de doute, reprit-il, mais...

— J'ai le meilleur nez de Paris, Maître Baldini, interrompit Grenouille de sa voix grinçante. Je connais toutes les odeurs du monde, toutes celles qui se trouvent à Paris, toutes, seulement il y en a dont je ne connais pas le nom, mais je peux aussi apprendre les noms, toutes les odeurs qui ont des noms, ça ne fait pas beaucoup, ça ne fait que quelques milliers. Je les apprendrai tous, je n'oublierai jamais le nom de ce baume, storax, ce baume s'appelle storax, ce baume s'appelle storax, il s'appelle storax.

— Tais-toi ! cria Baldini. Ne m'interromps pas quand je parle ! Tu es impertinent et prétentieux. Personne au monde ne connaît mille odeurs par leurs noms. Moi-même, je n'en connais pas mille par leurs noms, mais seulement quelques centaines, car dans notre métier il n'y en a pas plus de quelques centaines ; tout le reste ne sent pas, mais pue ! »

Grenouille, qui s'était presque épanoui physiquement pendant son interruption éruptive et qui s'était même échauffé un instant jusqu'à faire de grands cercles avec ses bras pour indiquer « tout, tout » ce qu'il connaissait, se recroquevilla instantanément devant la réplique de Baldini comme un petit crapaud noir et resta sur le seuil, aux aguets, sans bouger. Baldini reprit :

« Je sais depuis longtemps, naturellement, qu'*Amor et Psyché* est composé de storax, d'huile de rose et d'œillet, et puis de bergamote et d'extrait de romarin, etc. Pour le découvrir, il faut juste, encore une fois, un assez bon nez, et il se peut tout à fait que Dieu t'ait donné un assez bon nez, comme à beaucoup, beaucoup d'autres gens encore, en particulier de ton âge. Le parfumeur, en revanche (et là Baldini leva l'index et bomba la poitrine), le parfumeur a besoin de plus que d'un assez bon nez. Il a besoin d'un organe olfactif que des dizaines d'années de formation ont rendu infaillible et qui lui permet de déchiffrer à coup sûr les odeurs les plus complexes, leur nature et leurs proportions, mais aussi de créer des mélanges d'odeurs nouveaux et inconnus. Un tel nez (et là Baldini tapota le sien du doigt) il ne s'agit pas de l'*avoir*, jeune homme ! Un tel nez, cela s'acquiert à force de travail et de persévérance. A moins, peut-être, que tu ne sois capable de fournir à la demande la formule exacte d'*Amor et Psyché ?* Eh bien ? En serais-tu capable ? »

Grenouille ne répondit pas.

« Serais-tu capable, peut-être, de me l'indiquer approximativement ? dit Baldini en se penchant un peu pour mieux distinguer le crapaud près de la porte. Juste en gros, à peu près ? Eh bien ? Parle, toi qui es le meilleur nez de Paris ! »

Mais Grenouille ne pipait mot.

« Tu vois ? dit Baldini à la fois satisfait et déçu en

85

se redressant. Tu ne peux pas. Evidemment pas. Comment le pourrais-tu, d'ailleurs. Tu es comme quelqu'un qui, en mangeant, sait si le potage est au cerfeuil ou au persil. Bon, c'est déjà ça. Mais pour autant, tu es encore loin d'être un cuisinier. Dans tout art, et aussi dans tout métier — note bien cela avant de partir —, le talent n'est presque rien, et l'expérience est tout, que l'on acquiert à force de modestie et de travail. »

Il reprenait le chandelier sur la table quand, depuis la porte, la voix grinçante de Grenouille lança :

« Je ne sais pas ce que c'est qu'une formule, Maître. Cela, je ne le sais pas, mais sinon je sais tout !

— Une formule est l'alpha et l'oméga de tout parfum, rétorqua Baldini sévèrement, car il voulait maintenant mettre un terme à cette conversation. C'est l'indication minutieuse des proportions dans lesquelles il faut mélanger les différents ingrédients pour obtenir le parfum qu'on souhaite et qui n'est semblable à aucun autre ; c'est cela, la formule. C'est la recette, si tu préfères ce mot.

— Formule, formule, coassa Grenouille en se faisant un peu plus grand devant la porte. Je n'ai pas besoin de formule. J'ai la recette dans le nez. Dois-je en faire le mélange pour vous, Maître, dois-je en faire le mélange, dois-je ?

— Comment cela ? cria Baldini assez fort en fourrant sa bougie tout près du visage de ce gnome. Comment cela, faire le mélange ? »

Pour la première fois, Grenouille ne se recroquevilla pas mais, tendant le doigt dans le noir, il dit :

« Mais elles sont toutes là, voyons, les odeurs dont on a besoin, elles sont toutes là dans cette pièce. L'huile de rose est là ! La fleur d'oranger est là ! L'œillet, là ! Le romarin, là !...

— Bien sûr qu'elles sont là ! hurla Baldini. Elles sont toutes là ! Mais moi je te dis, tête de bois, que ça ne sert à rien tant qu'on n'a pas la formule !

86

— ... Le jasmin, là ! L'eau-de-vie, là ! La bergamote, là ! Le storax, là ! coassait Grenouille sans
s'arrêter, en montrant à chaque nom un autre
endroit de la pièce, où il faisait tellement sombre
qu'on y devinait tout au plus l'ombre des rayons
garnis de bouteilles.

— Je parie que tu y vois aussi dans le noir, hein ?
lui lança méchamment Baldini. Tu n'as pas seulement le nez le plus fin de Paris, mais encore la vue la
plus perçante, c'est ça ? Eh bien, si tu as ne serait-ce
que d'assez bonnes oreilles, ouvre-les grandes et
écoute ce que je vais te dire : tu es un petit escroc. Tu
as vraisemblablement ramassé chez Pélissier je ne
sais quel renseignement, à force d'espionner, hein ?
Et tu crois que tu vas pouvoir me rouler ? »

Grenouille, à la porte, s'était maintenant redressé
de toute sa taille, si l'on peut dire, il avait les jambes
légèrement écartées et tenait les bras légèrement
ouverts, si bien qu'il avait l'air d'une araignée noire,
accrochée au chambranle et au seuil.

« Donnez-moi dix minutes, débita-t-il avec une
certaine aisance, et je vous fais ce parfum *Amor et
Psyché*. Là, tout de suite, dans cette pièce. Maître,
donnez-moi cinq minutes !

— Tu t'imagines que je vais te laisser faire joujou
dans mon atelier ? Avec des essences qui valent une
fortune ? Toi ?

— Oui, dit Grenouille.

— Bah ! » s'écria Baldini en lâchant tout d'un
coup tout son souffle.

Puis il respira à fond, regarda longuement l'araignée en question, et réfléchit. Au fond, ça n'a pas
d'importance, songea-t-il, puisque de toute façon
demain tout est fini. Certes, je sais bien qu'il ne peut
pas faire ce dont il prétend être capable, sinon il
serait encore plus fort que le grand Frangipani. Mais
pourquoi ne le ferais-je pas démontrer *de visu* ce que
je sais déjà ? Sinon, peut-être qu'un beau jour, à
Messine — on devient parfois bizarre, en vieillissant,

et l'on se raccroche aux lubies les plus aberrantes — l'idée que j'aie pu laisser passer un génie olfactif, un être comblé par la grâce divine, un enfant prodige... C'est tout à fait exclu. D'après tout ce que me dit ma raison, c'est exclu. Mais les miracles existent, c'est un fait avéré. Eh bien, si le jour où je mourrai, à Messine, l'idée me vient sur mon lit de mort qu'un certain soir, à Paris, je me suis bouché les yeux devant un miracle... Ce ne serait pas très agréable, Baldini ! Que cet ahuri gâche donc ces quelques gouttes de musc et d'huile de rose, tu les aurais gâchées toi-même si le parfum de Pélissier t'intéressait encore vraiment. Et que pèsent ces quelques gouttes (encore qu'elles coûtent cher, très, très cher !) comparées à la certitude de savoir, et à une fin de vie tranquille ?

« Ecoute-moi bien, dit-il avec une sévérité feinte. Ecoute-moi bien ! Je... Au fait, comment t'appelles-tu ?

— Grenouille, dit Grenouille. Jean-Baptiste Grenouille.

— Ah ! dit Baldini. Eh bien, écoute-moi bien, Jean-Baptiste Grenouille. J'ai réfléchi. Je veux que tu aies l'occasion de prouver ce que tu affirmes, maintenant, tout de suite. Ce sera du même coup une occasion pour toi d'apprendre, par un échec éclatant, la vertu d'humilité qui, si l'on peut comprendre et excuser qu'elle soit encore peu développée à un âge aussi jeune que le tien, n'en est pas moins une condition indispensable de ton existence ultérieure, comme membre de ta corporation et de ton état, comme époux, comme sujet du roi, comme être humain et comme bon chrétien. Je suis disposé à ce que cette leçon te soit donnée à mes frais, car certaines raisons font que je suis aujourd'hui d'humeur généreuse. Et puis, qui sait, peut-être qu'un jour le souvenir de cette scène me mettra de belle humeur. Mais ne va pas t'imaginer que tu puisses me rouler ! Le nez de Giuseppe Baldini est vieux, mais il est subtil, suffisamment subtil pour détecter aussitôt la moindre différence entre ce produit — et, ce disant, il tira de sa poche le mouchoir imprégné d'*Amor et Psyché* et l'agita sous le nez de Grenouille — et ta mixture. Approche, meilleur nez de Paris ! Approche de cette table et montre ce dont tu es capable ! Mais prends garde de rien renverser ni faire tomber ! Ne touche à rien, je vais d'abord faire davantage de lumière. Il nous faut un grand éclairage, pour cette petite expérience, n'est-ce pas ? »

Et il prit deux autres chandeliers posés au bord de la table de chêne, et les alluma. Il les disposa tous trois côte à côte sur le grand côté de la table, au fond, écarta les peaux de chevreau et dégagea le centre de la table. Puis, à gestes vifs et calmes, il prit sur un petit meuble les instruments nécessaires à l'opération : la grande bouteille pansue pour le mélange, l'entonnoir de verre, la pipette, le petit et le grand verre gradué, et il les rangea soigneusement devant lui sur le plateau de chêne.

Grenouille, pendant ce temps, s'était détaché du chambranle de la porte. Déjà pendant le pompeux discours de Baldini, il avait perdu toute sa raideur crispée de bête aux aguets. Il n'avait entendu que l'acceptation, que le oui, avec la jubilation intérieure d'un enfant qui a difficilement obtenu ce qu'il désirait et qui se moque des restrictions, conditions et considérations morales dont on assortit la permission. Très à l'aise sur ses deux jambes et ressemblant pour la première fois plus à un homme qu'à un animal, il laissa s'achever l'homélie du parfumeur dans une parfaite indifférence, sachant que l'homme qui lui cédait là était déjà à sa merci.

Tandis que Baldini était encore à manipuler ses chandeliers sur la table, Grenouille se glissait déjà vers les recoins sombres de l'atelier, près des rayons pleins d'essences, d'huiles et d'extraits précieux, et, obéissant à son flair infaillible, y choisissait les flacons qui lui étaient nécessaires. Il lui en fallait neuf :

essence de fleur d'oranger, huile de limette, huiles d'œillet et de rose, extraits de jasmin, de bergamote et de romarin, teinture de musc et baume de storax, qu'il eut vite fait de cueillir sur les rayons et de disposer sur le bord de la table. Enfin, il charria jusqu'au pied de la table une bonbonne d'esprit-de-vin hautement concentré. Puis il se plaça derrière Baldini, qui était encore en train de disposer ses instruments avec une pointilleuse minutie, déplaçant légèrement tel récipient dans un sens, tel autre dans un autre, afin que tout se présentât dans la bonne vieille ordonnance traditionnelle et eût belle allure à la lumière des chandeliers, et il attendit, tremblant d'impatience, que le vieux s'écarte et lui laisse la place.

« Voilà ! dit enfin Baldini en s'effaçant. Voici aligné tout ce dont tu as besoin pour... disons gentiment ton "expérience". Ne casse rien, ne verse pas à côté ! Car note bien ceci : ces liquides, que je te permets à présent de manipuler pendant cinq minutes, sont d'un prix et d'une rareté tels, que jamais plus de ta vie tu n'auras l'occasion d'en tenir entre tes mains sous une forme aussi concentrée !

— Combien dois-je vous en faire, Maître ? demanda Grenouille.

— En faire, de quoi ? dit Baldini. Qui n'avait pas encore achevé son discours.

— Combien de parfum, coassa Grenouille. Combien en voulez-vous ? Dois-je remplir à ras bord la grosse bouteille ? »

Et il montrait du doigt la bouteille à mélanger, qui tenait bien trois litres.

« Non ! Surtout pas ! » cria Baldini, atterré.

Ce qui avait crié ainsi en lui, c'était la peur spontanée, mais aussi profondément enracinée, de voir gaspiller son bien. Et comme s'il avait honte de s'être ainsi démasqué, il ajouta aussitôt, toujours en hurlant :

« Et puis je te serais reconnaissant de ne pas me couper la parole ! »

Puis il reprit plus calmement, en mettant quelque ironie dans son ton :

« Qu'aurions-nous à faire d'un parfum que nous n'apprécions ni l'un ni l'autre ? Il suffit en somme d'un demi-verre gradué. Mais comme il est difficile de mélanger avec précision d'aussi petites quantités, je veux bien te permettre de remplir au tiers la bouteille à mélanger.

— Bien, dit Grenouille, je vais remplir un tiers de cette bouteille d'*Amor et Psyché*. Mais, Maître Baldini, je vais le faire à ma façon. Je ne sais pas si c'est la façon que reconnaît la corporation, car celle-là, je ne la connais pas, mais je vais faire à ma façon.

— Je t'en prie ! » dit Baldini, sachant qu'il n'y avait pas telle et telle manière de procéder à cette opération, mais qu'il n'y en avait qu'une seule possible et judicieuse, qui consistait, connaissant la formule, à faire des règles de trois en fonction de la quantité à obtenir, à mélanger très précisément les essences en conséquence, puis à y ajouter l'alcool dans une proportion elle-même exacte, qui variait généralement entre un à dix et un à vingt, pour parvenir au parfum définitif. C'était la seule façon, il savait qu'il n'en existait pas d'autre. Et c'est bien pourquoi le spectacle auquel il allait assister, et qu'il suivit d'abord d'un air ironique et distant, puis avec inquiétude et étonnement, et pour finir avec simplement une stupeur désarmée, ne put lui apparaître que comme un prodige pur et simple. Et cette scène se grava si profondément dans sa mémoire qu'il ne l'oublia plus jusqu'à la fin de ses jours.

15

Le petit homme déboucha tout d'abord la bonbonne d'esprit-de-vin. Il eut du mal à arracher du sol
et à hisser le lourd récipient. Il fallait qu'il le lève
presque jusqu'à hauteur de sa tête, pour atteindre
l'entonnoir perché sur la bouteille à mélanger, où il
versa directement l'alcool sans recourir au verre gradué. Baldini frissonna au spectacle d'une incompétence aussi énorme : non seulement cet animal fou-
lait aux pieds les lois éternelles de la parfumerie en
commençant par le solvant, mais encore il n'en avait
même pas les moyens physiques ! Il faisait un tel
effort qu'il en tremblait, et Baldini s'attendait d'un
instant à l'autre à voir la lourde bonbonne se fracas-
ser sur la table en y écrasant tout. Les bougies,
songea-t-il, mon Dieu, les bougies ! ça va donner une
explosion, il va incendier ma maison !... Il allait déjà
se précipiter pour arracher la bonbonne à ce fou,
quand Grenouille la redressa lui-même, la redescendit jusque par terre sans dommage et la reboucha.
Dans la bouteille à mélanger, le liquide limpide et
léger oscillait — il n'en était pas tombé une seule
goutte à côté. Pendant quelques instants, Grenouille
reprit son souffle, et son visage avait un air de
contentement, comme s'il s'était déjà acquitté là de
la partie la plus délicate de son travail. Et de fait, ce
qui suivit alla à une telle vitesse que les yeux de
Baldini ne purent suivre ni, encore moins, distinguer
dans ce qui se passait là un ordre ou même le moindre déroulement logique.

Apparemment au petit bonheur, Grenouille piochait dans la rangée de flacons contenant les essences, arrachait leurs bouchons de verre, reniflait une
seconde le contenu, versait dans l'entonnoir un peu
de l'un, y mettait quelques gouttes d'un autre, y
envoyait une giclée d'un troisième, etc. Pipette, tube
à essai, verre gradué, petite cuiller et agitateur :

tous les instruments qui permettent au parfumeur de maîtriser la procédure compliquée du mélange, Grenouille ne les toucha pas une seule fois. On aurait dit un simple jeu, comme un enfant qui barbote et qui touille, prétendant préparer une soupe, alors qu'il fait un brouet infâme d'eau, d'herbe et de boue. Oui, comme un enfant, songea Baldini ; d'ailleurs, soudain, on dirait un enfant, en dépit de ses mains trapues, de sa face pleine de cicatrices et de crevasses, et de son nez en patate comme celui d'un vieil homme. Je l'ai pris pour plus vieux qu'il n'est, et voilà maintenant qu'il me semble plus jeune ; il me semble avoir trois ou quatre ans ; comme ces petites ébauches d'hommes, inabordables, incompréhensibles et têtues qui, prétendument innocentes, ne pensent qu'à elles-mêmes, voudraient tout soumettre en ce monde à leur despotisme et du reste y parviendraient, si on cédait à leur folie des grandeurs et si on ne les disciplinait peu à peu par les mesures éducatives les plus strictes, pour les amener à la manière d'être bien maîtrisée qui est celle des êtres humains achevés. Il y avait un petit enfant fanatique dans ce jeune homme qui était debout devant la table, les yeux brillants, et avait oublié tout ce qui l'entourait, ne sachant manifestement plus qu'il y avait autre chose dans l'atelier que lui et ces bouteilles qu'il portait à l'entonnoir avec une balourdise précipitée pour fabriquer sa mixture aberrante, dont ensuite il prétendrait dur comme fer (et en y croyant, de surcroît !) que c'était le délicat parfum *Amor et Psyché*. Baldini en avait des frissons, de voir, à la lumière vacillante des bougies, cet être s'agiter avec tant d'affreuse assurance et tant d'affreuse ineptie : des êtres pareils, songea-t-il (et pendant un moment il se sentit de nouveau tout aussi triste et malheureux et furieux que l'après-midi, lorsqu'il avait contemplé la ville qui rougeoyait au soleil couchant), de tels êtres n'auraient pas pu exister jadis ; c'était un échantillon tout à fait nouveau de l'espèce, qui n'avait pu voir le jour que dans cette époque de débâcle et de débandade... Mais il allait avoir droit à sa leçon, le présomptueux blanc-bec ! Au terme de ce numéro ridicule, Baldini allait lui passer un de ces savons, à le faire repartir à plat ventre et dans l'état de nullité minable où il était arrivé. Racaille ! Vraiment, au jour d'aujourd'hui, il ne fallait plus se commettre avec personne, car ça grouillait de toutes parts de ridicules canailles !

Baldini était à ce point occupé par son indignation intérieure et par le dégoût de son époque qu'il ne comprit pas bien ce que cela pouvait signifier quand Grenouille, soudain, reboucha tous les flacons, retira l'entonnoir de la bouteille à mélanger et, prenant celle-ci d'une main par le goulot et la bouchant du plat de sa main gauche, la secoua énergiquement. La bouteille avait déjà fait plusieurs pirouettes dans les airs et son précieux contenu avait déjà été plusieurs fois précipité comme de la limonade du fond au goulot et du goulot au fond, quand Baldini émit un cri de rage et d'effroi :

« Halte ! proféra-t-il d'une voix éraillée. Maintenant, ça suffit ! Arrête immédiatement ! *Basta* ! Pose tout de suite cette bouteille sur la table et ne touche plus à rien, tu m'as compris, plus à rien ! Il fallait que je sois fou pour seulement prêter l'oreille à tes sornettes. Ta façon de manipuler les choses, ta grossièreté, ton incompétence effarante me montrent bien que tu n'es qu'un bousilleur d'ouvrage, un bousilleur et un barbare, et par-dessus le marché un béjaune insolent et pouilleux. Tu ne serais même pas fichu de faire de la limonade, ni même d'être le dernier des vendeurs d'eau de réglisse, sans même parler d'être parfumeur ! Considère-toi comme bien heureux, sois reconnaissant et satisfait si ton maître veut bien que tu continues à patauger dans le tannin ! Ne te risque plus jamais, tu m'entends, plus jamais à franchir le seuil d'une parfumerie ! »

Ainsi parlait Baldini. Mais tandis qu'il parlait

encore, l'espace tout autour de lui était déjà saturé d'*Amor et Psyché*. Il y a une évidence du parfum qui est plus convaincante que les mots, que l'apparence visuelle, que le sentiment et que la volonté. L'évidence du parfum possède une conviction irrésistible, elle pénètre en nous comme dans nos poumons l'air que nous respirons, elle nous emplit, nous remplit complètement, il n'y a pas moyen de se défendre contre elle.

Grenouille avait reposé la bouteille, retiré de son goulot sa main humectée de parfum, qu'il avait essuyée sur le bas de sa veste. Les deux pas qu'il fit en arrière et le mouvement gauche qu'il eut pour ployer l'échine sous l'algarade de Baldini déplacèrent assez d'air pour répandre tout alentour le parfum qui venait de naître. Il n'en fallait pas davantage. Certes, Baldini continuait à fulminer, à tempêter et à pester ; mais à chaque respiration, la fureur qu'il affichait trouvait moins d'aliment en lui. Il avait obscurément le sentiment d'être réfuté, et c'est pourquoi la fin de son discours fut d'une véhémence aussi extrême que creuse. Et lorsqu'il se tut, et qu'il eut gardé le silence un moment, il n'avait plus besoin que Grenouille dise :

« C'est fait. »

Il savait déjà.

Mais néanmoins, bien qu'il fût baigné maintenant de tous côtés par des flots d'*Amor et Psyché*, il s'avança vers la vieille table de chêne, afin de procéder à un essai. Il tira un petit mouchoir de dentelle, frais et blanc comme neige, de la poche de son habit, de la poche gauche, le déploya et y fit tomber quelques gouttes puisées dans la bouteille à mélanger avec la longue pipette. Il agita le mouchoir, bras tendu, pour l'aérer, puis, d'un geste gracieux qu'il savait si bien faire, le fit passer sous son nez en respirant le parfum. Tandis qu'il l'expirait par saccades, il s'assit sur un tabouret. Son visage, l'instant d'avant encore écarlate sous le coup de son accès de fureur, devint soudain tout pâle.

« Incroyable, chuchota-t-il pour lui-même, Dieu du Ciel, c'est incroyable... »

Et il ne cessait de fourrer son nez sur le mouchoir, et de le renifler, et de secouer la tête, et de murmurer :

« Incroyable. »

C'était *Amor et Psyché*, sans le moindre doute possible, *Amor et Psyché*, le mélange génial et détesté, copié avec une précision telle que Pélissier lui-même n'eût pas fait la différence avec son produit.

« Incroyable... »

Le grand Baldini était affalé, petit et pâle, sur son tabouret et il avait l'air ridicule, avec son petit mouchoir à la main, qu'il pressait sous son nez comme une vieille fille enrhumée. Maintenant, pour le coup, il avait perdu sa langue. Il ne disait même plus « incroyable », il se contentait, avec un léger hochement de tête ininterrompu, de fixer des yeux le contenu de la bouteille en émettant un monotone :

« Hum-hum-hum..., hum-hum-hum..., hum-hum-hum... »

Au bout d'un moment, Grenouille s'approcha de la table, comme une ombre.

« Ce n'est pas un bon parfum, dit-il. Il est très mal composé, ce parfum.

— Hum-hum-hum... », dit Baldini en hochant la tête.

Non qu'il approuvât, mais il était dans un tel état de désarroi et d'apathie qu'on aurait pu lui dire n'importe quoi : il aurait dit « hum-hum-hum » et hoché la tête. Et d'ailleurs il continua à hocher la tête et à murmurer « hum-hum-hum » sans faire aucunement mine d'intervenir quand Grenouille, pour la seconde fois, se mit à mélanger, versa pour la seconde fois l'esprit-de-vin de la bonbonne dans la bouteille à mélanger, allongeant ainsi le parfum qui s'y trouvait, quand pour la seconde fois il fit couler, apparemment au petit bonheur et en n'importe quelle quantité, le contenu des flacons dans l'entonnoir. Ce n'est que vers la fin de l'opération (Grenouille, cette fois, ne secouait pas la bouteille, mais la faisait tourner doucement, comme un verre de cognac, peut-être par égard pour la sensibilité de Baldini, peut-être parce que le contenu lui en paraissait cette fois plus précieux) et alors que le liquide, achevé par conséquent, tournait en rond dans la bouteille, que Baldini émergea de son assoupissement et se leva, mais à vrai dire sans cesser de tenir son mouchoir devant son nez, comme s'il voulait se cuirasser contre une nouvelle agression.

« C'est fait, Maître, dit Grenouille. Maintenant, c'est un fort bon parfum.

— Oui-oui, c'est bon, c'est bon, répondit Baldini avec un geste las de sa main libre.

— Vous ne voulez pas faire un essai ? continuait Grenouille en gargouillant. Vous ne voulez pas, Maître ? Un essai ?

— Plus tard, à présent je ne suis pas d'humeur à faire un essai... J'ai d'autres soucis en tête. Va-t'en, maintenant, va ! »

Et il prit son chandelier, alla vers la porte et gagna la boutique. Grenouille le suivit. Ils arrivèrent dans l'étroit couloir qui menait à l'entrée de service. Le vieux traîna les pieds jusqu'à la porte, tira le verrou et ouvrit. Il s'effaça pour laisser sortir le garçon.

« Vous voulez bien maintenant que je travaille chez vous, Maître, vous voulez bien ? » demanda Grenouille.

Il était déjà sur le seuil et était de nouveau tassé sur lui-même, avait de nouveau l'air d'une bête aux aguets.

« Je ne sais pas, dit Baldini, j'y réfléchirai. Va. »

Et Grenouille avait disparu, tout d'un coup, avalé par l'obscurité. Baldini restait planté là, regardant dans le noir d'un œil rond. De la main droite, il tenait le chandelier, dans la gauche le mouchoir, comme quelqu'un qui saigne du nez : mais en fait il avait peur, ni plus ni moins. Il se dépêcha de verrouiller la porte. Puis il ôta le mouchoir qui lui protégeait le visage, le fourra dans sa poche et retraversa la boutique jusqu'à l'atelier.

Le parfum était si divinement bon que Baldini en eut immédiatement les larmes aux yeux. Il n'avait pas besoin de faire un essai dans les règles, il se tenait juste debout devant la table de travail où était la bouteille à mélanger, et il respirait. Le parfum était magnifique. Comparé à *Amor et Psyché*, c'était comme une symphonie comparée au crincrin esseulé d'un violon. C'était davantage encore. Baldini ferma les yeux et vit monter en lui les souvenirs les plus sublimes. Il se vit, jeune homme, traverser le soir les jardins de Naples ; il se vit dans les bras d'une femme aux boucles noires et vit la silhouette d'un bouquet de roses sur le rebord de la fenêtre, par où soufflait une brise nocturne ; il entendit des chants d'oiseaux qui se faisaient écho et la musique lointaine d'une taverne du port ; il entendit un chuchotement à son oreille, il entendit un « je t'aime » et sentit la volupté lui hérisser le poil, là, maintenant, à cet instant même ! Il ouvrit brusquement les yeux et poussa un grand soupir de plaisir. Ce parfum n'était pas un parfum comme on en connaissait jusque-là. Ce n'était pas un parfum qui vous donne une meilleure odeur, pas un sent-bon, pas un produit de toilette. C'était une chose entièrement nouvelle, capable de créer par elle-même tout un univers, un univers luxuriant et enchanté, et l'on oubliait d'un coup tout ce que le monde alentour avait de dégoûtant, et l'on se sentait si riche, si bien, si libre, si bon...

Les poils se rabattirent, sur le bras de Baldini, et une enivrante sérénité l'envahit. Il prit la peau, la peau de chevreau qui était posée au bord de la table et, saisissant un tranchet, il entreprit de la tailler. Puis il posa les morceaux dans le bassin de verre et versa dessus le nouveau parfum. Il recouvrit le bassin d'une plaque de verre, recueillit le reste du parfum dans deux flacons, qu'il munit d'étiquettes où il inscrivit : *Nuit Napolitaine*. Puis il éteignit la lumière et se retira.

En haut, près de sa femme, au cours du dîner, il ne dit rien. Il ne dit surtout rien de la décision solennelle qu'il avait prise l'après-midi. Sa femme non plus ne dit rien, car elle remarqua qu'il était de belle humeur, et elle en fut très contente. Il renonça aussi à aller jusqu'à Notre-Dame pour remercier Dieu de sa force de caractère. Et même, il oublia ce jour-là pour la première fois de dire sa prière du soir.

16

Le lendemain matin, il alla tout droit chez Grimal. Pour commencer, il paya le chevreau, et au prix fort, sans murmurer ni marchander aucunement. Et puis il invita Grimal à vider une bouteille de vin blanc à la Tour d'Argent et négocia l'embauche de l'apprenti Grenouille. Il va de soi qu'il ne souffla mot de la raison pour laquelle il le voulait, ni de l'emploi qu'il entendait en faire. Il raconta un bobard, prétextant une grosse commande de cuirs parfumés, pour l'exécution de laquelle il avait besoin d'un petit commis. Il lui fallait un garçon frugal, qui lui rende de petits services, lui taille le cuir, etc. Il commanda une seconde bouteille et offrit vingt livres pour dédommager Grimal du désagrément que lui causerait la perte de Grenouille. Vingt livres étaient une somme énorme. Grimal dit aussitôt : tope-là ! Ils se rendirent à la tannerie où, curieusement, Grenouille avait déjà fait son balluchon et attendait ; Baldini allongea ses vingt livres et l'emmena aussitôt, conscient d'avoir fait la meilleure affaire de sa vie.

Grimal, qui était lui aussi convaincu d'avoir fait la meilleure affaire de sa vie, retourna à la Tour d'Argent et y but deux autres bouteilles de vin, puis vers midi se transporta au Lion d'Or, sur l'autre rive, et là s'enivra avec si peu de retenue que, tard dans la nuit, voulant retourner encore à la Tour d'Argent, il confondit la rue Geoffroy-l'Asnier avec la rue des Nonaindières et, de ce fait, au lieu d'aboutir directement au Pont-Marie, comme il le désirait, il atterrit pour son malheur sur le quai des Ormes, d'où il se flanqua de tout son long, tête en avant, dans l'eau, comme dans un lit douillet. Il mourut sur le coup. Mais il fallut du temps pour que le fleuve l'écarte de l'eau peu profonde où il avait chu et l'entraîne, le long des péniches amarrées, jusqu'en plein courant, et ce n'est qu'au petit matin que le tanneur Grimal, ou plutôt son cadavre détrempé, se mit à cingler plus gaillardement vers l'aval et vers l'ouest.

A l'heure où il doubla le Pont-au-Change, sans bruit et sans heurter la pile du pont, Jean-Baptiste Grenouille se mettait justement au lit à vingt mètres au-dessus de lui. Dans le coin le plus reculé de l'atelier de Baldini, on lui avait donné une couche étroite dont il était en train de prendre possession, tandis que son ancien patron, bras et jambes allongés, descendait la Seine dans le froid. Il se mit voluptueusement en boule et se fit petit comme la tique. Comme le sommeil le gagnait, il s'enfonça de plus en plus profondément en lui-même et fit une entrée triomphale dans sa citadelle intérieure où il entreprit, pour fêter sa victoire, de célébrer en rêve une fête olfactive, une gigantesque orgie de fumée d'encens et de vapeurs de myrrhe, en l'honneur de lui-même.

17

L'acquisition de Grenouille marqua le début de l'ascension de la maison Giuseppe Baldini vers une renommée nationale et même européenne. Le carillon persan n'était plus jamais silencieux et les hérons ne cessaient de cracher, dans la boutique du Pont-au-Change.

Dès le soir même, Grenouille dut faire une grosse bonbonne de *Nuit Napolitaine*, dont au cours de la journée suivante on vendit plus de quatre-vingts flacons. La réputation du parfum se répandit à une vitesse fulgurante. Chénier en avait les yeux vitreux, à force de compter l'argent, et mal dans le dos, de toutes les profondes courbettes qu'il devait exécuter, car on voyait défiler de hautes et de très hautes personnalités, ou du moins les serviteurs de hautes et de très hautes personnalités. Et même, un jour, la porte s'ouvrit dans un grand fracas et l'on vit entrer le laquais du comte d'Argenson, criant comme seuls savent crier les laquais qu'il lui fallait cinq bouteilles du nouveau parfum, et Chénier en tremblait encore de respect un quart d'heure après, car le comte d'Argenson était Intendant, ministre de la Guerre, et l'homme le plus puissant de Paris.

Pendant que Chénier, dans la boutique, devait faire face tout seul à l'assaut de la clientèle, Baldini s'était enfermé dans l'atelier avec son nouvel apprenti. Vis-à-vis de Chénier, il justifiait cette disposition par une théorie abracadabrante qu'il appelait « division du travail et rationalisation ». Pendant des années, déclarait-il, il avait patiemment assisté au débauchage de sa clientèle par les Pélissier et autres personnages faisant fi de la corporation et gâchant le métier. Maintenant, sa patience était à bout. Maintenant, il relevait le défi et rendait coup pour coup à ces insolents parvenus, et ce en employant les mêmes moyens qu'eux : chaque saison, chaque mois et, s'il le fallait, chaque semaine, il abattrait la carte de parfums nouveaux, et quels parfums ! Il allait puiser à pleines mains dans ses ressources de créateur. Et pour cela il était nécessaire qu'assisté uniquement d'un commis sans formation il se consacre tout entier et exclusivement à la production des parfums, tandis que Chénier s'occuperait exclusivement de leur vente. Avec cette méthode moderne, on allait ouvrir un nouveau chapitre dans l'histoire de la parfumerie, on allait balayer la concurrence et devenir immensément riche — oui, il disait délibérément et expressément « on », car il songeait à accorder un certain pourcentage de ces immenses richesses au compagnon qui l'avait si longtemps et si bien servi.

Voilà seulement quelques jours, Chénier eût considéré de tels propos, de la part de son maître, comme les premiers symptômes de la démence sénile. « Cette fois, il est mûr pour la Charité, aurait-il pensé, il n'y en a plus pour longtemps avant qu'il lâche définitivement ses pipettes. » A présent, il ne pensait plus rien. Il n'en avait plus le temps, il avait trop à faire. Il avait tant à faire que, le soir, il était quasiment trop épuisé pour vider la caisse pleine à craquer et pour y prélever sa part. L'idée ne lui serait jamais venue que ce qu'il y avait là-dessous n'était pas catholique, quand il voyait Baldini sortir presque chaque jour de son atelier avec un nouveau produit.

Et quels produits c'étaient ! Non seulement des parfums de grande, de très grande classe, mais aussi des crèmes et des poudres, des savons, des lotions capillaires, des eaux, des huiles... Tout ce qui devait avoir une senteur avait désormais des senteurs nouvelles, différentes, plus magnifiques que jamais. Et sur tout, mais vraiment tout ce qui sortait, n'importe quel jour, de l'imagination débordante de Baldini, même sur ces nouveaux rubans parfumés pour attacher les cheveux, le public se ruait comme si on l'avait ensorcelé, et le prix n'avait aucune importance. Tout ce que sortait Baldini était un succès. Et le succès avait la puissance et l'évidence d'un phénomène de la nature, si bien que Chénier renonça à en chercher la cause. Que par exemple le nouvel apprenti, ce gnome si gauche qui logeait dans l'atelier comme un chien et qu'on voyait parfois, quand le maître sortait, occupé à l'arrière-plan à essuyer des bocaux ou à nettoyer des mortiers, que cet être inexistant pût être pour quelque chose dans le prodigieux essor de la maison, c'est une chose à laquelle Chénier n'aurait même pas cru si on la lui avait dite.

Naturellement, le gnome y était pour beaucoup, et même pour tout. Ce que Baldini apportait de l'atelier dans la boutique et donnait à vendre à Chénier n'était qu'une fraction de ce que Grenouille concoctait à huis clos. Baldini, le nez au vent, avait peine à suivre. C'était parfois pour lui un véritable supplice que d'avoir à choisir entre toutes les splendeurs que produisait Grenouille. Cet apprenti-sorcier aurait pu approvisionner en recettes tous les parfumeurs de France sans se répéter, sans fournir une seule fois quelque chose de médiocre ou seulement de moyen... ou plus exactement, il n'aurait justement *pas pu* les approvisionner en recettes, c'est-à-dire en formules, car au début Grenouille composait ses parfums de la manière chaotique et fort peu professionnelle qui était déjà connue de Baldini, à savoir en mélangeant à vue de nez ses ingrédients dans ce qui paraissait un affreux désordre. Afin de pouvoir sinon contrôler, du moins comprendre ces opérations aberrantes, Baldini exigea un jour de Grenouille que, pour composer ses mélanges et même s'il ne jugeait pas cela nécessaire, il se serve de la balance, du verre gradué et de la pipette ; et qu'il prenne en outre l'habitude de ne pas considérer l'esprit-de-vin comme un ingrédient, mais comme un solvant à rajouter après ; et qu'enfin, pour l'amour du Ciel, il procède avec la sage lenteur qui seyait à un artisan digne de ce nom.

Grenouille s'exécuta. Et pour la première fois, Baldini fut en mesure de suivre un à un les gestes du sorcier et de les noter. Armé d'une plume et de papier, il s'asseyait à côté de Grenouille et, sans cesser de l'exhorter à la lenteur, inscrivait combien de grammes de tel ingrédient, combien de graduations de tel autre et combien de gouttes d'un troisième allaient se retrouver dans la bouteille à mélanger. De cette curieuse façon, consistant à analyser une procédure en employant les moyens mêmes qui auraient normalement dû en être la condition préalable, Baldini finissait tout de même par entrer en possession de la formule de synthèse. *Comment* Grenouille, lui, était capable de s'en passer pour combiner ses parfums, cela demeurait tout de même pour Baldini une énigme, ou plutôt un prodige, mais du moins avait-il désormais réduit le prodige à une formule et, du même coup, rassuré quelque peu son esprit assoiffé de règles et évité que sa philosophie de la parfumerie ne s'écroule complètement.

Progressivement, il soutira à Grenouille les recettes de tous les parfums qu'il avait inventés jusque-là, et finalement il lui interdit même d'en faire d'autres sans que lui, Baldini, soit présent et, armé d'une plume et de papier, n'observe d'un œil inquisiteur le déroulement des opérations et le note pas à pas. Les notes qu'il prenait et qui continrent bientôt des douzaines de formules, il les reportait ensuite avec un soin extrême et d'une écriture moulée dans deux cahiers distincts, dont il conservait l'un dans son coffre-fort à l'épreuve du feu, tandis qu'il portait l'autre sur lui et le gardait même la nuit dans son lit. Cela le rassurait. Car désormais, s'il le voulait, il était en mesure de refaire ces prodiges de Grenouille, qui l'avaient tellement secoué quand il y avait assisté pour la première fois. Avec cette collection de recettes écrites, il croyait pouvoir maîtriser l'épouvantable chaos créateur qui jaillissait en bouillonnant de son apprenti. Et puis, de ne plus simplement assister avec des yeux ronds à l'acte de création, mais d'y participer en l'observant et en le notant, cela eut sur Baldini un effet apaisant et cela lui redonna confiance en lui. Au bout de quelque temps, il s'imagina même avoir un rôle non négligeable dans la genèse de ces parfums sublimes. Et une fois qu'il les avait inscrits dans ses cahiers et serrés dans son coffre et sur son sein, il ne doutait plus, de toute manière, qu'ils lui appartinssent en propre.

Mais Grenouille aussi profita de cette discipline qui lui était imposée par Baldini. Certes, il n'en avait aucun besoin. Jamais il ne lui fallait consulter une vieille formule pour reconstituer, après des semaines ou des mois, un parfum : il n'oubliait pas les odeurs. Mais, obligé d'employer verres gradués et balance, il apprenait ainsi le langage de la parfumerie, et il sentait instinctivement que la connaissance de ce langage pouvait lui être utile. Au bout de quelques semaines seulement, Grenouille non seulement connaissait sur le bout des doigts le nom de tous les éléments qu'on trouvait dans l'atelier de Baldini, mais il était également capable de noter lui-même les formules de ses parfums et, inversement, de traduire en parfums et autres produits odorants les formules et les recettes d'autrui. Mieux encore, une fois qu'il eut appris à exprimer en grammes et en gouttes ses idées de parfums, il n'eut plus besoin de passer par la phase intermédiaire de l'expérience ! Lorsque Baldini le chargeait de créer une nouvelle senteur, que ce fût pour un parfum à mettre sur les mouchoirs, pour des sachets de senteur ou pour un fard, Grenouille n'avait plus recours aux flacons et aux poudres, il s'asseyait simplement à la table et écrivait directement la formule. Il avait appris à faire passer par l'établissement d'une formule le chemin menant de son idée intérieure de parfum à la réalisation concrète de ce dernier. Pour lui, c'était un détour. Mais aux yeux du monde, c'est-à-dire de Baldini, c'était un progrès. Les prodiges de Grenouille demeuraient les mêmes. Mais les recettes dont il les assortissait leur ôtaient ce qu'ils avaient d'effrayant, et c'était un avantage. Plus Grenouille maîtrisait les procédures et les tours de main de l'artisan, plus il savait s'exprimer normalement dans le langage conventionnel de la parfumerie, moins son maître le redoutait et le soupçonnait. Bientôt Baldini, tout en le considérant toujours comme un nez extraordinairement doué, ne le tint plus pour un second Frangipani, ni moins encore pour un sorcier inquiétant : et Grenouille en fut fort content. Le costume de la corporation était un camouflage qui lui convenait parfaitement. Il endormait Baldini en manifestant une orthodoxie exemplaire dans sa manière de peser les ingrédients, d'agiter la bouteille à mélanger, d'humecter le petit mouchoir blanc pour essayer les parfums. Déjà il égalait presque son maître dans la grâce qu'il mettait à l'agiter, dans l'élégance avec laquelle il le faisait papillonner sous son nez. Et à l'occasion, à des intervalles soigneusement dosés, il commettait des erreurs, et de telle sorte que Baldini ne pût pas ne pas les remarquer : il oubliait de filtrer, il réglait mal la balance, il inscrivait dans une formule une dose monstrueuse de teinture d'ambre... et faisait en sorte que Baldini lui signale son erreur, afin de pouvoir ensuite la rectifier docilement. Il parvint ainsi à bercer Baldini de l'illusion que finalement, tout cela était normal. Loin de lui l'idée de rouler le vieux. Il voulait sincèrement en apprendre des choses. Non pas l'art de mélanger les parfums, ni de trouver leur bonne composition, naturellement pas ! Dans ce domaine, il n'y avait personne au monde qui aurait pu lui apprendre quoi que ce fût, et les ingrédients réunis dans la boutique de Baldini n'auraient d'ailleurs pas suffi, et de loin, pour réaliser les idées qu'il se faisait d'un parfum vraiment grand. Ce qu'il pouvait réaliser chez Baldini, ce n'était que jeux d'enfants, comparé aux odeurs qu'il portait en lui et qu'il pensait concrétiser un jour.

Mais pour ce faire, il savait qu'il lui fallait remplir deux conditions indispensables. L'une était le manteau que constituait une existence bourgeoise, le statut de compagnon pour le moins, à l'abri duquel il pourrait sacrifier à ses véritables passions et poursuivre tranquillement ses véritables objectifs. L'autre était la connaissance des procédés artisanaux permettant de fabriquer les substances odorantes, de les isoler, de les concentrer, de les conserver et ainsi d'en disposer en vue d'une utilisation plus noble. Car Grenouille avait effectivement le meilleur nez du monde, tant pour l'analyse que pour la vision créatrice, mais il n'était pas encore capable de s'emparer concrètement des odeurs.

18

Aussi se faisait-il docilement initier à l'art de cuire des savons à base de graisse de porc, de coudre des gants en peau chamoisée, de broyer des poudres à la farine de froment, aux peaux d'amandes et à la racine de violette râpée. Il roulait des bougies odorantes faites de charbon de bois, de salpêtre et de sciure de bois de santal. Comprimait des pastilles orientales avec de la myrrhe, du benjoin et de la poudre d'ambre jaune. Pétrissait l'encens, la gomme, le vétiver et la cannelle pour en faire des boulettes à brûler. Tamisait et décomposait, pour obtenir de la *Poudre Impériale*, les pétales de roses écrasés, les fleurs de lavande, l'écorce de cascarille. Touillait des fards, des blancs et des bleu tendre, moulait des crayons gras, rouge carmin, pour les lèvres. Patouillait des poudres à ongles quasi impalpables et de la craie pour les dents à goût de menthe. Mixait des liquides pour faire friser les perruques ou pour extirper les œils-de-perdrix, des lotions contre les taches de rousseur et de l'extrait de belladone pour les yeux, de la pommade de mouches cantharides pour les messieurs et du vinaigre hygiénique pour les dames... Comment fabriquer toutes les petites lotions et toutes les petites poudres, tous les petits produits de toilette et de beauté, mais aussi les mélanges d'infusions, d'épices, les liqueurs, les marinades, et autres choses semblables, bref tout ce que Baldini avait à lui apprendre, avec son vaste savoir traditionnel, Grenouille l'apprit, à vrai dire sans beaucoup d'intérêt, mais sans rechigner et avec un plein succès.

En revanche, il était particulièrement attentif et zélé lorsque Baldini lui enseignait la préparation des teintures, des extraits et des essences. Il était infatigable, quand il s'agissait d'écraser des noyaux d'amandes amères dans le pressoir à vis, ou de pilonner des grains de musc, ou de passer à la hachinette des nodules bien gras d'ambre gris, ou de râper des racines de violettes, pour en faire ensuite macérer les fragments dans l'alcool le plus subtil. Il apprit à se servir de l'entonnoir double qui, à partir d'écorces de citrons verts pressées, permettait de séparer l'huile pure du reliquat trouble. Il apprit à faire sécher les plantes et les fleurs sur des grillages, à la chaleur et à l'ombre, et à conserver les feuillages bruissants dans des pots et des coffrets scellés à la cire. Il apprit l'art d'obtenir des pommades, de faire des infusions, de les filtrer, de les concentrer, de les clarifier et de les rectifier.

Certes, l'atelier de Baldini n'était pas fait de telle sorte qu'on pût y fabriquer en grand des huiles de fleurs ou de plantes. A Paris, on ne pouvait d'ailleurs guère trouver les quantités nécessaires de plantes fraîches. A l'occasion, pourtant, lorsque sur le marché l'on pouvait obtenir à bon prix du romarin frais, de la sauge, de la menthe ou des grains d'anis, ou bien quand il y avait un gros arrivage de rhizomes d'iris, de racines de valériane, de cumin, de noix muscades ou de pétales d'œillets séchés, cela titillait la veine alchimique de Baldini et il sortait son gros alambic, une chaudière de cuivre rouge coiffée d'un chapiteau — un alambic « tête-de-maure », comme il le proclamait fièrement —, dans lequel il distillait de la lavande en pleins champs, voilà déjà quarante ans, sur les adrets de Ligurie et les hauteurs du Lubéron. Et tandis que Grenouille coupait en petits morceaux le matériau à distiller, Baldini faisait fiévreusement (car la rapidité de l'opération était toute la recette du succès en la matière) du feu dans un foyer en maçonnerie, sur lequel il plaçait la chaudière de cuivre, bien garnie d'eau dans son fond. Il y jetait les plantes préalablement coupées en morceaux, enfonçait la tête-de-maure sur son support et y branchait deux petits tuyaux pour l'arrivée et la sortie de l'eau. Ce subtil dispositif de refroidissement par eau, expliquait-il, n'avait été rajouté par ses soins qu'après coup, car dans le temps, en pleine campagne, on s'était contenté de refroidir en brassant l'air. Puis Baldini attisait le feu au soufflet.

Peu à peu, la chaudière parvenait à l'ébullition. Et au bout d'un moment, d'abord en hésitant et goutte à goutte, puis en un mince filet, le produit de la distillation s'écoulait de la tête-de-maure par un troisième tuyau et aboutissait dans un vase florentin, que Baldini avait mis en place. Il ne payait pas de mine, au premier abord, ce brouet trouble et délayé. Mais peu à peu, surtout quand le premier récipient plein avait été remplacé par un deuxième et mis tranquillement de côté, cette soupe se séparait en deux liquides distincts : en bas se ramassait l'eau des fleurs ou des plantes, et au-dessus flottait une épaisse couche d'huile. Si, par le bec inférieur de ce récipient florentin, on évacuait précautionneusement l'eau de fleurs, qui n'avait qu'un faible parfum, il restait alors l'huile pure, l'essence, le principe vigoureux et odorant de la plante.

Grenouille était fasciné par cette opération. Si jamais quelque chose dans sa vie avait provoqué l'enthousiasme — certes pas un enthousiasme visible de l'extérieur : un enthousiasme caché, brûlant comme à flamme froide —, c'était bien ce procédé permettant, avec du feu, de l'eau, de la vapeur et un appareil astucieux, d'arracher aux choses leur âme odorante. Cette âme odorante, l'huile éthérique, était bien ce qu'elles avaient de mieux, c'était tout ce qui l'intéressait en elles. Tout le stupide reliquat, les fleurs, les feuilles, les écorces, les fruits, la couleur, la beauté, la vie et tout le superflu qu'elles comportaient encore, il ne s'en souciait pas. Ce n'était qu'enveloppes et scories. Il fallait s'en débarrasser.

De temps à autre, quand le liquide émis devenait clair comme l'eau, ils ôtaient l'alambic du feu, l'ouvraient et le débarrassaient des reliquats bouillis qui s'y trouvaient. Ils avaient l'air ramollis et décolorés comme de la paille détrempée, comme les os blanchis de petits oiseaux, comme des légumes qui auraient bouilli trop longtemps, une boue insipide et fibreuse, à peine encore reconnaissable, répugnante comme un cadavre et à peu près complètement dépouillée de son odeur propre. Ils jetaient cela par la fenêtre dans le fleuve. Puis ils garnissaient à nouveau de plantes fraîches, remettaient de l'eau et replaçaient l'alambic sur le foyer. Et de nouveau la chaudière se mettait à bouillir, et de nouveau l'humeur vitale des plantes coulait dans les récipients florentins. Cela durait souvent ainsi toute la nuit. Baldini entretenait le feu, Grenouille surveillait les récipients, c'est tout ce qu'il y avait à faire dans l'intervalle des rechargements.

Ils étaient assis sur des tabourets bas, près du feu, fascinés par ce chaudron pansu, fascinés tous les deux, encore que pour des raisons très différentes. Baldini jouissait de la chaleur du foyer et du rougeoiement vacillant des flammes et du cuivre, il adorait le pétillement du bois et le gargouillis de l'alambic, car c'était comme autrefois. De quoi vous rendre lyrique ! Il allait chercher une bouteille de vin dans la boutique, car la chaleur lui donnait soif ; et puis, boire du vin, c'était aussi comme autrefois. Et puis il commençait à raconter des histoires de ce temps-là, à n'en plus finir. La guerre de succession d'Espagne, à laquelle il avait pris une part importante, contre les Autrichiens ; les Camisards, en compagnie desquels il avait semé le désordre dans les Cévennes ; la fille d'un huguenot, dans l'Estérel, qui lui avait cédé, tout enivrée de lavande ; un incendie qu'à un cheveu près il avait alors failli déclencher et qui sans doute aurait ravagé toute la Provence, aussi sûr qu'un et un font deux, car il soufflait un fort mistral. Et il racontait toujours et encore ses distillations, en rase campagne, la nuit, au clair de lune, accompagnées de vin et du chant des cigales, et parlait d'une huile de lavande qu'il avait fabriquée là et qui était si fine et si forte qu'on lui en avait donné son poids d'argent ; et il parlait de son apprentissage à Gênes, de ses années de voyage et de la ville de Grasse, où les parfumeurs étaient aussi nombreux qu'ailleurs les cordonniers, et où certains étaient si riches qu'ils vivaient comme des princes, dans des maisons splendides, avec des jardins ombragés, des terrasses, des salles à manger en marqueterie, où ils dînaient dans de la vaisselle de porcelaine et avec des couverts d'or, et ainsi de suite...

Voilà les histoires que racontait le vieux Baldini tout en buvant du vin, et ses petites joues devenaient rouge feu, à cause du vin, de la chaleur du foyer, et de l'exaltation que lui inspiraient ses propres histoires. Grenouille, lui, assis un peu plus dans l'ombre, n'écoutait pas du tout. Les vieilles histoires ne l'intéressaient pas. Ce qui l'intéressait exclusivement, c'était ce procédé nouveau. Il ne quittait pas des yeux le petit tuyau qui partait du chapiteau de l'alambic et d'où sortait le mince jet de liquide. Et en le regardant ainsi fixement, il s'imaginait être lui-même un alam-

111

bic de ce genre, où cela bouillait comme dans celui-là et d'où jaillissait un liquide, comme là, mais meilleur, plus nouveau, plus insolite, produit de la distillation des plantes exquises qu'il avait cultivées en lui-même, qui y fleurissaient sans que personne d'autre que lui en sente l'odeur et dont le parfum unique pourrait transformer le monde en un Eden odorant où, pour lui, l'existence serait à peu près supportable. Etre soi-même un gros alambic qui inonderait le monde des parfums qu'il aurait créés seul, tel était le rêve fou auquel s'abandonnait Grenouille.

Mais alors que Baldini, échauffé par le vin, racontait sur sa vie d'autrefois des histoires de plus en plus échevelées et s'enfermait avec de moins en moins de retenue dans ses propres exaltations, Grenouille lâchait bientôt son fantasme inquiétant. Il commençait par chasser de sa tête l'image du gros alambic et, pour le moment, réfléchissait plutôt à la manière dont il allait exploiter les connaissances qu'il venait d'acquérir, afin d'atteindre ses prochains objectifs.

19

Il ne lui fallut pas longtemps pour devenir un spécialiste dans le domaine de la distillation. Il se rendit vite compte — en se fiant à son nez bien plus qu'à toutes les règles de Baldini — que la température du feu avait une influence déterminante sur la qualité du produit de la distillation. Chaque plante, chaque fleur, chaque bois et chaque fruit oléagineux exigeait une procédure particulière. Tantôt il fallait chauffer à toute vapeur, tantôt faire bouillir modérément, et il y avait plus d'une espèce de fleur qui ne dégorgeait ce qu'elle recelait de meilleur qu'à condition de la faire transpirer sur la flamme la plus réduite.

Tout aussi importante était la préparation. La menthe et la lavande pouvaient se distiller en touffes entières. D'autres matériaux demandaient à être finement épluchés, écharpés, hachés, râpés, pilonnés ou même réduits à l'état de moût, avant d'être placés dans la chaudière. Mais un certain nombre de matières étaient rebelles à toute distillation et Grenouille en fut extrêmement désappointé.

Baldini, quand il eut vu avec quelle maestria Grenouille maniait l'alambic, lui laissa la bride sur le cou, et Grenouille s'en servit effectivement tout à loisir. Il consacrait ses journées à faire des parfums et toutes sortes de produits odorants ou épicés, mais donnait toutes ses nuits exclusivement à l'art mystérieux de la distillation. Son projet était d'obtenir des substances odorantes totalement nouvelles, afin de pouvoir créer au moins quelques-uns des parfums qu'il portait en lui. Il commença d'ailleurs par connaître quelques succès. Il réussit à fabriquer de l'huile de fleurs d'ortie blanche et de grains de cresson, et une eau avec l'écorce fraîche de sureau et des branches d'if. A vrai dire, le résultat avait une odeur qui n'évoquait guère les matériaux de départ, mais c'était tout de même suffisamment intéressant pour envisager un emploi ultérieur. Mais ensuite, il y eut des matières sur lesquelles le procédé se solda par un échec complet. Grenouille tenta par exemple de distiller l'odeur du verre, cette odeur d'argile fraîche qu'a le verre lisse, et que les gens normaux ne sauraient percevoir. Il se procura du verre à vitres et du verre de bouteilles, il en distilla de grands morceaux, des tessons, des éclats, de la poussinière : sans le moindre résultat. Il distilla du laiton, de la porcelaine et du cuir, des grains de céréales et des graviers. Il distilla de la terre, tout bêtement. Du sang, du bois et des poissons frais. Ses propres cheveux. Finalement, il distilla même de l'eau, de l'eau de la Seine, dont l'odeur caractéristique lui parut mériter d'être conservée. Il croyait que l'alambic lui permettrait d'arracher à ces matières leurs odeurs *sui generis*, comme c'était le cas pour le thym, la lavande ou le cumin. C'est qu'il ignorait que la distillation n'était qu'un procédé permettant de séparer, dans des substances mixtes, leurs éléments volatils et ceux qui le sont moins, et que ce procédé ne présentait d'intérêt pour la parfumerie que dans la mesure où l'on pouvait grâce à lui dissocier, dans certaines plantes, l'huile volatile et éthérique de reliquats inodores ou peu odorants. S'agissant de substances dépourvues de cette huile éthérique, la distillation était naturellement un procédé qui n'avait aucun sens. Pour nous, aujourd'hui, avec nos connaissances de physique, c'est l'évidence même. Mais pour Grenouille, cette vérité fut le résultat laborieux d'une longue série de tentatives décevantes. Des mois durant, il était resté assis, nuit après nuit, devant l'alambic, essayant de toutes les façons possibles de produire des odeurs radicalement nouvelles, des odeurs qui n'avaient jamais existé sur terre sous forme concentrée. Et à part quelques huiles végétales dérisoires, cela n'avait rien donné. De la mine insondable et inépuisable de son imagination, il n'avait pas extrait la moindre goutte concrète d'essence parfumée, et de tous ses rêves olfactifs, il n'avait pas été capable de réaliser un seul atome.

Lorsqu'il eut pris conscience de son échec, il mit un terme à ses expériences et tomba gravement malade.

20

Il fut pris d'une forte fièvre, qui fut accompagnée de suées les premiers jours, puis, comme si les pores de la peau n'avaient plus suffi, provoqua d'innombrables pustules. Grenouille eut le corps couvert de ces vésicules rouges. Beaucoup éclataient et libéraient l'eau qu'elles contenaient, pour se remplir à nouveau. D'autres prenaient les proportions de véritables furoncles, enflaient, rougissaient, s'ouvraient comme des cratères, crachant un pus épais et du sang chargé de sérosités jaunes. Au bout de quelque temps, Grenouille eut l'air d'un martyr lapidé de l'intérieur, suppurant par mille plaies.

Cela causa naturellement du souci à Baldini. Il lui aurait été fort désagréable de perdre son précieux apprenti juste au moment où il s'apprêtait à étendre son négoce hors des murs de la capitale et même au-delà des frontières du royaume. Car, de fait, il lui arrivait de plus en plus fréquemment des commandes provenant de province ou des cours étrangères, où l'on souhaitait avoir ces parfums tout nouveaux dont Paris était fou ; et pour satisfaire à la demande, Baldini caressait le projet de fonder une filiale dans le faubourg Saint-Antoine, une véritable petite manufacture où les parfums les plus en vogue seraient produits sur une grande échelle et mis dans de jolis petits flacons, que de jolies petites filles emballeraient et expédieraient vers la Hollande, l'Angleterre et les Allemagnes. Pour un maître établi à Paris, ce n'était pas absolument légal, mais Baldini jouissait depuis peu de hautes protections, c'étaient ces parfums raffinés qui les lui avaient values, non seulement de l'Intendant, mais de personnages aussi importants que le Fermier des Octrois de Paris et qu'un financier membre du cabinet du roi, protecteur des entreprises florissantes, comme était M. Feydeau du Brou. Lequel avait même fait miroiter un privilège royal, qui était ce qu'on pouvait souhaiter de mieux : car c'était une sorte de sésame permettant d'échapper à toute tutelle des administrations et des corporations, c'était la fin de tout souci financier, c'était la garantie éternelle d'une prospérité certaine et inattaquable.

Et puis il y avait encore un autre projet que mijotait Baldini, un projet de prédilection qui ferait en quelque sorte contrepoids à la manufacture du faubourg Saint-Antoine et à sa production sinon de masse, du moins d'articles à large diffusion : il voulait, pour une élite de clients haut et très haut placés, créer (ou plutôt faire créer) des parfums personnels qui, tels des vêtements sur mesure, n'iraient qu'à une personne, ne pourraient être utilisés que par elle et porteraient juste son illustre nom. Il imaginait ainsi un *Parfum de la Marquise de Cernay*, un *Parfum de la Maréchale de Villars*, un *Parfum de M. le Duc d'Aiguillon*, et ainsi de suite. Il rêvait d'un *Parfum de Madame la Marquise de Pompadour*, voire d'un *Parfum de Sa Majesté le Roi*, dans un flacon d'agate finement taillée, avec une monture d'or ciselée et puis, discrètement gravée au fond, à l'intérieur, l'inscription « Giuseppe Baldini, parfumeur ». Le nom du roi et le sien réunis sur le même objet. Telles étaient les idées de gloire qui trottaient dans la tête de Baldini ! Et voilà que Grenouille était tombé malade. Alors que Grimal, Dieu ait son âme, lui avait juré que ce garçon n'avait jamais rien, qu'il pouvait tout endurer, qu'il passerait même à travers la peste noire. Voilà qu'il lui prenait fantaisie d'être à l'article de la mort. Et s'il allait mourir ? Epouvantable ! C'était la mort des magnifiques projets de la manufacture, des jolies petites filles, du privilège et du parfum du roi.

Aussi, Baldini décida-t-il de tenter l'impossible pour sauver la précieuse vie de son apprenti. Il le fit déménager de son méchant lit de l'atelier et installer dans un lit propre à l'étage. Il y fit mettre des draps de lin damassé. Il prêta main-forte pour hisser le malade dans l'étroit escalier, bien que ces pustules et ces furoncles suppurants le dégoûtassent au-delà de toute expression. Il ordonna à sa femme de préparer du bouillon de poule avec du vin. Il fit quérir le médecin le plus renommé du quartier, un certain Procope, qu'il dut payer d'avance (vingt francs !) rien que pour qu'il se déplace.

Le docteur vint, souleva le drap du bout des doigts, jeta juste un regard sur le corps de Grenouille, qui paraissait vraiment avoir essuyé cent coups de feu, et il ressortit de la chambre sans même avoir ouvert la trousse que portait son fidèle assistant. Le cas n'était que trop clair, exposa-t-il à Baldini. Il s'agissait d'une variété syphilitique de petite vérole, combinée avec une rougeole suppurante *in stadio ultimo*. Il était d'autant moins nécessaire de traiter que, sur ce corps en décomposition, plus semblable déjà à un cadavre qu'à un organisme vivant, on ne pouvait appliquer dans les règles une lancette à saignée. Et quoiqu'on ne perçût point encore la puanteur pestilentielle caractéristique de l'évolution de cette affection (ce qui était d'ailleurs surprenant et, du strict point de vue scientifique, constituait une petite curiosité), il ne faisait aucun doute que le décès du patient interviendrait dans les quarante-huit heures, aussi vrai que Procope s'appelait Procope. Sur quoi il se fit verser vingt francs de plus pour l'examen et l'établissement du pronostic (dont il reverserait cinq francs au cas où l'on mettrait à la disposition de la Faculté le corps et sa symptomatique classique) et prit congé.

Baldini était dans tous ses états. Il se lamentait et poussait des cris de désespoir. Il se mordait les doigts de rage en songeant à son destin. Une fois de plus, ses projets pour remporter un grand, un très grand succès, étaient gâchés au moment d'atteindre au but. L'autre fois, c'étaient Pélissier et ses acolytes, avec leurs inventions débridées. Maintenant c'était ce garçon aux ressources inépuisables en matière de senteurs nouvelles, ce petit salopard valant plus que son poids d'or, qui choisissait précisément ce moment d'expansion commerciale pour attraper la petite vérole syphilitique et la rougeole suppurante *in stadio ultimo !* Précisément maintenant ! Pourquoi pas dans deux ans ? Dans un an ? D'ici là, on aurait pu l'exploiter comme une mine d'argent, comme une poule aux œufs d'or. Dans un an, il aurait tranquillement pu mourir. Mais non ! Il fallait qu'il meure maintenant, sacré nom d'un chien, dans les quarante-huit heures !

Pendant un bref moment, Baldini se demanda s'il n'allait pas prendre le chemin de Notre-Dame, y allumer un cierge et supplier la Sainte Vierge qu'elle fasse guérir Grenouille. Mais il abandonna bientôt ce projet, car le temps pressait trop. Il courut chercher de l'encre et du papier, puis il chassa son épouse de la chambre du malade. Il allait le veiller lui-même. Il s'installa alors sur une chaise, au chevet du lit, ses feuillets sur les genoux et la plume humectée d'encre toute prête à la main, et il tenta de recueillir la confession de parfumeur de Grenouille. Que, pour l'amour de Dieu, il n'emporte pas sans tambours ni trompettes les trésors qu'il avait en lui ! Qu'il consente du moins, puisque sa dernière heure était venue, à laisser son testament en des mains pieuses, afin que la postérité ne soit pas privée des meilleurs parfums de tous les temps ! Lui, Baldini, s'engageait à être l'exécuteur fidèle de ce testament et à donner l'écho qu'il méritait à ce *corpus* des formules les plus sublimes jamais conçues de mémoire de parfumeur. Il procurerait au nom de Grenouille une gloire immortelle, mieux encore (il le jurait, ceci, par tous les saints) il disposerait le meilleur de ces parfums aux pieds du roi lui-même, dans un flacon d'agate habillé d'or ciselé, et où serait gravée cette dédicace : « De Jean-Baptiste Grenouille, Parfumeur à Paris »... Voilà ce que disait, ou plutôt chuchotait Baldini à l'oreille de Grenouille, en l'adjurant, le suppliant, le flattant, et sans lui laisser de répit.

Mais tout cela restait vain. Grenouille ne lâchait rien, que des sécrétions séreuses et du pus mêlé de sang. Sans un mot, il restait là couché dans le lin damassé, produisant ces humeurs répugnantes, mais non point ses trésors, ni son savoir, ni la formule du moindre parfum. Baldini l'aurait étranglé, il l'aurait volontiers battu à mort, aurait aimé faire sortir à coups de bâton de ce corps moribond ses précieux secrets, si cela avait eu quelque chance de succès... et si cela n'avait pas été en contradiction flagrante avec sa conception de la charité chrétienne.

Et c'est ainsi qu'il continua à murmurer et à chuchoter sur le ton le plus suave, et à dorloter le malade, et à tamponner avec des linges frais (bien qu'il lui fallût surmonter une affreuse répugnance) son front trempé de sueur et les cratères brûlants de ses plaies, et à lui donner du vin à la petite cuiller pour lui délier la langue, et cela toute la nuit : en vain. A l'aube, il abandonna. Il alla s'affaler, épuisé, dans un fauteuil à l'autre bout de la chambre et, sans plus aucune fureur désormais, avec seulement une stupeur résignée, il resta les yeux fixés sur le petit corps agonisant de Grenouille, dans le lit, là-bas : il ne pouvait ni le sauver, ni le dépouiller, il ne pouvait plus rien en tirer, il ne pouvait qu'assister à sa fin, impuissant, comme un capitaine regarde sombrer le navire qui engloutit avec lui toute sa fortune.

C'est alors que soudain les lèvres du mourant s'ouvrirent et que, d'une voix dont la netteté et la fermeté n'évoquaient guère une fin prochaine, il dit :

« Dites, Maître : y a-t-il d'autres moyens que l'expression et la distillation, pour extraire des corps leurs parfums ? »

Baldini, qui croyait que cette voix sortait de son imagination ou de l'au-delà, répondit machinalement :

« Oui, il y en a.

— Lesquels ? » demanda-t-on du fond du lit.

Baldini écarquilla ses yeux fatigués. Dans le creux des oreillers, Grenouille était immobile. Etait-ce ce cadavre qui avait parlé ?

« Lesquels ? » demanda-t-on encore.

Cette fois, Baldini distingua le mouvement des lèvres de Grenouille. C'est la fin, songea-t-il, il n'en a plus pour longtemps : la fièvre le fait délirer, ou ce sont les derniers sursauts. Et il se leva, alla vers le lit et se pencha sur le malade. Celui-ci avait ouvert les yeux et posait sur Baldini le même regard étrange de bête aux aguets qu'à leur première rencontre.

« Lesquels ? » demandait-il.

Alors Baldini prit sur lui : il ne voulait pas ignorer la dernière volonté d'un mourant, et il répondit :

« Il y en a trois, mon fils : l'enfleurage à chaud, l'enfleurage à froid et l'enfleurage à l'huile. Ils ont sur la distillation beaucoup d'avantages et ils s'emploient pour extraire les parfums les plus fins : le jasmin, la rose et la fleur d'oranger.

— Où cela ? demanda Grenouille.

— Dans le Midi, répondit Baldini. Surtout à Grasse.

— Bien », dit Grenouille.

Sur ce, il ferma les yeux. Baldini se redressa lentement. Il était très déprimé. Il rassembla ses feuillets, où il n'avait pas écrit une ligne, et souffla la bougie. Dehors, le jour se levait déjà. Il était harassé. Il aurait fallu faire venir un prêtre, songea-t-il. Puis il fit de la main droite un vague signe de croix, et il sortit.

Or, Grenouille n'était rien moins que mort. Il dormait seulement très profondément, rêvait très fort et réaspirait en lui toutes ses humeurs. Déjà les pustules de sa peau commençaient à sécher, les cratères suppurants à se tarir, déjà ses plaies commençaient à se fermer. En une semaine il fut guéri.

21

Il serait bien parti tout de suite pour le Midi, où l'on pouvait apprendre les nouvelles techniques dont lui avait parlé son patron. Mais naturellement il n'en était pas question. Car enfin il n'était qu'un apprenti, c'est-à-dire un néant. A strictement parler, lui expliqua Baldini (quand il se fut remis de la joie que lui causa la résurrection de Grenouille), à strictement parler il était même moins que rien, car pour être un vrai apprenti il fallait une filiation irréprochable, c'est-à-dire légitime, il fallait avoir de la famille qui fût digne de l'état d'artisan, et il fallait un contrat d'apprentissage, toutes choses que Grenouille ne possédait pas. Si cependant Baldini entendait l'aider un jour à obtenir son brevet de compagnon, ce serait en raison de ses dons assez remarquables, ce serait en tenant compte de la conduite impeccable qu'il aurait, et ce serait à cause de l'infinie bonté d'âme dont Baldini était incapable de se départir, quoiqu'elle lui eût souvent porté tort.

A vrai dire, le bon Baldini prit son temps pour tenir sa promesse : dans sa bonté, il y mit trois ans. Dans l'intervalle, il réalisa avec l'aide de Grenouille ses rêves de grandeur. Il fonda sa manufacture du faubourg Saint-Antoine, imposa à la Cour ses parfums les plus exquis, obtint son privilège royal. Ses produits raffinés se vendirent jusqu'à Saint-Pétersbourg, jusqu'à Palerme, jusqu'à Copenhague. On souhaita même qu'il livre une création fortement musquée à Constantinople, où Dieu sait pourtant qu'on avait passablement de parfums produits sur place. Cela sentait les parfums Baldini aussi bien dans les augustes maisons de commerce de la City de Londres qu'à la cour de Parme, dans le palais de Varsovie tout comme dans le petit château de tel principicule allemand. Alors qu'il s'était un jour résigné à passer ses vieux jours à Messine dans la misère la plus noire, Baldini se trouvait être sans conteste, à soixante-dix ans, le plus grand parfumeur d'Europe et l'un des plus riches bourgeois de Paris.

Au début de l'année 1756 (il avait entre-temps annexé la maison voisine, sur le Pont-au-Change, à usage exclusif d'habitation, car la première était désormais littéralement bourrée jusqu'au toit de parfumerie et d'épices), il informa Grenouille qu'il était maintenant disposé à lui accorder son congé, à trois conditions toutefois : *primo*, s'agissant de l'intégralité des parfums qui avaient vu le jour sous le toit de Baldini, Grenouille à l'avenir n'aurait le droit ni de les fabriquer à nouveau lui-même, ni d'en communiquer les formules à des tiers ; *secundo*, il devrait quitter Paris et ne pourrait y remettre les pieds tant que Baldini serait de ce monde ; *tertio*, il devrait garder absolument secrètes les deux clauses précédentes. Il fallait qu'il s'engage à tout cela par serment, en jurant par tous les saints, sur l'âme de sa pauvre mère, et sur son honneur.

Grenouille, qui n'avait pas plus d'honneur qu'il ne croyait aux saints ni, encore moins, à l'âme de sa pauvre mère, jura. Il aurait juré n'importe quoi. Il aurait accepté de Baldini n'importe quelle condition, car il voulait avoir ce ridicule brevet de compagnon, qui lui permettrait de vivre sans se faire remarquer, de voyager sans encombre et de trouver de l'embauche. Tout le reste lui était égal. D'ailleurs, qu'est-ce que c'était que ces conditions ? Ne plus mettre les pieds à Paris ? Qu'avait-il à faire de Paris ? Il connaissait la ville jusque dans son dernier recoin puant, il l'emporterait avec lui, où qu'il aille, il possédait Paris depuis des années. Ne fabriquer aucun des parfums à succès de Baldini, ne communiquer aucune formule ? Comme s'il n'était pas capable d'en inventer mille autres tout aussi bons, et meilleurs pour peu qu'il le voulût ! Mais il n'en avait pas du tout l'intention. Il n'avait nullement le projet de faire concurrence à Baldini ou d'entrer chez quelque autre parfumeur bourgeoisement établi. Il ne partait pas pour faire fortune avec son art, il ne tenait même pas à en vivre, s'il pouvait vivre autrement. Il voulait extérioriser son monde intérieur, rien d'autre, son monde intérieur, qu'il trouvait plus merveilleux que tout ce qu'avait à lui offrir le monde extérieur. Les conditions posées par Baldini n'étaient donc pas, pour Grenouille, des conditions.

C'est au printemps qu'il se mit en route, un jour de mai, au petit matin. Il avait reçu de Baldini un petit sac à dos, une chemise de rechange, deux paires de chaussettes, un gros saucisson, une couverture de cheval et vingt-cinq francs. C'était bien plus qu'il n'était tenu de lui donner, avait dit Baldini, d'autant que Grenouille n'avait pas payé un sol pour la formation approfondie qu'il avait reçue au cours de son apprentissage. Il était tenu de lui verser deux francs de viatique, et c'est tout. Mais voilà, il ne pouvait se départir de sa bonté d'âme ni, au reste, de la profonde sympathie qu'au cours des années il avait peu à peu conçue pour ce bon Jean-Baptiste. Il lui souhaitait bonne chance au cours de ses voyages ; et puis surtout, il y insistait, que Grenouille n'oublie pas son serment. Sur quoi il l'accompagna jusqu'à la même porte de service où il l'avait accueilli, et lui dit d'aller.

Il ne lui tendit pas la main, la sympathie n'allait tout de même pas jusque-là. Jamais il ne lui avait donné la main. Il avait d'ailleurs toujours évité de le toucher, obéissant en cela à une sorte de pieuse répugnance, comme s'il avait risqué d'être contaminé, de se souiller. Il se contenta d'un bref adieu. Grenouille répondit d'un signe de tête, se détourna en courbant l'échine, et s'éloigna. La rue était déserte.

22

Baldini le regarda partir, arpenter le pont en direction de l'île, petit et courbé dans la pente, portant son sac comme une bosse et ressemblant, vu de derrière, à un vieil homme. De l'autre côté, vers le Palais de Justice, là où la rue faisait un coude, il le perdit de vue et se sentit extraordinairement soulagé.

Il n'avait jamais aimé ce gaillard, jamais, maintenant il pouvait enfin se l'avouer. Pendant tout le temps où il l'avait hébergé sous son toit et l'avait exploité, il avait été mal à son aise. Il se sentait comme un homme intègre qui pour la première fois fait quelque chose de défendu, truque son jeu. Certes, il y avait peu de risque d'être démasqué, et une chance immense de succès ; mais grandes aussi avaient été la nervosité et la mauvaise conscience. De fait, au cours de toutes ces années, il n'y avait pas eu un seul jour où il n'avait été poursuivi par la déplaisante idée qu'il lui faudrait payer, d'une manière ou d'une autre, pour s'être commis avec cet individu. Pourvu que ça tourne bien ! marmonnait-il sans cesse comme une prière, pourvu que j'arrive à encaisser le fruit de cette aventure, sans avoir à payer la facture ! Pourvu que j'y arrive ! Bien sûr, ce n'est pas bien, ce que je fais là, mais Dieu fermera les yeux, je suis sûr qu'il fermera les yeux ! Au cours de ma vie, Il m'a plus d'une fois châtié assez durement, sans raison aucune, ce ne serait donc que justice, si cette fois Il se montrait conciliant. En quoi consiste donc mon crime, à supposer que c'en soit un ? Tout au plus en ceci que j'agis un peu en marge des règles de la corporation en mettant à profit les dons prodigieux d'un ouvrier non qualifié et que je fais passer pour miennes ses capacités. Tout au plus en ceci que je m'écarte très légèrement du sentier traditionnel des vertus de l'artisan. Tout au plus en ceci que je fais aujourd'hui ce que j'aurais condamné hier encore.

Est-ce pendable ? D'autres gens passent leur vie à tromper. Je n'ai fait que tricher un petit peu pendant quelques années. Et uniquement parce que le hasard m'en a fourni l'occasion exceptionnelle. Peut-être n'était-ce même pas le hasard, peut-être était-ce Dieu lui-même qui a envoyé chez moi ce sorcier, pour compenser tout le temps où j'avais été humilié par Pélissier et consorts. Peut-être que la providence divine ne se manifeste pas du tout en ma faveur, mais *contre* Pélissier ! Ce serait tout à fait possible ! Car comment Dieu pouvait-il châtier Pélissier, sinon en m'accordant ses bienfaits ? Ainsi, la chance dont j'ai profité ne serait que l'instrument de la justice divine, et si c'est le cas, non seulement je pourrais, mais je devrais l'accepter, sans honte et sans le moindre remords...

C'est ce qu'avait souvent pensé Baldini au cours de ces dernières années, le matin, quand il descendait l'étroit escalier menant à la boutique, et le soir quand il le remontait avec le contenu de la caisse et qu'il comptait les lourdes pièces d'or et d'argent qu'il serrait dans son coffre, et la nuit, lorsqu'il était couché à côté du paquet d'os ronflant qu'était son épouse et qu'il ne trouvait pas le sommeil, tant sa chance lui faisait peur.

Mais à présent, enfin, c'en était fini de ces pensées sinistres. L'hôte inquiétant était parti et ne reviendrait jamais. La richesse, en revanche, restait, assurée à tout jamais. Baldini posa la main sur sa poitrine et sentit, à travers le tissu de son habit, le cahier qui était sur son cœur. Six cents formules y étaient inscrites, plus que n'en pourraient jamais réaliser des générations entières de parfumeurs. S'il perdait tout aujourd'hui même, ce merveilleux cahier à lui tout seul referait de lui un homme riche en moins d'un an. En vérité, que pouvait-il demander de plus ?

Le soleil du matin, jaune et chaud, passait entre les pignons des maisons d'en face et venait caresser son visage. Baldini regardait toujours vers le sud, dans la rue qui menait au Palais (c'était tellement agréable, vraiment, que Grenouille y eût disparu !) et, dans une bouffée de gratitude débordante, il décida de faire avant le soir le chemin jusqu'à Notre-Dame, d'y mettre une pièce d'or dans le tronc des offrandes, d'y allumer trois cierges et de rendre grâce à genoux au Seigneur qui l'avait comblé de tant de bienfaits tout en lui épargnant toute vengeance.

Mais il se trouva encore bêtement empêché de le faire. Car l'après-midi, comme il allait se mettre en route vers la cathédrale, le bruit se répandit que les Anglais avaient déclaré la guerre à la France. Cela n'avait en soi rien d'inquiétant. Mais comme il se trouvait justement que Baldini allait, dans les jours à venir, expédier à Londres une livraison de parfums, il remit sa visite à Notre-Dame et préféra aller se renseigner en ville, puis se rendre à sa manufacture du faubourg Saint-Antoine pour bloquer la livraison anglaise jusqu'à nouvel ordre. La nuit, dans son lit, juste avant de s'endormir, il eut encore une idée géniale : avec les conflits armés qui allaient éclater dans le Nouveau Monde à propos des colonies, il allait lancer un parfum qu'il appellerait *Prestige du Québec*, quelque chose de corsé et d'héroïque, dont le succès (cela ne faisait aucun doute) le dédommagerait largement de l'incertitude du marché anglais. C'est avec cette séduisante pensée dans sa vieille tête stupide qu'il posa avec soulagement sur l'oreiller rendu agréablement inconfortable par le cahier aux formules dissimulé dessous, que Maître Baldini s'assoupit... pour ne jamais plus se réveiller.

Dans la nuit, en effet, se produisit une petite catastrophe qui fut la cause que l'administration royale, avec les lenteurs qui s'imposent en ces matières, décréta que devraient être peu à peu démolies toutes les maisons de tous les ponts de Paris : sans cause connue, le Pont-au-Change s'effondra dans sa partie ouest, entre la troisième et la quatrième pile. Deux

126

maisons furent précipitées dans le fleuve, si soudainement et si intrégralement qu'aucun de leurs occupants ne put être sauvé. Heureusement, il ne s'agissait que de deux personnes : Giuseppe Baldini et son épouse Teresa. Les domestiques étaient de sortie, avec ou sans permission. Chénier, qui ne regagna la maison qu'au petit matin, légèrement pris de boisson (ou qui plutôt voulut la regagner, car la maison n'était plus là), en eut une dépression nerveuse. Il avait caressé pendant trente ans l'espoir d'être couché sur le testament de Baldini, qui n'avait ni enfants, ni famille. Et voilà que d'un coup tout disparaissait, la maison, le fonds de commerce, les matières premières, l'atelier. Baldini lui-même... et même le testament, qui aurait peut-être encore permis d'hériter la manufacture !

On ne retrouva rien, ni les corps, ni le coffre, ni les cahiers aux six cents formules. Tout ce qui resta de Giuseppe Baldini, le plus grand parfumeur d'Europe, ce fut une odeur très mêlée, de musc, de cannelle, de vinaigre, de lavande et de mille autres matières, qui pendant des semaines encore flotta sur le cours de la Seine de Paris jusqu'au Havre.

DEUXIÈME PARTIE

23

Au moment où s'effondrait la maison de Giuseppe Baldini, Grenouille était sur la route d'Orléans. Il avait laissé derrière lui le dôme de vapeurs qui coiffait la grande ville et, à chaque pas qu'il faisait pour s'en éloigner, l'air autour de lui devenait plus limpide, plus pur et plus propre. L'air se délayait, en quelque sorte. Il n'y avait plus, se chassant de mètre en mètre, ces centaines, ces milliers d'odeurs différentes, alternant à une allure folle ; au contraire, le peu d'odeurs qu'il y avait là — l'odeur de la route sablonneuse, des prés, de la terre, des plantes, de l'eau — flottaient en longs rubans au-dessus du paysage, se gonflant lentement et s'évanouissant lentement, sans presque jamais s'interrompre de manière abrupte.

Grenouille ressentait cette simplicité comme une délivrance. Ces odeurs tranquilles flattaient sa narine. Pour la première fois de sa vie, il n'était pas obligé, à chaque respiration, de s'attendre à flairer quelque chose de nouveau, d'inattendu, d'hostile, ou à perdre quelque chose d'agréable. Pour la première fois, il pouvait respirer presque librement sans avoir sans cesse en même temps l'odorat aux aguets. Nous disons « presque », parce que, naturellement, rien ne passait par le nez de Grenouille de façon vraiment libre. Même quand il n'y avait aucune raison à cela, une certaine réserve instinctive restait chez lui toujours en éveil à l'égard de tout ce qui venait de l'extérieur et prétendait qu'il le laisse entrer en lui. Tout au long de sa vie, même dans les rares moments où il connut des bouffées de satisfaction, de contentement, voire peut-être de bonheur, il préféra toujours l'expiration à l'aspiration — de la même façon, d'ailleurs, qu'il n'avait pas commencé sa vie en prenant son souffle avec espoir, mais en poussant un cri meurtrier. Mais à cette restriction près, qui était chez lui une limite innée, Grenouille se sentait de mieux en mieux en s'éloignant de Paris, il respirait de plus en plus facilement, marchait d'un pas de plus en plus allègre et trouvait même par moments l'énergie de se tenir droit, si bien que de loin il avait presque l'air d'un compagnon-artisan comme un autre, bref d'un être humain normal.

Ce qu'il ressentait le plus comme une libération, c'était l'éloignement des hommes. A Paris, il vivait plus de monde sur l'espace le plus réduit que dans n'importe quelle autre ville du globe. Six ou sept cent mille personnes vivaient à Paris. Elles grouillaient, dans les rues et sur les places, et les maisons en étaient bourrées des caves aux greniers. Il n'y avait guère de recoin de Paris qui ne fût rempli d'hommes, il n'y avait pas un caillou, pas un pouce de terrain qui ne sentît l'humanité.

C'est cette concentration d'odeur humaine qui l'avait oppressé pendant dix-huit ans comme un orage qui menace, Grenouille s'en rendait compte maintenant qu'il commençait à y échapper. Jusque-là, il avait toujours cru que c'était le monde en général qui le contraignait à se recroqueviller. Mais ce n'était pas le monde, c'étaient les hommes. Avec le monde, apparemment, le monde déserté par les hommes, on pouvait vivre.

Le troisième jour de son voyage, il s'approcha du champ de gravitation olfactif d'Orléans. Bien avant que le moindre signe visible annonce la proximité de la ville, Grenouille perçut que l'humanité devenait plus dense dans l'atmosphère et, contrairement à sa première intention, il résolut d'éviter Orléans. Il ne voulait pas que cette liberté de respirer qu'il avait récemment acquise soit si vite gâchée à nouveau par une atmosphère toute poisseuse d'humanité. Il fit un grand détour pour éviter la ville, se retrouva sur la Loire à Châteauneuf et la traversa à Sully. Son saucisson lui avait duré jusque-là. Il en acheta un autre, puis, s'écartant du cours de la Loire, s'enfonça dans la campagne.

Il n'évita plus désormais seulement les villes, il évita les villages. Il était comme enivré par cet air de plus en plus délayé, de plus en plus étranger à l'humanité. Ce n'était que pour se réapprovisionner qu'il s'approchait d'un hameau ou d'une ferme isolée ; il y achetait du pain et redisparaissait dans les bois. Au bout de quelques semaines, il était excédé même par les rencontres de quelques rares voyageurs sur des chemins écartés, il ne supportait plus l'odeur personnelle des paysans qui faisaient la première coupe des foins. Il s'esquivait à l'approche de chaque troupeau de moutons, non pas à cause des moutons, mais pour échapper à l'odeur du berger. Il prenait à travers champs, préférant allonger son itinéraire de plusieurs lieues, quand, des heures à l'avance, il flairait un escadron de cavaliers qui allaient venir sur lui. Non qu'il craignît, comme d'autres compagnons du tour de France ou comme des vagabonds, qu'on le contrôlât, qu'on lui demandât ses papiers, voire qu'on l'enrôlât dans une armée (il ne savait même pas qu'il y avait la guerre), mais pour la pure et simple raison que l'odeur humaine des cavaliers le dégoûtait. C'est ainsi qu'insensiblement et sans qu'il l'eût particulièrement décidé, son projet de rallier Grasse au plus vite s'estompa ; ce projet s'était en quelque sorte dissous dans la liberté, comme tous ses autres plans et projets. Grenouille ne voulait plus aller nulle part, il ne voulait plus que fuir, fuir loin des hommes.

Pour finir, il ne marcha plus que de nuit. Dans la journée, il se tapissait dans les sous-bois, dormait sous des buissons, dans des fourrés, dans les endroits les plus inaccessibles qu'il pouvait trouver, roulé en boule comme une bête, enveloppé dans la couverture de cheval couleur de terre qu'il se ramenait sur la tête, le nez coincé au creux de son bras et tourné vers le sol, afin que ses rêves ne soient pas troublés par la moindre odeur étrangère. Il se réveillait au coucher du soleil, flairait dans toutes les directions ; quand il s'était ainsi assuré que le dernier paysan avait quitté son champ et que même le voyageur le plus téméraire avait trouvé un gîte dans l'obscurité grandissante, quand enfin la nuit et ses prétendus dangers avaient balayé jusqu'au dernier homme de la surface des terres, alors seulement Grenouille s'extrayait de sa cachette et poursuivait son voyage. Il n'avait pas besoin de lumière pour y voir. Déjà naguère, quand il marchait encore de jour, il avait souvent tenu les yeux fermés pendant des heures et avancé en ne se fiant qu'à son nez. L'image trop crue du paysage, et tout ce que la vision oculaire avait d'aveuglant, de brusque et d'acéré lui faisait mal. Il ne consentait à ouvrir les yeux qu'au clair de lune. Le clair de lune ignorait les couleurs et ne dessinait que faiblement les contours du terrain. Il recouvrait le pays d'une couche de gris sale et, pour la durée de la nuit, étranglait toute vie. Ce monde comme un moulage de plomb, où rien ne bougeait que le vent qui parfois s'abattait sur les forêts grises et où rien ne vivait que les odeurs de la terre nue, était le seul monde qui avait son agrément, car il ressemblait au monde de son âme.

Il alla ainsi vers le Midi. Ou à peu près dans cette direction, car il ne marchait pas à la boussole magnétique, mais seulement à la boussole de son nez, qui le faisait contourner toute ville, tout village, tout hameau. Des semaines durant, il ne rencontra âme qui vive. Et il aurait pu se bercer de l'illusion rassurante qu'il était seul dans ce monde obscur ou baigné de clair de lune, si sa boussole sensible ne lui avait pas prouvé le contraire.

Même la nuit, il y avait des hommes. Même dans les régions les plus reculées, il y avait des hommes. Ils s'étaient seulement retranchés dans leurs trous de rats pour y dormir. La terre n'était pas débarrassée d'eux, car même dans leur sommeil ils la salissaient par leur odeur, qui filtrait par les fenêtres et les fentes de leurs logis, envahissant l'air libre et empestant une nature qu'ils n'avaient abandonnée qu'en apparence. Plus Grenouille s'habituait à un air plus pur, plus il était sensible au choc de telle odeur humaine qui soudain, au moment où il s'y attendait le moins, venait dans la nuit flotter à sa narine comme une odeur de purin, trahissant la présence de quelque cabane de berger, ou d'une hutte de charbonnier ou d'un repaire de brigands. Et il fuyait plus loin, réagissant de plus en plus vivement à l'odeur toujours plus rare des hommes. Son nez le conduisit ainsi dans des contrées de plus en plus reculées, l'éloignant de plus en plus des hommes et le tirant de plus en plus puissamment vers le pôle magnétique de la plus grande solitude possible.

24

Ce pôle, le point qui dans tout le royaume était le plus loin des hommes, se trouvait dans le Massif central, en Auvergne, à cinq journées de marche environ au sud de Clermont, au sommet d'un volcan de deux mille mètres appelé le Plomb du Cantal.

La montagne était constituée d'un gigantesque cône de pierre grise comme du plomb, et elle était entourée d'un plateau interminable et aride, où ne poussaient que des mousses grises et des buissons gris, d'où émergeaient ici et là des pointes de rochers bruns comme des dents gâtées, et quelques arbres calcinés par les incendies. Même au grand jour, la région était si désespérément inhospitalière que le berger le plus pauvre de cette province déjà pauvre n'y aurait pas amené paître ses bêtes. Et la nuit, alors, à la lumière blafarde de la lune, elle paraissait à ce point déserte et déshéritée qu'elle ne semblait plus être de ce monde. Même Lebrun, le bandit auvergnat recherché de toutes parts, avait préféré gagner les Cévennes pour s'y faire capturer et écarteler, plutôt que de se cacher au Plomb du Cantal, où sûrement personne ne l'aurait cherché ni trouvé, mais où, tout aussi sûrement, il serait mort de cette interminable solitude, ce qui lui parut pire encore. A des lieues à la ronde ne vivait ni un être humain ni un animal à sang chaud qui fût digne de ce nom, juste quelques chauves-souris, quelques insectes et des vipères. Depuis des dizaines d'années, personne n'avait gravi le sommet.

Grenouille atteignit cette montagne une nuit d'août 1756. Quand le jour pointa, il était au sommet. Il ne savait pas encore que son voyage s'arrêtait là. Il pensait que ce n'était qu'une étape sur le chemin qui le menait vers des airs toujours plus purs, et il tourna sur lui-même en laissant errer le regard de son nez sur le gigantesque panorama de ce désert volcanique : vers l'est, où s'étendait le vaste plateau de Saint-Flour et les marais de la rivière Riou ; vers le nord, du côté où il était arrivé, marchant des jours durant à travers le karst ; vers l'ouest, d'où la légère brise matinale ne lui apportait que l'odeur de cailloux et d'herbe rêche ; vers le sud enfin, où les contreforts du Plomb s'étiraient sur des lieues jusqu'aux gouffres obscurs de la Truyère. Partout, dans tous les azimuts, régnait le même éloignement des hommes. La boussole tournait en rond. Il n'y avait plus d'orientation. Grenouille était au but. Mais en même temps il était pris.

Lorsque le soleil se leva, il était toujours debout au même endroit, le nez en l'air. Dans un effort désespéré, il tenta de flairer de quelle direction menaçait l'humanité, et dans quelle direction inverse il lui faudrait poursuivre sa fuite. Dans toutes les directions, il s'attendit à découvrir tout de même encore une bribe cachée d'odeur humaine. Mais rien de tel. Tout à la ronde, il régnait uniquement, comme un léger bruissement, l'haleine homogène des pierres mortes, des lichens gris et des herbes sèches, et rien d'autre.

Grenouille mit beaucoup de temps à croire ce qu'il ne sentait pas. Il n'était pas préparé à son bonheur. Sa méfiance se débattit longuement contre l'évidence. Il eut même, tandis que le soleil montait, recours à l'aide de ses yeux et fouilla l'horizon à la recherche du moindre signe de présence humaine, le toit d'une cabane, la fumée d'un feu, une clôture, un pont, un troupeau. Il mit ses mains en pavillons derrière ses oreilles et guetta quelque tintement de faux, quelque aboiement de chien ou quelque cri d'enfant. Il demeura toute la journée, par la chaleur la plus torride, au sommet du Plomb du Cantal, à attendre en vain le moindre indice. Ce ne fut qu'au coucher du soleil que sa méfiance peu à peu fit place à une sensation de plus en plus forte d'euphorie : il avait échappé à l'odieuse calamité ! Il était effectivement complètement seul ! Il était le seul homme au monde !

Une énorme jubilation éclata en lui. Comme un naufragé, après des semaines d'errance, salue avec extase la première île habitée par des hommes, Grenouille célébra son arrivée sur la montagne de la solitude. Il criait de bonheur. Il jeta au loin son sac, sa couverture, son bâton, piétina sur place, leva les bras au ciel, dansa en rond, hurla son propre nom à tous les vents, serra les poings et les brandit triomphalement vers tout ce vaste territoire qui l'entourait et vers le soleil qui déclinait, comme s'il triomphait de l'avoir personnellement chassé du ciel. Il se comporta comme un fou jusqu'à une heure avancée de la nuit.

25

Les jours suivants, il les passa à s'installer sur la montagne : car il était bien clair qu'il ne quitterait pas de sitôt cette contrée bénie. Pour commencer, il flaira pour trouver de l'eau, et en découvrit dans une faille, un peu en dessous du sommet, où elle suintait en une fine pellicule sur le roc. Il n'y en avait pas beaucoup, mais en léchant patiemment la pierre pendant une heure, il pouvait satisfaire ses besoins journaliers d'humidité. Il trouva aussi de la nourriture, à savoir des salamandres et de petites couleuvres à collier : après les avoir décapitées, il les dévora avec la peau et les os. Il les accompagna de lichens secs, d'herbe et de graines de mousse. Cette alimentation parfaitement impossible selon les critères bourgeois ne le dégoûtait pas le moins du monde. Déjà, au cours des derniers mois et des dernières semaines, il avait renoncé à se nourrir d'aliments préparés par l'homme, comme le pain, la charcuterie et le fromage, préférant consommer indistinctement, quand il se sentait affamé, tout ce qui pouvait lui tomber sous la main de vaguement comestible. Il n'était rien moins qu'un gourmet. D'ailleurs, plus généralement, le plaisir n'était pas son fait, quand le plaisir consistait à autre chose qu'à jouir d'une odeur immatérielle. Le confort n'était pas non plus son fait, et il se serait contenté d'installer sa couche à même le roc. Mais il trouva mieux.

Près de l'endroit où suintait un peu d'eau, il découvrit une petite galerie naturelle qui en décrivant plus d'une étroite sinuosité, s'enfonçait dans la montagne et, au bout de trente mètres environ, se terminait par un éboulement. Cette extrémité de la galerie était tellement exiguë que Grenouille touchait le roc de ses deux épaules et qu'il ne pouvait s'y tenir debout que courbé. Mais il pouvait s'y tenir assis et, en se mettant en chien de fusil, il pouvait même s'y étendre. Cela suffisait parfaitement à son besoin de confort. Car l'endroit présentait d'inappréciables avantages : au bout de ce tunnel, il faisait nuit noire même en plein jour, il y régnait un silence de mort, et l'air exhalait une fraîcheur humide et salée. Grenouille flaira tout de suite que jamais être vivant n'avait pénétré en ce lieu. Tandis qu'il en prenait possession, il se sentit intimidé par une sorte d'horreur sacrée. Il étendit soigneusement sur le sol sa couverture de cheval, comme s'il drapait un autel, et s'y coucha. Il se sentait divinement bien. Dans la montagne la plus solitaire de France, à cinquante mètres sous terre, c'était comme s'il gisait dans sa propre tombe. Jamais de sa vie il ne s'était senti aussi en sécurité. Même pas dans le ventre de sa mère, loin de là. Au-dehors, le monde pouvait flamber, ici il ne s'en apercevrait même pas. Il se mit à pleurer en silence. Il ne savait qui remercier de tant de bonheur.

Par la suite, il ne sortit plus à l'air libre que pour lécher la roche humide, pour lâcher rapidement son urine et ses excréments, et pour chasser des lézards et des serpents. De nuit, ils étaient faciles à attraper, car ils étaient tapis sous des cailloux plats ou dans de petites anfractuosités où il les découvrait à l'odeur.

Au cours des premières semaines, il monta encore quelquefois jusqu'au sommet, pour renifler aux quatre coins de l'horizon. Mais bientôt, ce fut plus une habitude fastidieuse qu'une nécessité, car pas une seule fois il ne flaira la moindre menace. Aussi finit-il par renoncer à ces excursions, uniquement soucieux désormais de regagner sa crypte aussi vite que possible, dès qu'il s'était acquitté des gestes indispensables à sa survie. Car c'est là, dans la crypte, qu'il vivait pour de bon. C'est-à-dire qu'il y restait assis vingt bonnes heures par jour, dans l'obscurité complète, le silence absolu et l'immobilité totale, sur sa couverture de cheval au fond de son boyau de pierre, le dos calé contre l'éboulis, les épaules coincées entre les rochers, et se suffisant à lui-même.

On connaît des gens qui cherchent la solitude : pénitents, malheureux, saints ou prophètes. Ils se retirent de préférence dans des déserts, où ils vivent de sauterelles et de miel sauvage. Certains aussi habitent des cavernes ou des ermitages sur des îles loin de tout, ou bien, de manière un peu plus spectaculaire, se fourrent dans des cages perchées sur des mâts et suspendues dans les airs. Ils font cela pour être plus près de Dieu. Ils se mortifient par la solitude, elle leur sert à faire pénitence. En agissant ainsi, ils sont persuadés de mener une vie qui complaît à Dieu. Ou bien ils attendent pendant des mois et des années que leur soit adressé, dans leur solitude, un message divin, qu'ils vont alors s'empresser de répandre parmi les hommes.

Rien de tout cela n'avait à voir avec Grenouille. Il n'avait pas la moindre intention qui concernât Dieu. Il ne faisait pas pénitence et n'attendait nulle inspiration qui vînt d'en haut. C'est uniquement pour son propre plaisir personnel qu'il avait fait retraite, uniquement pour être plus proche de lui-même. Il baignait dans sa propre existence, que rien ne distrayait plus d'elle-même, et il trouvait cela magnifique. Il gisait comme son propre cadavre dans cette crypte rocheuse, c'est à peine s'il respirait, à peine si son cœur battait encore... et il vivait pourtant avec une intensité et dans des débordements comme jamais viveur n'en connut de tels dans le monde extérieur.

26

Le théâtre de ces débordements (comment aurait-il pu en être autrement ?), c'était cet empire intérieur où, depuis sa naissance, il avait gravé les contours de toutes les odeurs qu'il avait jamais rencontrées. Pour se mettre en humeur, il évoquait tout d'abord les plus anciennes, les plus lointaines : l'exhalaison hostile et moite de la chambre à coucher, chez Mme Gaillard ; le goût de cuir desséché qu'avaient ses mains ; l'haleine vineuse et aigre du père Terrier ; la transpiration chaude, maternelle et hystérique de la nourrice Jeanne Bussie ; la puanteur cadavéreuse du cimetière des Innocents ; l'odeur de meurtre que dégageait sa mère. Et il était transporté de dégoût et de haine, et son poil se hérissait d'une horreur délicieuse.

Parfois, quand cet apéritif d'ignominies n'avait pas suffi à le mettre en forme, il s'accordait un petit détour olfactif du côté de chez Grimal et goûtait à la puanteur des peaux crues, non écharnées, et des bains de tannage, ou bien il imaginait les effluences concentrées de six cent mille Parisiens, dans la touffeur écrasante de la canicule.

Alors explosait tout d'un coup (c'était le but de l'exercice) toute sa haine accumulée, avec la violence d'un orgasme. Tel un orage, il se ruait sur ces odeurs qui avaient osé offenser ses nobles narines. Telle la grêle sur un champ de blé, il les flagellait, tel un ouragan il pulvérisait toute cette racaille et la noyait dans un gigantesque déluge purificateur d'eau distillée. Si juste était son courroux. Si redoutable était sa vengeance. Ah ! quel instant sublime ! Grenouille, le petit homme, tremblait d'excitation, son corps se tordait de jouissance délicieuse et s'arquait si bien que, pendant un moment, il se cognait le crâne contre le haut du boyau, pour retomber ensuite lentement et rester étendu, libéré et profondément satisfait. C'était vraiment trop agréable, cet acte éruptif par lequel il massacrait toutes les odeurs répugnantes, vraiment trop agréable... Pour un peu, ce numéro eût été son préféré, dans la série des sketches qui se succédaient sur son grand théâtre intérieur, car il laissait la sensation merveilleuse d'un sain épuisement, que donnent seules les actions héroïques et vraiment grandioses.

Il avait alors le droit de se reposer un moment avec bonne conscience. Il prenait ses aises ; physiquement, autant qu'il était possible dans cet étroit réduit de pierre. Mais intérieurement, sur les champs désormais nettoyés de son âme, il s'étirait tout à loisir et s'assoupissait et faisait voleter autour de son nez les odeurs les plus fines : par exemple, une petite brise épicée comme si elle avait flotté sur des prés au printemps ; un vent tiède de mai, soufflant à travers les premières feuilles qui verdoient sur les hêtres ; un coup de vent de mer, aussi relevé que des amandes salées. C'était à la fin de l'après-midi qu'il se levait — à la fin de l'après-midi, en quelque sorte, car il n'y avait naturellement pas d'après-midi ou de matinée, il n'y avait ni soir ni matin, ni lumière ni ténèbres, il n'y avait pas davantage de prés au printemps, ni de feuilles de hêtres verdoyantes... il n'y avait pas du tout de choses dans l'univers intérieur de Grenouille, mais uniquement les odeurs des choses. (Ce n'est donc qu'un *modus dicendi* que de parler de cet univers comme d'un paysage, mais c'est une façon de parler adéquate, et la seule possible, car notre langage ne vaut rien pour décrire le monde des odeurs.) C'était donc la fin de l'après-midi, à savoir un état et un moment, dans l'âme de Grenouille, comme dans le Midi à la fin de la sieste, quand disparaît lentement la paralysie de ce milieu du jour, et que veut reprendre la vie jusque-là retenue. La grosse chaleur furibonde, ennemie des parfums sublimes, s'était évanouie, et la horde des démons était anéantie. Les campagnes intérieures s'étendaient, nettes et tendres, dans le repos lascif du réveil et attendaient le bon vouloir de leur seigneur.

Et Grenouille se levait donc, on l'a dit, et secouait ses membres pour en chasser le sommeil. Il se mettait debout, le grand Grenouille intérieur, il se plantait là dans sa splendeur grandiose, il était magnifique à voir (il était presque dommage que personne ne le vît!), et regardait alentour, fier et souverain.

Oui! C'était là son royaume! Le royaume grenouillesque, unique en son genre! que Grenouille, lui-même unique en son genre, avait créé et sur lequel il régnait, qu'il dévastait quand il lui plaisait et reconstituait à nouveau, qu'il étendait à l'infini et défendait d'un glaive flamboyant contre tout intrus. Ici, tout était soumis à sa seule volonté, à la volonté du grand, de l'unique, du magnifique Grenouille. Et maintenant qu'étaient extirpées les affreuses puanteurs du passé, il voulait que cela sente bon dans son royaume. Et il allait à grands pas puissants par les campagnes en jachère et y semait des parfums d'espèces les plus diverses, tantôt avec largesse, tantôt avec parcimonie, sur d'immenses plantations ou de petites plates-bandes intimes, jetant les graines à pleines poignées ou bien les enfouissant une à une en des endroits précisément choisis. Il filait à travers tout son royaume et jusque dans les provinces les plus reculées, le grand Grenouille, l'impétueux jardinier, et bientôt il n'y avait plus un seul coin où il n'eût semé quelque grain de parfum.

Et quand il voyait que c'était bien, et que le pays tout entier était imprégné de sa divine semence de Grenouille, alors le grand Grenouille faisait tomber une pluie d'esprit-de-vin, douce et régulière, et tout se mettait partout à germer et à verdoyer et à pousser, que cela vous réjouissait le cœur. Déjà la récolte luxuriante ondoyait dans les plantations, et dans les jardins secrets les tiges étaient en sève. Les boutons de fleurs faisaient presque craquer leurs sépales.

Alors le Grand Grenouille ordonnait à la pluie de

cesser. Et elle cessait. Et il envoyait sur le pays le doux soleil de son sourire, et d'un seul coup éclatait la splendeur de ces milliards de fleurs, d'un bout à l'autre du royaume, tissant un seul tapis multicolore, fait de myriades de corolles aux parfums délicieux. Et le Grand Grenouille voyait que c'était bien, très, très bien. Et il soufflait sur le pays le vent de son haleine. Et les fleurs, caressées, exhalaient leurs senteurs et, mêlant leurs myriades de parfums, en faisaient un seul parfum, changeant sans cesse et pourtant sans cesse uni, un parfum universel d'adoration qu'elles adressaient à lui, le Grand, l'Unique, le Magnifique Grenouille ; et lui, trônant sur un nuage à l'odeur d'or, aspirait à nouveau en retour, la narine dilatée, et l'odeur de l'offrande lui était agréable. Et il condescendait à bénir plusieurs fois sa création, ce dont celle-ci lui rendait grâces par des hymnes de joie et de jubilation et derechef en faisant monter vers lui des vagues de magnifiques parfums. Entre-temps, le soir était tombé, et les parfums déferlaient au loin en se mêlant au bleu de la nuit pour donner des notes toujours plus fantastiques. Cela donnerait une vraie nuit de bal pour tous ces parfums, assortie d'un gigantesque feu d'artifice de parfums éblouissants.

Mais le Grand Grenouille était maintenant un peu las, il bâillait et disait :

« Voyez, j'ai accompli une grande œuvre et elle m'agrée fort. Mais, comme tout ce qui est achevé, elle commence à m'ennuyer. J'entends me retirer et, pour clore cette journée de rudes travaux, me donner dans les appartements de mon cœur encore une petite fête. »

Ainsi parlait le Grand Grenouille et, déployant largement ses ailes, tandis qu'au-dessous de lui le petit peuple des parfums dansait et faisait joyeusement la fête, il se laissait descendre de son nuage d'or, parcourait le paysage nocturne de son âme et rentrait chez lui, dans son cœur.

27

Ah ! qu'il était agréable de rentrer chez soi ! La double fonction de vengeur et de créateur du monde n'était pas peu astreignante, et se laisser ensuite fêter des heures durant par sa propre progéniture, ce n'était pas de tout repos non plus. Las de ses tâches divines de création et de représentation, le Grand Grenouille avait soif de joies domestiques.

Son cœur était un château pourpre. Il était situé dans un désert de pierre, camouflé derrière des dunes, entouré par une oasis de marécages et ceint de sept murailles de pierre. On ne pouvait l'atteindre que par la voie des airs. Il possédait mille chambres et mille caves et mille salons raffinés, dont un avec un simple canapé pourpre, sur lequel Grenouille, qui désormais n'était plus le Grand Grenouille, mais Grenouille tout court, ou simplement le cher Jean-Baptiste, avait coutume de se reposer des fatigues de la journée.

Or, dans les chambres du château, il y avait des rayonnages depuis le sol jusqu'aux plafonds, ils contenaient toutes les odeurs que Grenouille avait collectionnées au cours de sa vie, plusieurs millions. Et dans les caves du château reposaient, dans des tonneaux, les meilleurs parfums de sa vie. Lorsqu'ils étaient à point, ils étaient soutirés et mis dans des bouteilles, qui étaient rangées par crus et par années dans des kilomètres de galeries fraîches et humides ; et il y en avait tant qu'une vie n'aurait pas suffi à les boire toutes.

Et quand le cher Jean-Baptiste, enfin de retour dans son chez-soi, était étendu sur son divan simple et douillet dans le salon pourpre — et qu'il avait en quelque sorte enfin quitté ses bottes —, il frappait dans ses mains pour appeler ses serviteurs, qui étaient invisibles et inaudibles, impossibles à toucher et surtout à sentir, donc des serviteurs complètement imaginaires, et il leur ordonnait d'aller dans les chambres chercher, dans la grande bibliothèque des odeurs, tel ou tel volume, et de descendre dans les caves pour lui rapporter à boire. Les serviteurs imaginaires se précipitaient et, dans une cruelle impatience, Grenouille sentait son estomac se crisper. Il se sentait soudain comme l'alcoolique qui, au comptoir, a peur que pour une raison ou pour une autre on lui refuse le petit verre qu'il vient de commander. Qu'est-ce qui se passerait, si tout d'un coup les caves et les chambres étaient vides, ou si le vin dans les tonneaux s'était gâté ? Pourquoi le faisait-on attendre ? Pourquoi ne revenait-on pas ? Il lui fallait ça tout de suite, il en avait un besoin urgent, il était en manque, il allait mourir sur-le-champ, si on ne le lui apportait pas.

Mais du calme, Jean-Baptiste ! Du calme, l'ami ! On vient, on t'apporte ce que tu désires. Voilà les serviteurs qui accourent. Ils portent sur un plateau invisible le livre d'odeurs, ils apportent entre leurs mains invisibles gantées de blanc les précieuses bouteilles, les posent, avec force précautions, ils s'inclinent, et ils disparaissent.

Et laissé seul, enfin (une fois de plus !) seul, Jean-Baptiste tend la main vers les odeurs tant attendues, ouvre la première bouteille, en remplit un verre à ras bord, le porte à ses lèvres et boit. Boit ce verre d'odeur fraîche et le vide d'un trait, et c'est un délice ! Un délice qui vous libère, à tel point que le cher Jean-Baptiste en a les larmes aux yeux et qu'il se verse aussitôt un deuxième verre de cette odeur : une odeur de l'année 1752, attrapée au printemps, avant le lever du soleil, sur le Pont-Royal, avec le nez tourné vers l'ouest d'où soufflait un vent léger où se mêlaient une odeur de mer, une odeur de forêt et un peu de l'odeur de goudron des péniches amarrées à la rive. C'était l'odeur de la première fin de nuit qu'il avait passée à flâner dans Paris, sans la permission de Grimal. C'était l'odeur fraîche du jour qui approche, de la première aube qu'il vivait en liberté. Cette odeur, alors, lui avait promis de la liberté. L'odeur de ce matin-là, c'était pour Grenouille une odeur d'espoir. Il la conservait soigneusement. Et il en buvait chaque jour.

Quand il eut bu ce deuxième verre, il ne ressentit plus trace de nervosité, de doute ni d'incertitude, et se sentit envahi par un calme magnifique. Il enfonça son dos dans les coussins moelleux du canapé, ouvrit un livre et se mit à lire ses souvenirs. Il lut des odeurs d'enfance, des odeurs d'école, des odeurs de rues et de recoins de la ville, des odeurs de gens. Et d'agréables frissons le parcouraient, car ce qui était évoqué là, c'étaient bien les odeurs détestées, celles qu'il avait exterminées. Grenouille lisait le livre des odeurs répugnantes avec un intérêt dégoûté, et quand le dégoût l'emportait sur l'intérêt, il refermait tout simplement le livre, le reposait et en prenait un autre.

Parallèlement, il ne cessait d'absorber des parfums nobles. Après la bouteille au parfum d'espoir, il en débouchait une de l'année 1744, remplie de l'odeur du bois chaud, devant la maison de Mme Gaillard. Et ensuite il buvait une bouteille de l'odeur d'un soir d'été, où se mêlaient de lourdes senteurs florales et des effluves de vrais parfums, et qu'il avait cueillie au bord d'un parc de Saint-Germain-des-Prés, en l'an 1753.

Il était dès lors bien imbibé. Ses membres pesaient de plus en plus lourdement sur les coussins. Son esprit était merveilleusement embrumé. Et pourtant il n'était pas encore au terme de sa beuverie. Certes, ses yeux n'étaient plus capables de lire et le livre avait depuis longtemps échappé à sa main... mais il n'entendait pas conclure la soirée sans vider encore la dernière bouteille, la plus magnifique : c'était le parfum de la jeune fille de la rue des Marais...

Il le buvait pieusement et, pour ce faire, s'asseyait bien droit sur le canapé, quoiqu'il eût du mal, car le salon pourpre oscillait et tournait à chacun de ses gestes. Comme un bon petit élève, les genoux serrés, les pieds l'un contre l'autre, la main gauche à plat sur la cuisse gauche, c'est ainsi que le petit Grenouille buvait le parfum le plus délicieux monté des caves de son cœur, verre après verre, et en se sentant de plus en plus triste. Il savait qu'il buvait trop. Il savait qu'il ne supportait pas tant de bonnes choses. Et il buvait tout de même, jusqu'à vider la bouteille : il s'engageait dans le couloir obscur qui menait de la rue à l'arrière-cour ; il s'avançait vers le halo de lumière ; la jeune fille était assise et dénoyautait les mirabelles ; on entendait au loin les détonations des fusées et des pétards du feu d'artifice...

Il reposait le verre et, comme pétrifié par la sentimentalité et la boisson, il restait encore assis quelques minutes, le temps que le dernier arrière-goût ait fini de se dissiper sur sa langue. Il restait là, l'œil rond et vitreux. Son cerveau était soudain tout aussi vide que les bouteilles. Puis il basculait de côté sur le canapé pourpre et sombrait à l'instant dans un sommeil de plomb.

En même temps s'endormait aussi le Grenouille extérieur, sur sa couverture de cheval. Et son sommeil était d'une profondeur aussi vertigineuse que celui du Grenouille intérieur, car les travaux herculéens et les excès de celui-ci n'avaient pas moins épuisé celui-là : car enfin ils ne faisaient qu'une seule et même personne.

Lorsqu'il se réveillait, toutefois, ce n'était pas dans le salon pourpre de son château pourpre, derrière ses sept murailles, ni dans les campagnes printanières et parfumées de son âme, c'était tout bonnement dans le réduit de pierre au bout du tunnel, sur la dure et dans le noir. Et il avait la nausée, tant il avait faim et soif, et il frissonnait et se sentait aussi mal qu'un alcoolique invétéré après une nuit de bringue. A quatre pattes, il sortait du boyau.

A l'extérieur, il était une heure quelconque de la

journée, généralement le début ou la fin de la nuit, mais même lorsqu'il était minuit, la clarté des étoiles lui piquait les yeux comme des aiguilles. L'air lui paraissait poussiéreux, rêche, il lui brûlait les poumons ; le paysage était dur, Grenouille se heurtait aux pierres. Et même les odeurs les plus subtiles faisaient à son nez déshabitué du monde l'impression d'une morsure implacable. La tique était devenue aussi douillette qu'un bernard-l'ermite qui a quitté sa coquille et erre tout nu dans la mer.

Il allait à l'endroit où suintait de l'eau, léchait l'humidité sur la paroi rocheuse pendant une ou deux heures, c'était un supplice, le temps n'en finissait pas, ce temps pendant lequel le monde réel lui brûlait la peau. Il arrachait des pierres quelques débris de mousse, les avalait à grand-peine, s'accroupissait quelque part, déféquait tout en bouffant (vite, vite, il fallait que tout cela aille vite), puis, affolé comme un petit animal à chair tendre quand, là-haut dans le ciel, les vautours tournent déjà, il regagnait en courant sa caverne, filait jusqu'au fond du boyau et à sa couverture de cheval. Là il était enfin de nouveau en sécurité.

Il s'adossait à l'éboulis, étendait ses jambes et attendait. Il lui fallait alors maintenir son corps tout à fait immobile, aussi immobile qu'un récipient qui risque de déborder parce qu'on l'a trop remué. Peu à peu, il réussissait à maîtriser sa respiration. Son cœur excité battait plus calmement, le ressac intérieur s'apaisait progressivement. Et la solitude recouvrait soudain son âme comme un miroir noir. Il fermait les yeux. La porte sombre de son royaume intérieur s'ouvrait, il la passait. Pouvait alors débuter la représentation suivante du théâtre intérieur de Grenouille.

Il en était ainsi jour après jour, semaine après semaine, mois après mois. Il en fut ainsi sept années durant.

Pendant ce temps, dans le monde extérieur, la guerre faisait rage, et même une guerre mondiale. On se battit en Silésie et en Saxe, au Hanovre et en Belgique, en Bohême et en Poméranie. Les troupes du roi allèrent mourir en Hesse et en Westphalie, aux Baléares, aux Indes, sur le Mississippi et au Canada, quand elles n'étaient pas déjà mortes du typhus pendant le voyage. La guerre coûta la vie à un million d'hommes, au roi de France elle coûta son empire colonial, et à tous les Etats belligérants elle coûta tant d'argent qu'à contrecœur ils finirent par se résoudre à y mettre un terme.

Grenouille, pendant ce temps, faillit une fois, en hiver, mourir gelé sans s'en rendre compte. Il était resté cinq jours dans le salon pourpre et, quand il se réveilla dans le boyau, il était paralysé par le froid. Il referma aussitôt les yeux, pour mourir dans son sommeil. Mais il survint un changement de temps, qui le décongela et le sauva.

Une fois, la neige fut si épaisse qu'il n'eut pas la force de se frayer un passage jusqu'aux lichens. Il se nourrit alors de chauves-souris raidies par le gel.

Un jour, il trouva un corbeau mort à l'entrée de la caverne. Il le mangea. Ce furent les seuls événements extérieurs dont il eut conscience en sept ans. Pour le reste, il vécut uniquement dans sa montagne, dans le royaume de son âme, qu'il s'était lui-même créé. Et il y serait resté jusqu'à sa mort (car il n'y manquait de rien), si n'était intervenue une catastrophe qui le chassa de la montagne et le recracha dans le monde.

La catastrophe ne fut pas un tremblement de terre, ni un incendie de forêt, ni un glissement de terrain, ni un éboulement souterrain. Ce ne fut nullement une catastrophe extérieure, mais une catastrophe intérieure, et du coup particulièrement douloureuse, car elle bloqua la voie de repli qu'affectionnait Grenouille. Elle se produisit pendant son sommeil. Ou mieux, en rêve. Ou plutôt en-rêve-dans-son-sommeil-dans-son-cœur-dans-son-imagination.

Il était couché sur le canapé du salon pourpre et dormait. Autour de lui, les bouteilles vides. Il avait énormément bu, terminant même par deux bouteilles du parfum de la jeune fille rousse. C'était vraisemblablement trop, car son sommeil, quoique profond comme la mort, ne fut cette fois pas sans rêves, mais parcouru de fantomatiques bribes de rêves. Ces bribes étaient très nettement les miettes d'une odeur. D'abord, elles ne passèrent sous le nez de Grenouille qu'en filaments ténus, puis elles s'épaissirent et devinrent des nuages. Il eut alors le sentiment de se trouver au milieu d'un marécage d'où montait le brouillard. Le brouillard montait lentement de plus en plus haut. Bientôt, Grenouille fut complètement enveloppé de brouillard, imbibé de brouillard, et entre les volutes de brouillard il n'y avait plus la moindre bouffée d'air libre. S'il ne voulait pas étouffer, il fallait qu'il respire ce brouillard. Et ce brouillard était, on l'a dit, une odeur. Et Grenouille savait d'ailleurs quelle odeur c'était. Ce brouillard était sa propre odeur. Sa propre odeur à lui, Grenouille, était ce brouillard.

Or, ce qui était atroce, c'est que Grenouille, bien qu'il sût que cette odeur était *son* odeur, ne pouvait la sentir. Complètement noyé dans lui-même, il ne pouvait absolument pas se sentir.

Lorsqu'il s'en fut rendu compte, il poussa un cri aussi épouvantable que si on l'avait brûlé vif. Ce cri fit crouler les murs du salon pourpre, les murailles du château, il jaillit hors du cœur, franchit les douves et les marais et les déserts, fulgura au-dessus du paysage nocturne de son âme comme une tempête de feu, éclata du fond de sa gorge, parcourut le boyau sinueux et se rua dans le monde extérieur, jusqu'au-delà du plateau de Saint-Flour... C'était comme si la montagne criait. Et Grenouille fut réveillé par son propre cri. En se réveillant, il se débattait comme pour chasser le brouillard sans odeur qui voulait l'étouffer. Il était mort de peur, agité par tout le corps de tremblements d'effroi mortel. Si le cri n'avait pas déchiré le brouillard, Grenouille se serait noyé en lui-même : une mort atroce. Et tandis qu'il était encore assis là tout tremblotant et qu'il battait le rappel de ses pensées confuses et effarées, il y avait une chose qu'il savait déjà avec certitude : il allait changer de vie, ne serait-ce que parce qu'il ne voulait pas faire une seconde fois un rêve aussi affreux. Il n'y survivrait pas une seconde fois.

Il se jeta la couverture de cheval sur les épaules et rampa jusqu'à l'air libre. Dehors, c'était juste le début de la matinée, une matinée de la fin février. Le soleil brillait. Le pays sentait la pierre mouillée, la mousse et l'eau. Le vent apportait déjà une légère odeur d'anémones. Il s'accroupit sur le sol devant la caverne. Le soleil le chauffait. Il aspira l'air frais. Il avait encore des frissons en repensant au brouillard auquel il avait échappé, et il frissonnait de bien-être en sentant la chaleur sur son dos. C'était tout de même bien que ce monde extérieur existât encore, ne fût-ce que comme refuge. Inimaginable, l'épouvante qui aurait été la sienne si, en sortant du tunnel, il n'avait plus trouvé aucun monde ! Aucune lumière, aucune odeur, rien de rien — uniquement encore cet affreux brouillard, à l'intérieur, à l'extérieur, partout...

Peu à peu, l'effet de choc s'estompa. Peu à peu, l'angoisse desserra sa prise, et Grenouille commença à se sentir plus en sécurité. Vers midi, il avait retrouvé son sang-froid. Il appliqua l'index et le majeur de sa main gauche sous son nez et aspira ainsi entre les os de ses doigts. Il sentit l'air humide du printemps, parfumé d'anémone. Il ne sentait pas ses doigts. Il tourna la main et en renifla le creux. Il en perçut la chaleur, mais ne sentit aucune odeur. Alors, il retroussa la manche de sa chemise en haillons et fourra son nez au creux de son bras. Il savait que c'est l'endroit où tous les hommes se sentent eux-mêmes. Lui, pourtant, ne sentit rien. Il ne sentit rien non plus sous son aisselle, sur ses pieds, sur son sexe, vers lequel il se pencha autant qu'il put. C'était grotesque : lui, Grenouille, qui pouvait flairer à des lieues n'importe quel autre être humain, n'était pas capable de sentir l'odeur de son propre sexe, distant de moins d'un empan ! Pourtant il ne fut pas pris de panique ; réfléchissant froidement, il se dit ceci : ce n'est pas que je ne sente pas, car tout sent. C'est bien plutôt que je ne sens pas que je sens, parce que depuis ma naissance je me suis senti du matin au soir et que, de ce fait, mon nez est émoussé quant à ma propre odeur. Si je pouvais séparer de moi mon odeur, ou du moins une partie, et y revenir après un certain temps de désaccoutumance, je pourrais fort bien la sentir, et donc me sentir.

Il ôta la couverture de cheval et retira ses vêtements, ou ce qui en restait, retira les haillons, les lambeaux. Cela faisait sept ans qu'il ne les avait pas enlevés. Ils devaient être complètement imprégnés de son odeur. Il les flanqua en tas à l'entrée de la caverne et s'éloigna. Et pour la première fois depuis sept ans, il gravit à nouveau le sommet de la montagne. Il se planta au même endroit qu'alors, à son arrivée, tendit le nez vers l'ouest et laissa le vent siffler autour de son corps nu. Il avait l'intention de s'aérer à fond, de se gorger tellement de vent d'ouest — c'est-à-dire de l'odeur de mer et de prés humides — que cette odeur éclipserait l'odeur de son propre corps, et qu'il se créerait ainsi une différence de niveau olfactif entre lui et ses vêtements, et qu'il serait alors en mesure de percevoir nettement cette différence. Et pour ne recevoir dans le nez qu'un minimum de sa propre odeur, il penchait le torse en avant, tendait le cou le plus possible dans le vent et rejetait les bras en arrière. Il avait l'air d'un nageur, au moment où il va plonger dans l'eau.

Cette posture extrêmement ridicule, il la conserva plusieurs heures durant, tandis que sa peau blanchâtre, déshabituée de la lumière, rougissait comme une langouste, bien que le soleil fût encore faible. Vers le soir, il redescendit à la caverne. De loin, il aperçut le tas de vêtements. Sur les derniers mètres, il se boucha le nez, et ne le relâcha qu'après s'être penché pour le mettre au ras des vêtements. Il procéda à l'essai olfactif comme Baldini le lui avait enseigné, aspirant une grande bouffée et l'expirant ensuite par saccades. Pour capter l'odeur, il fit de ses deux mains une cloche au-dessus du tas, puis y fourra son nez en guise de battant. Il fit tout ce qu'il était possible de faire pour flairer sa propre odeur sur ses vêtements. Mais l'odeur n'y était pas. Elle n'y était décidément pas. Il y avait là mille autres odeurs. L'odeur de pierre, de sable, de mousse, de résine, de sang de corbeau... même l'odeur du saucisson qu'il avait acheté voilà des années près de Sully y était encore nettement perceptible. Les vêtements recelaient un journal olfactif des sept ou huit dernières années. Il n'y avait qu'une odeur qu'ils ne contenaient pas, c'était l'odeur de celui qui les avait portés sans cesse pendant tout ce temps.

Alors, il se sentit tout de même un peu inquiet. Le soleil était couché. Grenouille était debout à l'entrée de ce boyau, à l'extrémité obscure duquel il avait vécu sept ans. La bise était froide, et lui était gelé, mais il ne remarquait pas qu'il avait froid, car il était habité d'un froid inverse, celui de la peur. Ce n'était pas la même peur que celle qu'il avait éprouvée en rêve, cette peur atroce d'étouffer-en-et-par-soi-même, cette peur dont il fallait à tout prix se dégager et qu'il avait pu fuir. La peur qu'il éprouvait maintenant, c'était celle de ne pas savoir à quoi s'en tenir sur lui-même. C'était le contraire de l'autre peur. Celle-ci, il ne pouvait pas la fuir, il fallait y faire front. Il fallait — même si la vérité était terrible — qu'il sache sans le moindre doute s'il possédait une odeur ou pas. Et il fallait le savoir tout de suite. Dans l'instant.

Il rentra dans le boyau. Dès qu'il eut fait quelques mètres, il fut enveloppé d'une obscurité totale, mais il s'y retrouvait comme au grand jour. Il avait fait le trajet des milliers de fois, connaissait chaque pas et chaque tournant, flairait chaque nez rocheux qui pouvait pointer d'en haut et la plus petite pierre qui pouvait faire saillie. Trouver son chemin n'était pas difficile. Ce qui était difficile, c'était de lutter contre le souvenir de son rêve claustrophobique, qui venait clapoter contre lui comme un flot, de plus en plus haut à mesure qu'il avançait. Mais il fut courageux. C'est-à-dire qu'il combattit la peur de savoir par la peur de ne pas savoir ; et il gagna, parce qu'il savait qu'il n'avait pas le choix. Parvenu au bout du boyau, à la pente de l'éboulis, ces deux peurs le quittèrent. Il se sentit calme, il avait la tête parfaitement claire et le nez affûté comme un scalpel. Il s'accroupit, mit les mains sur les yeux et renifla. Dans cet endroit, cette tombe de pierre, loin du monde, il avait passé sept ans couché. Si un endroit du monde devait garder son odeur, c'était là. Il respira lentement. Il apprécia minutieusement. Il prit son temps avant de juger. Il resta accroupi un long quart d'heure. Sa mémoire était infaillible et il savait exactement comment cela sentait là sept ans plus tôt : une odeur de pierre, de fraîcheur humide et salée, et une odeur si pure que jamais être vivant, homme ou bête, ne pouvait avoir pénétré là... Or, c'est exactement l'odeur qu'avait l'endroit à présent.

Il demeura encore un moment accroupi, tout à fait calme, hochant juste légèrement la tête. Puis il fit demi-tour et s'en alla, d'abord courbé, puis, quand la hauteur du boyau le permit, tout droit, et il déboucha à l'air libre.

A l'extérieur, il remit ses haillons (ses chaussures avaient pourri depuis des années), se jeta sur les épaules la couverture de cheval et quitta, dans la nuit même, le Plomb du Cantal en prenant vers le midi.

30

Il était effrayant à voir. Les cheveux lui tombaient jusque derrière les genoux, et sa maigre barbe lui arrivait au nombril. Ses ongles avaient l'air de serres d'oiseau et, sur ses bras et ses jambes, là où ses haillons ne suffisaient plus à lui couvrir le corps, la peau pendait en lambeaux.

Les premières personnes qu'il rencontra — des paysans dans un champ, près du bourg de Pierrefort — s'enfuirent à toutes jambes en poussant des cris. Dans le bourg lui-même, au contraire, il fit sensation. Les gens accoururent par centaines pour le regarder, bouche bée. D'aucuns le tinrent pour un évadé des galères. D'autres dirent que ce n'était pas un véritable être humain, mais un croisement d'homme et d'ours, une sorte d'homme des bois. Un homme qui avait bourlingué affirma qu'il ressemblait aux Indiens d'une tribu sauvage de Cayenne, de l'autre côté du vaste océan. On l'amena chez le maire. Là, au grand étonnement des personnes présentes, il exhiba un brevet de compagnon, ouvrit la bouche et, avec un débit un peu rocailleux (c'étaient les premiers mots qu'il prononçait après une interruption de sept ans) mais de façon tout fait intelligible, il raconta qu'au cours de son tour de France, il avait été attaqué par des brigands, qui l'avaient emmené avec eux et retenu prisonnier pendant sept ans dans une caverne. Pendant ce temps, il n'avait pas vu la lumière du soleil, ni le moindre être humain ; une main invisible l'avait alimenté en faisant descendre des paniers dans le noir, et pour finir il avait été délivré grâce à une échelle qu'on lui avait jetée, mais il n'avait jamais su pourquoi et n'avait jamais pu voir ni ses ravisseurs ni ses sauveurs. C'est une histoire qu'il avait imaginée, parce qu'elle lui paraissait plus vraisemblable que la vérité, et elle l'était effectivement, car ce genre d'attaques par des brigands était loin d'être rare dans les montagnes d'Auvergne, dans les Cévennes et en Languedoc. En tous cas le maire en dressa procès-verbal sans broncher et rendit compte de l'affaire au marquis de la Taillade-Espinasse, suzerain du bourg et membre du parlement de Toulouse.

Le marquis avait tourné le dos à Versailles et à sa vie de cour dès sa quarantième année et s'était retiré sur ses terres, où il se consacrait aux sciences. On avait de sa plume un ouvrage d'économie politique dynamique où il proposait d'abolir toutes les redevances frappant la propriété foncière et les produits agricoles, et d'instaurer un impôt sur le revenu dégressif frappant au maximum les pauvres, afin de les contraindre à développer plus vigoureusement leurs activités économiques. Encouragé par le succès de cet opuscule, il écrivit un traité sur l'éducation des garçons et des filles de cinq à dix ans, sur quoi il se tourna vers l'agriculture expérimentale : en traitant différents fourrages au sperme de taureau, il tenta d'obtenir un hybride animalo-végétal donnant du lait, une sorte de pis-fleur. Après des débuts prometteurs, qui lui permirent même de mettre au point un fromage au lait végétal que l'Académie des Sciences de Lyon certifia être « de saveur caprine, encore qu'un peu plus amer », il se vit contraint de suspendre ses expériences, en raison du coût énorme des hectolitres de sperme taurin qu'il devait répandre sur les champs. Néanmoins, cette approche des problèmes agro-biologiques avait éveillé son intérêt non seulement pour ce qu'il est convenu d'appeler la glèbe, mais pour la terre en général et ses rapports avec la biosphère.

Ses travaux pratiques sur le pis-fleur lactifère étaient à peine terminés qu'il se lançait, avec un punch scientifique redoublé, dans la rédaction d'un vaste essai concernant les rapports entre énergie vitale et proximité de la terre. Sa thèse était que la vie ne saurait se développer qu'à une certaine distance de la terre, celle-ci exhalant constamment un gaz délétère, qu'il appelait *fluidum letale* et qui, selon lui, paralysait les énergies vitales et, tôt ou tard, en venait entièrement à bout. C'est pourquoi tous les êtres vivants s'efforçaient par la croissance de s'éloigner de la terre, poussant donc pour la fuir et non pour s'y enraciner ; c'est pourquoi également ils portaient vers le ciel leurs parties les plus précieuses : le blé, son épi ; la plante, sa fleur ; l'homme, sa tête, et c'est pourquoi, quand l'âge les pliait et les courbait à nouveau vers la terre, ils ne pouvaient que succomber immanquablement à ce gaz létal, en quoi d'ailleurs ils se transformaient eux-mêmes pour finir par la décomposition qui suivait leur mort.

Lorsqu'il revint aux oreilles du marquis de la Taillade-Espinasse qu'on signalait à Pierrefort un individu qui aurait vécu sept années durant dans une caverne (donc, entièrement entouré par l'élément délétère qu'était la terre à ses yeux), il en fut tout transporté et ravi ; il fit aussitôt amener Grenouille à son laboratoire, où il le soumit à un examen approfondi. Il trouva sa théorie confirmée de la façon la plus évidente : le *fluidum letale* avait déjà si bien agi sur Grenouille que son organisme de vingt-cinq ans présentait nettement les symptômes de déchéance propres à la vieillesse. La seule chose qui lui avait sauvé la vie — expliqua Taillade-Espinasse —, c'est qu'au cours de sa détention l'on avait fourni à Grenouille des aliments terrifuges, vraisemblablement du pain et des fruits. A présent, la santé du sujet ne pouvait être rétablie qu'à condition de le débarrasser complètement du *fluidum,* ce que permettrait une invention de Taillade-Espinasse, l'appareil à ventilation d'air vital. Il en avait un dans les communs de son hôtel de Montpellier et, si Grenouille consentait à se prêter à une démonstration de caractère scientifique, le marquis non seulement le guérirait de sa mortelle intoxication par le gaz tellurique, mais le gratifierait d'une coquette somme d'argent...

Deux heures après, ils étaient en voiture. Quoique l'état des routes fût lamentable, ils couvrirent en deux jours les soixante-quatre lieues qui les séparaient de Montpellier, car en dépit de son grand âge, le marquis ne laissa à personne d'autre le soin de fouetter chevaux et cocher, et ne dédaigna point de payer de sa personne quand, à plusieurs reprises, un essieu ou des ressorts rompirent, tant il était enchanté de sa trouvaille et désireux de la présenter le plus vite possible à un public de gens d'esprit. Grenouille, pour sa part, n'eut pas le droit de quitter la voiture une seule fois. Il dut y rester dans ses haillons et complètement enveloppé d'une couverture enduite d'argile humide. Pour toute nourriture, il n'eut droit pendant le trajet qu'à des racines crues. De la sorte, le marquis escomptait perpétuer quelque temps encore le degré optimal de l'intoxication par le fluide tellurique.

Une fois à Montpellier, il logea Grenouille dans la cave de son hôtel et lança immédiatement des invitations à tous les membres de la faculté de médecine, de la Société de botanique, de l'école d'agriculture, de l'association des physiciens et chimistes, de la Loge maçonnique et des autres sociétés savantes : la ville n'en comptait pas moins d'une douzaine. Et quelques jours plus tard — une semaine exactement après qu'il eut quitté sa thébaïde montagnarde — Grenouille se retrouva sur une estrade, dans le grand amphithéâtre de l'université de Montpellier, face à une foule de quatre cents personnes, à qui il fut présenté comme l'événement scientifique de l'année.

Dans son exposé, Taillade-Espinasse dit qu'il était la preuve vivante de l'exactitude de la théorie du *fluidum letale* tellurique. Tout en arrachant un à un les haillons de Grenouille, le marquis exposa les effets dévastateurs qu'avait eus sur son corps le gaz délétère : on notait là des pustules et des cicatrices causées par la corrosion gazeuse ; là, sur la poitrine, énorme et enflammé, un carcinome gazeux ; sur tout le corps, une corruption de l'épiderme ; et même une nette atrophie du squelette, qui était d'origine fluidale et se marquait par ce pied-bot et cette bosse. Les organes internes, tels la rate, le foie, le poumon, la vésicule biliaire et le tube digestif, avaient également subi de graves atteintes d'origine gazeuse, comme il ressortait sans doute possible de l'analyse d'une selle qui se trouvait dans un récipient aux pieds de l'orateur et que chacun avait tout loisir de venir inspecter. En résumé, on pouvait donc dire que la paralysie des énergies vitales due à sept ans d'intoxication par le « *fluidum letale* de Taillade » avait atteint dès à présent un stade tel que le sujet — dont l'aspect extérieur manifestait du reste des ressemblances déjà significatives avec celui d'une taupe — devait être considéré comme un être plus proche de la mort que de la vie. Cependant, l'orateur se faisait fort, quoique le sujet fût normalement voué à une mort prochaine, de lui appliquer une thérapeutique ventilatoire qui, combinée avec un régime revitalisant, le rétablirait en l'espace de huit jours, au point qu'alors les prodromes d'une complète guérison apparaîtraient aux yeux de chacun de manière éclatante ; aussi les personnes présentes étaient-elles conviées, afin qu'elles pussent vérifier l'exactitude du pronostic et se convaincre, preuve en main, de la justesse dès lors avérée de la théorie du *fluidum letale* tellurique, à se retrouver sous huitaine en ce même lieu.

La conférence remporta un énorme succès. Le public lettré applaudit à tout rompre, puis défila devant l'estrade où se tenait Grenouille. Dans l'état lamentable où on l'avait maintenu, avec ses cicatrices et ses infirmités anciennes, il faisait effectivement une impression si épouvantable que tout le monde l'estima à moitié décomposé et irrémédiablement perdu, bien que lui se sentît en parfaite santé et plein de vigueur. Plusieurs de ces messieurs le tapotèrent avec des mines d'experts, relevèrent ses mensurations, lui examinèrent la bouche et les yeux. Quelques-uns lui adressèrent la parole, s'enquérant de sa vie dans la caverne et de la façon dont il se sentait à présent. Mais il se conforma strictement aux instructions que lui avait préalablement données le marquis et ne répondit à ce genre de questions qu'en émettant des sons rauques, tout en faisant des deux mains des gestes d'impuissance en direction de son larynx, afin de laisser entendre que celui-ci également était déjà rongé par le *fluidum letale* de Taillade.

Au terme de ce spectacle, Taillade-Espinasse le remballa et le réexpédia dans les communs de son hôtel. Là, en présence de quelques élus, docteurs de la faculté de médecine, il l'enferma dans l'appareil à ventilation d'air vital : c'était un cagibi étanche, construit en planches de pin, où une cheminée d'aération s'ouvrant très au-dessus du toit permettait de faire passer un puissant courant d'air pris dans les hauteurs, donc exempt de gaz létal ; cet air s'échappait ensuite par un clapet de cuir disposé au ras du sol. Ce dispositif était actionné par une escouade de domestiques, qui veillaient à ce que les ventilateurs dont était pourvue la cheminée ne s'arrêtent jamais, de jour comme de nuit. Et tandis que Grenouille était ainsi constamment plongé dans un courant d'air purifiant, on lui faisait passer d'heure en heure, par un petit sas à deux portes disposé sur le côté, des aliments diététiques de caractère terrifuge : bouillon de pigeon, pâté d'alouettes, ragoût de canard sauvage, confitures de fruits d'arbres, pain de variétés de froment aux tiges particulièrement hautes, vin des Pyrénées, lait d'isard, œufs de poules élevées sous les combles de l'hôtel « à la neige ».

Cette double cure de décontamination et de revitalisation dura cinq jours. Le marquis fit alors arrêter les ventilateurs et amener Grenouille dans une buanderie où on le laissa tremper plusieurs heures dans des bains d'eau de pluie tiède, pour le laver enfin des pieds à la tête avec du savon d'huile de noix provenant de la ville andine de Potosi. On lui coupa les ongles des mains et des pieds, on lui nettoya les dents avec de la craie des Dolomites en poudre fine, on le rasa, on lui tailla et démêla les cheveux, qui furent coiffés et poudrés. On fit venir un tailleur, un bottier, et Grenouille se retrouva avec une chemise de soie, jabot blanc et dentelle aux manchettes, avec des bas de soie, avec une redingote, une culotte et une veste en velours bleu, et avec de jolis escarpins de cuir noir, dont le droit dissimulait habilement son pied estropié. De sa blanche main, le marquis farda au talc le visage couturé de Grenouille, lui mit du carmin sur les lèvres et les pommettes et, à l'aide d'un crayon gras en charbon de bois de tilleul, donna à ses sourcils une courbe véritablement distinguée. Puis il le vaporisa avec son parfum personnel, une eau de violette assez rudimentaire, recula de quelques pas et eut besoin d'un long moment avant de trouver les mots qui exprimassent son ravissement.

« Monsieur, dit-il enfin, vous me voyez plus que content de moi-même. Mon génie me laisse pantois.

Certes, je n'ai jamais douté que ma théorie fluidale fût juste ; évidemment ; mais de la voir aussi magnifiquement confirmée par la pratique thérapeutique, j'en suis tout retourné. Vous étiez une bête, et j'ai fait de vous un homme. C'est là un acte proprement divin. Permettez que j'en sois ému... Allez vers ce miroir et regardez-vous. Vous constaterez pour la première fois de votre vie que vous êtes un être humain ; pas particulièrement extraordinaire, ni marquant en aucune manière, mais tout de même un être humain tout à fait acceptable. Avancez, monsieur ! Regardez-vous et admirez le prodige que j'ai accompli sur votre personne ! »

C'était la première fois que quelqu'un disait « Monsieur » à Grenouille.

Il s'avança vers le miroir et regarda. Jusqu'à présent, jamais il ne s'était regardé dans un miroir. Il vit en face de lui un monsieur dans un bel habit bleu, avec une chemise blanche et des bas de soie, et il se tassa instinctivement sur lui-même, comme il l'avait toujours fait devant de beaux messieurs comme cela. Mais le beau monsieur se tassa lui aussi, et quand Grenouille se redressa, le monsieur en fit autant ; alors ils se figèrent tous les deux et se regardèrent fixement.

Ce qui sidérait le plus Grenouille, c'était d'avoir l'air si incroyablement normal. Le marquis avait raison : il n'avait rien de particulier, il n'était pas beau, mais pas particulièrement laid non plus. Il était un peu court sur pattes, il se tenait de façon un peu gauche, le visage était un peu inexpressif, bref, il ressemblait à des milliers d'autres gens. S'il descendait dans la rue, personne ne se retournerait sur son passage. Lui-même, s'il se rencontrait, ne se remarquerait pas. A moins de sentir que ce quelqu'un qui lui ressemblait avait, la violette mise à part, aussi peu d'odeur que ce monsieur dans le miroir, et que lui qui était en face.

Et pourtant, voilà dix jours à peine, les paysans

s'enfuyaient à sa vue en poussant des cris. Il ne se sentait pas alors autrement qu'à présent, et à présent, lorsqu'il fermait les yeux, il ne se sentait pas le moins du monde différent de ce qu'il était alors. Il renifla l'air qui montait de son corps, sentit le mauvais parfum, et le velours, et le cuir fraîchement encollé de ses chaussures ; il sentit la soierie, la poudre, le fard, la discrète odeur du savon de Potosi. Et soudain il sut que ce n'était pas le bouillon de pigeon, ni ces momeries ventilatoires, qui avaient fait de lui un homme normal, mais uniquement ces quelques vêtements, cette coupe de cheveux et un peu de supercherie cosmétique.

Il ouvrit les yeux en plissant les paupières et vit le monsieur du miroir lui rendre son clin d'œil : un petit sourire flottait sur ses lèvres carminées, comme pour lui manifester qu'il ne le trouvait pas antipathique. Et Grenouille lui-même trouva que ce monsieur dans le miroir, cette silhouette sans odeur, déguisée et maquillée en homme, avait quelque chose ; elle lui sembla en tous cas — pourvu qu'on perfectionne le maquillage — qu'elle pourrait faire quelque effet sur le monde extérieur, un effet dont Grenouille n'aurait jamais rêvé pour lui-même. Il fit un petit signe de tête à la silhouette et vit qu'en le lui rendant, elle dilatait discrètement les narines...

31

Le lendemain, tandis que le marquis était en train de lui enseigner les poses, les gestes et les pas de danse qu'exigeait sa prochaine apparition en public, Grenouille simula un accès de vertige et s'effondra sur un divan, apparemment sans force et près d'étouffer.

Le marquis était aux quatre cents coups. Il appela ses valets à grands cris, demanda des éventails et des ventilateurs portatifs et, pendant que les valets couraient s'exécuter, il s'agenouilla auprès de Grenouille, lui fit de l'air avec son mouchoir imprégné de violette et l'adjura, le supplia à deux genoux de se reprendre, pour l'amour du Ciel, et de n'aller surtout pas rendre l'âme maintenant, mais d'attendre si possible jusqu'au lendemain, s'il ne voulait pas compromettre dangereusement l'avenir de la théorie du fluide létal.

Grenouille se pliait en deux, se tordait, étouffait, gémissait, battait l'air de ses bras pour écarter le mouchoir, et pour finir se laissa spectaculairement tomber du divan et alla se tapir dans le coin le plus éloigné de la pièce.

« Pas ce parfum ! criait-il comme dans un dernier soubresaut. Pas ce parfum ! Il me tue ! »

Et il fallut que Taillade-Espinasse jette le mouchoir par la fenêtre et son habit, qui sentait également la violette, dans la pièce voisine, pour qu'enfin Grenouille laissât se calmer sa crise et racontât, d'une voix de plus en plus calme, qu'en sa qualité de parfumeur, il avait un nez d'une sensibilité toute professionnelle et réagissait depuis toujours, mais particulièrement en ce moment de convalescence, à certains parfums de manière très violente. Et s'il était à ce point affecté par l'odeur de la violette, fleur charmante en elle-même, il ne pouvait se l'expliquer que par le fait que le parfum du marquis contenait une forte proportion d'extrait de racines de violette, dont l'origine souterraine avait un effet néfaste sur un sujet déjà en butte à l'agression du fluide létal. La veille déjà, lors de la première application de ce parfum, il en avait déjà eu les nerfs à fleur de peau, et aujourd'hui, quand il avait perçu de nouveau cette odeur de racines, il avait cru qu'on le faisait retomber dans cet affreux terrier puant où il avait végété pendant sept ans. Son organisme s'était révolté là contre, il ne pouvait mieux dire ; car maintenant que l'art de M. le Marquis lui avait fait don d'une vie d'être humain dans une atmosphère exempte de fluide, il préférait mourir sur-le-champ plutôt que de s'exposer une nouvelle fois à ce fluide exécré. Maintenant encore, il était pris de convulsions rien qu'en pensant à ce parfum de racines. Mais il croyait fermement qu'il se rétablirait instantanément si le marquis l'autorisait, pour finir d'expulser le parfum de violette, à créer un parfum de son cru. Il songeait par exemple à une senteur particulièrement légère et aérienne, essentiellement à base d'ingrédients terrifuges, comme l'eau d'amande et de fleur d'oranger, l'eucalyptus, l'huile d'aiguille de pin et l'huile de cyprès. Rien qu'une giclée d'un tel parfum sur ses vêtements, quelques gouttes seulement dans son cou et sur ses joues, et il serait à jamais cuirassé contre la répétition d'une crise pénible, comme celle qui venait de le terrasser...

Ce que pour plus de clarté nous rapportons ici en substance et dans un ordre logique, fut en réalité, une demi-heure durant, une coulée bouillonnante et saccadée de paroles mêlées de toux, de râles et d'étouffements, que Grenouille assortit de tremblements, de gesticulations et de roulements d'yeux. Le marquis fut considérablement impressionné. Plus encore que par les symptômes du mal, il fut convaincu par la subtile argumentation de son protégé, qui se situait dans le droit fil de la théorie du fluide létal. Naturellement, le parfum à la violette ! Un matériau affreusement terrestre, et même souterrain ! Il était vraisemblable que lui-même, qui en usait depuis des années, en était déjà intoxiqué. Sans soupçonner qu'avec ce parfum il se tuait à petit feu, jour après jour. Sa goutte, la raideur de sa nuque, la mollesse de son membre, ses hémorroïdes, ses bourdonnements d'oreilles, sa dent gâtée, tout cela venait sans aucun doute des miasmes que dégageait cette racine de violette tout infectée de fluide. Et c'était ce petit bonhomme tout bête, ce petit tas de misère recroquevillé dans le coin de la chambre, qui venait de l'y faire songer. Le marquis était attendri. Pour un peu, il serait allé le relever et l'aurait serré sur son cœur. Mais il eut peur de sentir encore la violette, aussi appela-t-il de nouveau à grands cris ses valets et leur ordonna-t-il de débarrasser la maison de tout parfum à la violette, d'aérer l'hôtel tout entier, de désinfecter ses vêtements dans le ventilateur à air vital et d'emmener immédiatement Grenouille dans sa chaise à porteurs chez le meilleur parfumeur de la ville. Or, c'est précisément le but qu'avait visé Grenouille en simulant cette crise.

La parfumerie avait à Montpellier ses lettres de noblesse et, bien que dans les derniers temps la concurrence de Grasse se fût fâcheusement fait sentir, il y avait tout de même encore dans la ville quelques bons maîtres parfumeurs et gantiers. Le plus notable d'entre eux, un certain Runel, eu égard aux relations fructueuses qu'il entretenait avec la maison du marquis de la Taillade-Espinasse, dont il était le fournisseur de savon, d'huiles et de parfums en tout genre, accéda à cette demande insolite qu'on lui faisait de laisser son laboratoire pour une heure à cet étrange compagnon-parfumeur parisien, débarqué de la chaise à porteurs. Lequel ne se fit rien expliquer, ne voulut même pas savoir où il trouverait les choses, déclarant qu'il voyait et qu'il se débrouillerait ; et de s'enfermer dans l'atelier, où il resta une bonne heure, tandis que Runel allait avec le majordome du marquis vider quelques verres dans une taverne, où il lui fallut entendre les raisons de la disgrâce où était tombée son eau de violette.

L'atelier et la boutique de Runel étaient loin d'être approvisionnés comme naguère la parfumerie de Baldini à Paris. Quelques huiles de fleurs, quelques eaux, quelques épices : un parfumeur moyen n'aurait guère pu en tirer des merveilles. Mais Grenouille flaira d'un coup dès l'entrée que les ingrédients disponibles suffiraient tout à fait pour ce qu'il voulait faire. Il n'entendait pas créer un grand parfum ; il ne voulait pas inventer une combinaison prestigieuse comme pour Baldini, dans le temps, quelque chose qui émerge de l'océan de la médiocrité et tourne la tête aux gens. Son vrai but n'était même pas une petite eau de fleur d'oranger, comme il l'avait promis au marquis. Les essences courantes, néroli, eucalyptus et feuille de cyprès, n'auraient pour fonction que de camoufler la vraie odeur qu'il se proposait de fabriquer : à savoir l'odeur d'être humain. Il voulait, même si ce n'était provisoirement qu'un piètre succédané, prendre cette odeur d'être humain qu'il ne possédait pas. Certes, il n'y avait pas *une* odeur d'être humain, pas plus qu'il n'y avait *un* visage humain. Chaque être humain avait une odeur différente, nul ne le savait mieux que Grenouille, qui connaissait des milliers et des milliers d'odeurs individuelles et qui, depuis sa naissance, distinguait les gens au flair. Et pourtant : il y avait un thème fondamental de l'odeur humaine, et au demeurant passablement simpliste : une base continue, graisseuse, sudatoire, aigrelette comme du fromage et pour tout dire assez répugnante, que tous les humains avaient en commun et au-dessus de laquelle flottaient ensuite les petits nuages infiniment diversifiés qui donnaient les auras individuelles.

Mais ces auras, ces codes extrêmement compliqués et tous différents qui définissaient l'odeur *personnelle*, n'étaient de toute manière pas perceptibles pour la plupart des êtres humains. La plupart des gens ne savaient pas qu'ils avaient une odeur personnelle, et du reste, ils faisaient tout pour la dissimuler sous leurs vêtements ou bien sous des senteurs artificielles à la mode. Il n'y avait que cette odeur fondamentale, cette fragrance primitive d'humanité, qui leur fût familière, ils vivaient dedans et s'y sentaient bien à l'abri, et il suffisait d'exhaler cette répugnante odeur universelle pour être reconnu comme l'un des leurs.

C'est un étrange parfum que Grenouille créa ce jour-là. Le monde n'en avait jamais connu de plus étrange. Il ne sentait pas comme un parfum, mais comme *un homme qui sent*. Si l'on avait senti ce parfum dans une pièce obscure, on aurait cru qu'il s'y trouvait un second être humain. Et s'il avait été employé par un humain ayant par lui-même l'odeur humaine, on aurait eu l'impression olfactive d'avoir affaire à deux êtres humains ou, pire encore, à une créature monstrueusement double, telle une forme qu'on ne parvient pas à fixer des yeux, mouvante et floue comme quand on regarde au fond d'un lac dont la surface est agitée de vagues.

Pour imiter cette odeur humaine (de façon fort imparfaite, il le savait lui-même, mais assez habile-ment tout de même pour abuser les autres), Gre-nouille chercha dans l'atelier de Runel les ingré-dients les plus insolites.

Derrière le seuil de la porte qui donnait dans la cour, il trouva, relativement fraîche encore, une crotte de chat. Il en préleva la moitié d'une petite cuiller, qu'il mit dans la bouteille à mélanger, en même temps que quelques gouttes de vinaigre et que du sel fin. Sous la paillasse du laboratoire, il décou-vrit une miette de fromage, grosse comme l'ongle du pouce et provenant manifestement d'un casse-croûte de Runel. Elle était déjà assez ancienne, commençait à se décomposer et dégageait une odeur aigre et forte. Sur le couvercle d'une caque de sardines qui se trouvait dans l'arrière-boutique, il détacha une raclure indéfinissable sentant le poisson rance, qu'il mélangea avec de l'œuf pourri et du castoréum, de l'ammoniaque, de la muscade, de la corne râpée et de la couenne de porc, brûlée et finement émiettée. Il ajouta une assez forte dose de civette, étendit d'alcool ces horribles composants, laissa reposer et filtra dans une seconde bouteille. Cette mixture avait une odeur épouvantable. Elle puait comme un égout, comme une charogne, et lorsqu'on diluait ses effluves d'un coup d'éventail avec un peu d'air pur, on se croyait à Paris, au coin de la rue aux Fers et de la rue de la Lingerie, là où se rencontraient les odeurs des Halles, du cimetière des Innocents et des immeubles surpeuplés.

Sur cette base affreuse, qui de fait sentait moins l'homme que le cadavre, Grenouille mit une couche de senteurs d'huiles fraîches : menthe poivrée, lavande, térébenthine, citron vert, eucalyptus, lesquelles à leur tour il refréna et en même temps déguisa plaisamment sous un bouquet de subtiles huiles florales comme le géranium, la rose, la fleur d'oranger et le jasmin. Une fois étendu de nouveau avec de l'alcool et une pointe de vinaigre, ce mélange avait perdu l'odeur répugnante qui en était la base. Grâce à la fraîcheur des ingrédients ainsi rajoutés, la puanteur latente s'était perdue jusqu'à être imperceptible, le parfum des fleurs avait enjolivé l'exhalaison fétide, la rendant quasi intéressante, et curieusement rien, plus rien ne rappelait l'odeur de décomposition. Au contraire, le parfum paraissait dégager une allègre et vigoureuse senteur de vie.

Grenouille le répartit en deux flacons, qu'il boucha et mit dans ses poches. Puis il rinça les bouteilles, le mortier, l'entonnoir et la cuiller, fort soigneusement, les frotta à l'huile d'amande amère, pour effacer toute trace d'odeur, et prit une seconde bouteille à mélanger. Il y composa rapidement un deuxième parfum, sorte de copie du premier, fait comme lui d'essences fraîches et florales, mais sur une base qui n'avait plus rien du brouet de sorcière : c'était, fort banalement, un peu de musc, de l'ambre, un tout petit peu de civette, et de l'huile de bois de cèdre. En lui-même, ce parfum avait une odeur toute différente du premier : plus plate, plus innocente, moins virulente ; car il était dépourvu de ce qui constitue l'odeur humaine. Mais si un être humain normal s'en était mis, le mêlant à sa propre odeur, cela n'aurait pas fait de différence avec ce que Grenouille avait fabriqué à son usage exclusif.

Après avoir rempli deux autres flacons de ce second parfum, il se déshabilla entièrement et aspergea ses vêtements avec le premier. Puis il s'en humecta les aisselles, s'en mit entre les orteils, sur le sexe, sur la poitrine, dans le cou, derrière les oreilles et dans les cheveux, se rhabilla et quitta l'atelier.

32

Lorsqu'il sortit dans la rue, il eut soudain peur, sachant que pour la première fois de sa vie il dégageait une odeur humaine. Or, lui trouvait qu'il puait, de façon tout à fait répugnante. Et il ne pouvait imaginer que d'autres hommes ne trouvassent pas son odeur tout aussi pestilentielle. Il n'osa pas entrer directement dans la taverne où Runel et le major-dome l'attendaient. Il lui parut moins risqué de tester d'abord cette nouvelle aura en milieu anonyme.

Choisissant les ruelles les plus étroites et les plus sombres, il se faufila jusqu'au fleuve, au bord duquel les tanneurs et les teinturiers avaient leurs ateliers et exerçaient leur industrie nauséabonde. Lorsqu'il croisait quelqu'un ou qu'il passait devant un porche où jouaient des enfants, ou bien où de vieilles femmes étaient assises, il se forçait à ralentir le pas et à porter son odeur en un gros nuage bien dense autour de lui.

Tout jeune déjà, il s'était habitué à ce que les gens ne le remarquent pas, non par mépris (comme il l'avait cru à un certain moment), mais parce que rien ne les avertissait de son existence. Il n'avait pas d'espace autour de lui, pas de vagues qu'il fît dans l'atmosphère comme les autres personnes, pas d'ombre portée — en quelque sorte — sur la sensibilité d'autrui. Ce n'est que quand il heurtait quelqu'un de front, dans la foule ou à un coin de rue, qu'il était brièvement perçu : et c'est généralement avec effroi que l'autre se jetait en arrière, puis regardait fixement Grenouille pendant quelques secondes, comme s'il était en face d'un être qui n'aurait pas vraiment dû exister ; un être qui, quoique indéniablement *là*, d'une certaine façon n'était pas présent ; et ensuite l'autre filait et l'avait oublié l'instant d'après...

Mais à présent, dans les ruelles de Montpellier, Grenouille éprouvait et voyait nettement (et à chaque fois qu'il le voyait, il était inondé d'un violent sentiment de fierté) qu'il faisait de l'effet sur les gens. Passant près d'une femme qui était penchée au-dessus d'une fontaine, il nota qu'elle levait la tête un instant pour voir qui était là et qu'ensuite, manifestement rassurée, elle se retournait vers son seau. Un homme qui lui tournait le dos se retourna pour le suivre des yeux un bon moment avec curiosité. Les enfants qu'il rencontrait faisaient un écart, non par crainte, mais pour le laisser passer ; et même lorsqu'ils lui filaient dans les jambes au débouché d'un porche, ils ne s'effrayaient pas, ils esquivaient le heurt tout naturellement, comme s'ils avaient pressenti que quelqu'un arrivait.

Plusieurs rencontres de ce genre lui apprirent à apprécier la force et l'impact de sa nouvelle aura, et il devint plus sûr de lui, plus hardi. Il s'avança vers les gens d'un pas plus alerte, les frôla de plus près, écarta même un peu le coude pour toucher comme par hasard le bras d'un passant. A un moment, il bouscula comme par mégarde un homme qu'il voulait dépasser et celui-ci, qui hier encore eût été comme pétrifié par la soudaine apparition de Grenouille, fit comme si de rien n'était, accepta son excuse, eut même un bref sourire et donna à Grenouille une tape sur l'épaule.

Il quitta les ruelles et déboucha sur la place, devant la cathédrale Saint-Pierre. Les cloches sonnaient. Des gens se pressaient des deux côtés du portail. C'était la sortie d'un mariage. On voulait voir la mariée. Grenouille courut se mêler à la foule. Il se fraya un chemin, joua des coudes, il voulait s'enfoncer là où elle était la plus dense et se frotter à la peau des gens, leur fourrer son parfum en plein sous le nez. Et il tenait les bras loin du corps, au cœur de la cohue, et écartait les jambes, et il déboutonna largement son col, pour que son corps puisse dégager le parfum sans retenue aucune... et sa joie fut immense quand il s'aperçut que les autres ne s'apercevaient de rien, absolument de rien ; que tous ces hommes, ces femmes et ces enfants qui se bousculaient autour de lui se laissaient aussi aisément abuser ; que la puanteur qu'il avait fabriquée à base de crotte de chat, de fromage et de vinaigre, ils l'inhalaient comme si c'était l'odeur d'un congénère ; et que lui, Grenouille, le vilain petit canard au milieu de la couvée, ils l'acceptaient comme un être humain parmi ses semblables.

Contre ses genoux, il sentit un enfant, une petite fille, coincée entre les grandes personnes. Il la prit, avec une sollicitude hypocrite, et la tint dans ses bras pour qu'elle voie mieux. Non seulement la mère le laissa faire, mais elle lui dit merci, et la petite poussait des cris de joie.

Grenouille resta ainsi un bon quart d'heure au sein de la foule, serrant une enfant inconnue sur son cœur fourbe. Et tandis que la noce défilait, accompagnée du grondement des cloches et des acclamations des gens, sur lesquels tombait une pluie de pièces de monnaie, c'est une joie d'un autre ordre qui éclatait dans le cœur de Grenouille, une joie maligne, un sentiment de triomphe méchant, qui le faisait trembler et l'enivrait comme une bouffée de désir sexuel, et il eut de la peine à ne pas cracher sa bile et son venin à la face de tous ces gens en leur criant triomphalement : qu'il n'avait pas peur d'eux ; qu'il ne les détestait même plus guère ; qu'en revanche il les méprisait avec ferveur, parce qu'ils étaient d'une bêtise puante ; parce qu'ils se laissaient abuser et tromper par lui ; parce qu'ils n'étaient rien et que lui était tout ! Et comme par dérision, il serra plus fort l'enfant contre lui, prit son souffle et cria en chœur avec les autres :

« Vive la mariée ! Vive les mariés ! Vive ce beau couple ! »

Lorsque la noce fut partie et la foule dispersée, il rendit l'enfant à sa mère et entra dans l'église pour se remettre de son excitation et se reposer. A l'intérieur de la cathédrale, l'air était chargé d'encens, lequel s'élevait en volutes froides de deux réceptacles placés de part et d'autre de l'autel et recouvrait comme une chape étouffante les odeurs plus subtiles des gens qui avaient assisté à la cérémonie. Grenouille s'assit, tout ramassé, sur un banc en bas du chœur.

Tout d'un coup, il était envahi d'un immense contentement. Non pas d'une ivresse comme celle qu'il avait éprouvée naguère au cœur de la montagne, lors de ses orgies solitaires, mais d'un contentement sobre et très froid, comme en donne la conscience de sa propre puissance. Il savait désormais ce dont il était capable. A l'aide des moyens les plus modestes, il avait, grâce à son propre génie, recréé l'odeur humaine, et il avait si bien su la retrouver que même un enfant s'y était trompé. Il savait désormais qu'il pouvait davantage encore. Il savait qu'il pouvait améliorer ce parfum. Il serait capable de créer un parfum non seulement humain, mais surhumain ; un parfum angélique, si indescriptiblement bon et si plein d'énergie vitale que celui qui le respirerait en serait ensorcelé et qu'il ne pourrait pas ne pas aimer du fond du cœur Grenouille, qui le porterait.

172

Oui, il faudrait qu'ils l'aiment, lorsqu'ils seraient sous le charme de son parfum ; non seulement qu'ils l'acceptent comme l'un des leurs, mais qu'ils l'aiment jusqu'à la folie, jusqu'au sacrifice de soi, qu'ils frémissent de ravissement, qu'ils crient, qu'ils pleurent de volupté, sans savoir pourquoi, il faudrait qu'ils tombent à genoux comme à l'odeur de l'encens froid de Dieu, dès qu'ils le sentiraient, *lui*, Grenouille ! Il entendait être le Dieu tout-puissant du parfum, comme il l'avait été dans ses rêveries, mais que cette toute-puissance s'exerce dorénavant dans le monde réel et sur des êtres humains réels. Et il savait que cela était en son pouvoir. Car les hommes pouvaient fermer les yeux devant la grandeur, devant l'horreur, devant la beauté, et ils pouvaient ne pas prêter l'oreille à des mélodies ou à des paroles enjôleuses. Mais ils ne pouvaient se soustraire à l'odeur. Car l'odeur était sœur de la respiration. Elle pénétrait dans les hommes en même temps que celle-ci ; ils ne pouvaient se défendre d'elle, s'ils voulaient vivre. Et l'odeur pénétrait directement en eux jusqu'à leur cœur, et elle y décidait catégoriquement de l'inclination et du mépris, du dégoût et du désir, de l'amour et de la haine. Qui maîtrisait les odeurs maîtrisait le cœur des hommes.

Grenouille était tout à fait détendu, sur son banc de la cathédrale Saint-Pierre, il souriait. Il n'était pas euphorique, en forgeant le projet de dominer les hommes. Il n'y avait nul éclair de folie dans ses yeux, ni grimace démente sur son visage. Il n'était pas dans un état second. Il était si lucide et si serein qu'il se demanda pourquoi il voulait cela, au fond. Et il se dit qu'il le voulait parce qu'il était foncièrement méchant. Sur quoi il sourit, très content. Il avait l'air tout à fait innocent, comme n'importe quel homme qui est heureux.

Un moment, il resta là assis, dans le calme du recueillement, aspirant à grands traits l'air saturé d'encens. Et de nouveau un sourire amusé flotta sur son visage : que ce Dieu avait donc une odeur pitoyable ! Qu'il était donc ridiculement mauvais, le parfum que répandait autour de lui ce Dieu. Ce n'était même pas de l'authentique encens, qui fumaillait dans ces casseroles. C'était un mauvais ersatz à base de bois de tilleul, de poudre de cannelle et de salpêtre. Dieu puait. Ce pauvre petit Dieu était puant. On l'escroquait, ce Dieu, ou bien il était lui-même un escroc, tout comme Grenouille — seulement bien plus mauvais !

33

Le marquis de la Taillade-Espinasse fut enchanté du nouveau parfum. Il déclara que même pour lui, à qui l'on devait la découverte du fluide létal, il était stupéfiant de constater quelle influence décisive pouvait exercer même une chose aussi évanescente et accessoire qu'un parfum, sur l'état général d'un individu, selon que ce parfum provenait de substances liées à la terre, ou au contraire affranchies d'elle. Grenouille, qui quelques heures à peine auparavant gisait là, blême et prêt à défaillir, avait l'air frais et florissant comme n'importe lequel de ses contemporains en pleine santé, et même on pouvait dire (avec toutes les réserves qui s'imposaient du fait de sa condition et de son peu de culture) qu'il y avait gagné comme une sorte de personnalité. En tout état de cause, Taillade-Espinasse exposerait son cas dans le chapitre qu'il consacrerait à la diététique vitale, dans le traité qu'il allait prochainement publier sur la théorie du fluide létal... Mais pour l'instant, il voulait se parfumer de cette nouvelle senteur.

Grenouille lui remit les deux flacons de parfum conventionnel et le marquis s'en aspergea. Il se montra on ne peut plus content de l'effet produit. Il avoua qu'il avait un peu le sentiment, après des années de cette affreuse odeur de violette qui l'avait oppressé comme du plomb, qu'il lui poussait des ailes de petite fleur ; et, sauf erreur, l'atroce douleur qu'il avait eue au genou s'estompait, tout comme ses sifflements d'oreilles ; tout bien considéré, il se sentait du coup plein d'allant, de tonus, et rajeuni de quelques années. Il s'avança vers Grenouille, le serra dans ses bras et l'appela « mon frère en fluide », ajoutant que le titre qu'il lui donnait là ne devait nullement s'entendre au regard de la société, mais strictement au spirituel, *in conspectu universalitatis fluidi letalis*, ce fluide étant une instance face à laquelle — à la différence de toute autre — les hommes étaient tous égaux ; et il ajouta (tout en relâchant son étreinte, mais très affablement, sans la moindre répugnance et presque comme s'il se fût agi d'un homme semblable à lui) que d'ailleurs il projetait de fonder prochainement une loge internationale et sans distinction de condition, dont le but serait de venir entièrement à bout du *fluidum letale*, pour lui substituer dans les plus brefs délais du *fluidum vitale*, et dont il comptait bien dès à présent que Grenouille serait le premier prosélyte. Puis il se fit noter la recette du parfum floral sur une petite feuille de papier, qu'il empocha, et fit donner à Grenouille cinquante louis d'or.

Au jour dit, une semaine exactement après sa première conférence, le marquis de la Taillade-Espinasse présentait derechef son protégé dans le grand amphithéâtre de l'université. Il y avait une foule énorme. Tout Montpellier était là : non seulement le Montpellier savant, mais aussi et surtout la bonne société, et parmi elle de nombreuses dames, qui désiraient voir le fabuleux homme des cavernes. Et quoique les adversaires de Taillade, principalement les représentants de l'Association des Amis des Jardins botaniques de l'Université, et les membres de la Ligue pour l'Avancement de l'Agriculture, eussent battu le rappel de leurs partisans, ce fut un succès retentissant. Afin que le public se remît en mémoire l'état où se trouvait Grenouille huit jours plus tôt, Taillade-Espinasse commença par faire circuler des dessins figurant le troglodyte dans toute sa laideur et sa déchéance. Puis il fit entrer le nouveau Grenouille, dans son bel habit bleu et sa chemise de soie, fardé, poudré et frisé ; et rien que sa façon de marcher, le torse bien droit, à petits pas comptés et la hanche bien souple, sa manière d'escalader l'estrade sans aucune aide, de s'incliner bien bas et de pencher la tête en envoyant des sourires à la ronde, tout cela déjà réduisit au silence tous les sceptiques prêts à la critique. Même les Amis des Jardins botaniques en restèrent cois. La transformation était trop éclatante, le prodige par trop stupéfiant : au lieu de la bête brute et harassée qu'on avait vue là tapie et tassée sur elle-même, une semaine avant, voilà qu'on se trouvait face à un homme civilisé et de belle apparence. Une atmosphère quasiment recueillie s'instaura dans l'amphithéâtre et, lorsque Taillade-Espinasse commença sa conférence, il régnait un silence religieux. Il exposa une fois de plus sa théorie bien connue sur le fluide létal émanant de la terre, expliqua ensuite par quels moyens mécaniques et diététiques il avait chassé ledit fluide du corps du sujet et l'avait remplacé par du fluide vital et, pour conclure, il invita toutes les personnes présentes, ses amis comme ses adversaires, à laisser une évidence aussi éclatante balayer leur résistance à la nouvelle doctrine, et à se joindre à lui, Taillade-Espinasse, pour combattre le fluide mauvais et pour s'ouvrir au bon fluide vital. Ce disant, il mit les bras en croix et leva les yeux vers le ciel, et de nombreux savants présents l'imitèrent, tandis que les femmes pleuraient.

Grenouille était debout sur l'estrade et n'écoutait pas. Il observait avec la plus grande satisfaction l'effet produit par un tout autre fluide, beaucoup plus réel : le sien. Tenant compte des dimensions de l'amphithéâtre, il s'était parfumé très abondamment et, à peine était-il monté sur l'estrade, que l'aura de son parfum s'était mise à irradier puissamment. Il la vit (réellement, il la vit de ses yeux !) saisir les spectateurs des premiers rangs, se propager ensuite en direction du fond et finalement gagner les tout derniers rangs et la galerie. Et dès qu'elle touchait quelqu'un (Grenouille en avait le cœur qui bondissait dans sa poitrine), ce quelqu'un changeait à vue d'œil. Sous le charme du parfum, mais sans s'en rendre compte, les gens changeaient de physionomie, d'attitude, de sentiments. Tel qui avait d'abord fixé sur Grenouille un regard simplement stupéfait le considérait dès lors d'un œil plus bienveillant ; tel qui s'était au début carré dans son fauteuil, le front plissé par le doute et les coins de la bouche abaissés par la défiance, se penchait à présent vers l'avant, avec le visage détendu d'un enfant ; et même sur les faces des craintifs, des effarés, des hypersensibles, qui ne supportaient son aspect d'hier qu'avec effroi, et son aspect actuel avec encore une bonne dose de scepticisme, on lisait des signes d'affabilité, voire de sympathie, lorsque son parfum les atteignait.

Au terme de l'exposé, toute l'assistance se leva et éclata en acclamations frénétiques :

« Vive le fluide vital ! Vive Taillade-Espinasse ! Vive la théorie fluidale ! A bas la médecine orthodoxe !... »

Voilà ce que criait le public cultivé de Montpellier, qui était alors la plus importante des villes universitaires du Midi de la France, et le marquis de la Taillade-Espinasse connut là l'heure la plus grandiose de sa vie.

Quant à Grenouille, qui descendait alors de son estrade et se mêlait à la foule, il savait que ces ovations s'adressaient en fait à lui, Jean-Baptiste Grenouille, et à lui seul, quoiqu'aucune des personnes qui l'acclamaient dans cette salle n'en eût la moindre idée.

34

Il resta encore quelques semaines à Montpellier. Il avait acquis une certaine renommée et était invité dans les salons, où on le questionnait sur sa vie dans la caverne, et sur sa guérison par le marquis. Constamment, il lui fallait raconter à nouveau l'histoire des brigands qui l'avaient enlevé, du panier qu'on descendait jusqu'à lui, et de l'échelle. Et à chaque fois il l'enjolivait plus somptueusement et rajoutait de nouveaux détails inventés. C'est ainsi qu'il recouvra une certaine facilité de parole — à vrai dire limitée, car de toute sa vie le langage ne fut jamais son fort — et aussi, chose plus importante pour lui, une grande aisance dans le maniement du mensonge.

Il constata qu'au fond, il pouvait raconter aux gens ce qu'il voulait. Une fois qu'ils étaient en confiance — et ils l'étaient dès la première bouffée qu'ils respiraient de son odeur artificielle —, ils gobaient tout. De surcroît, il prit une certaine assurance en société, alors qu'il n'en avait jamais eu. Cela se traduisit même physiquement. On aurait dit qu'il avait grandi. Sa bosse parut fondre. Il marchait en se tenant presque parfaitement droit. Et quand on lui adressait la parole, il ne sursautait plus, restait bien droit et vous regardait en face. Certes, il ne devint pas en si peu de temps un homme du monde, ni la coqueluche des salons, ni un mondain accompli. Mais il perdait à vue d'œil ce qu'il avait de contraint et de gauche, et adoptait une attitude qui pouvait passer pour une légère timidité naturelle et qui faisait une impression touchante sur plus d'un homme et plus d'une dame : on avait alors, dans le monde, un faible pour le naturel, et pour une sorte de charme ingénu et rustique.

Début mars, il fit son balluchon et fila clandestinement, au petit matin, dès l'ouverture des portes, vêtu d'un méchant habit marron acquis la veille au marché aux puces, et d'un chapeau élimé qui lui cachait la moitié du visage. Personne ne le reconnut, personne ne le remarqua ni ne le vit, car ce jour-là il s'était soigneusement abstenu de mettre de son parfum. Et quand vers midi le marquis fit entreprendre des recherches, les sentinelles jurèrent leurs grands dieux qu'elles avaient bien vu toutes sortes de gens sortir de la ville, mais pas le célèbre homme des cavernes, qu'elles n'auraient pas manqué de remarquer. Là-dessus, le marquis fit répandre le bruit que Grenouille avait quitté Montpellier avec son accord, pour aller régler à Paris des affaires de famille. Par devers lui, il était tout de même furieux, car il avait eu le projet d'entreprendre avec Grenouille une tournée à travers tout le royaume, pour recruter des adeptes de sa théorie fluidale.

Au bout de quelque temps, son courroux s'apaisa, car sa renommée se répandit même sans tournée et presque sans qu'il fît rien pour cela. Il parut de longs articles sur le *fluidum letale Taillade* dans le *Journal des Savants* et même dans le *Courrier de l'Europe,* et de fort loin arrivèrent des patients atteints d'intoxication létale, pour se faire traiter par lui. Dans l'été 1764, il fonda la première « Loge du Fluide Vital », qui compta cent vingt membres à Montpellier, et ouvrit des filiales à Marseille et à Lyon. Il résolut alors de partir à l'assaut de la capitale, et de là de convertir à sa doctrine tout le monde civilisé ; mais il voulut tout d'abord, pour appuyer sa campagne par de la propagande, accomplir un haut fait fluidal qui éclipserait la guérison de l'homme des cavernes et toutes ses autres expériences ; il se fit donc accompagner, début décembre, par une équipe d'adeptes intrépides et entreprit avec eux l'ascension du pic du Canigou, qui était situé sur le méridien de Paris et passait pour le plus haut sommet des Pyrénées. Alors qu'il était au seuil de la vieillesse, le marquis voulait se faire hisser jusqu'à cette cime de deux mille huit cents mètres et s'y exposer trois semaines durant à l'air vital le plus dur et le plus frais, afin (annonça-t-il) d'en redescendre exactement le soir de Noël sous les traits d'un fringant jeune homme de vingt ans.

Peu après Vernet, dernier lieu habité au pied de la terrible montagne, les adeptes abandonnèrent. Le marquis, en revanche, n'avait pas froid aux yeux. Dans le vent glacial, se dépouillant à grands gestes de ses vêtements et poussant de grands cris de jubilation, il entama l'ascension en solitaire. La dernière image qu'on eut de lui, ce fut une silhouette qui tendait extatiquement ses mains vers le ciel en chantant, et qui disparut dans la tempête de neige.

Le soir de Noël, les disciples attendirent en vain le retour du marquis de la Taillade-Espinasse. Il ne revint ni sous les traits d'un vieillard, ni sous ceux d'un jeune homme. Et même au début de l'été suivant, quand les plus audacieux partirent à sa recherche et gravirent le sommet encore enneigé du pic du Canigou, on ne retrouva rien de lui, pas un vêtement, pas un membre, pas un osselet.

A vrai dire, cela ne fit aucun tort à sa doctrine. Au contraire. La légende se répandit bientôt qu'au sommet de la montagne, il s'était marié au fluide vital éternel, se dissolvant en lui et le dissolvant en soi, et que désormais il flottait, invisible, mais éternellement jeune, au-dessus des sommets pyrénéens : qui montait jusqu'à lui participait de son essence et restait une année durant exempt de maladie et de vieillissement. Jusqu'en plein XIXᵉ siècle, la théorie fluidale de Taillade eut des partisans dans plus d'une Faculté, et de nombreuses sociétés occultes en firent l'application thérapeutique. Aujourd'hui encore, il existe des deux côtés des Pyrénées, plus précisément à Perpignan et à Figueras, des loges tailladistes secrètes qui se réunissent une fois par an pour faire l'ascension du pic du Canigou.

Les adeptes y allument un grand feu, officiellement pour marquer le solstice et honorer saint Jean, mais en réalité pour rendre un culte à leur maître Taillade-Espinasse et pour y gagner la vie éternelle.

TROISIÈME PARTIE

35

Alors que la première étape de son tour de France lui avait pris sept ans, Grenouille parcourut la seconde en moins de sept jours. Il n'évitait plus les routes fréquentées ni les villes, il ne faisait pas de détours. Il avait une odeur, il avait de l'argent, il avait de l'assurance et il était pressé.

Le jour même de son départ de Montpellier, il atteignit dans la soirée le Grau-du-Roi, petit port au sud-ouest d'Aigues-Mortes, et s'y embarqua sur un voilier de commerce en partance pour Marseille. A Marseille, il ne quitta même pas le port, mais chercha aussitôt un bateau qui l'emmenât plus loin vers l'est en suivant la côte. Deux jours plus tard, il était à Toulon, et au bout de trois autres jours il était à Cannes. Le reste du chemin, il le fit à pied. Il suivit un sentier qui entrait dans les terres et menait vers le nord, en gravissant les collines.

En deux heures, il avait atteint les crêtes et à ses pieds s'étendait une vaste cuvette de plusieurs lieues de diamètre, une sorte de gigantesque bassin naturel, bordé tout autour de collines en pentes douces et de montagnes abruptes, le vaste creux étant recouvert de champs fraîchement cultivés, de jardins et de bois d'oliviers. Il régnait sur ce bassin un climat complètement à part et étrangement intime. Bien que la mer fût si proche qu'on la voyait depuis ces crêtes, on ne sentait ici rien de maritime, rien de salé ou de sableux, rien d'ouvert, mais une réclusion tranquille, tout comme si la côte avait été à bien des journées de voyage. Et quoiqu'il y eût au nord ces grandes montagnes encore couvertes de neige et pour longtemps, il n'y avait ici rien de rude ou de maigre, ni aucun vent froid. Le printemps était plus en avance qu'à Montpellier. Une brume douce recouvrait les champs comme une cloche de verre. Les abricotiers et les amandiers étaient en fleurs, et l'air chaud était tout plein d'effluves de narcisses.

À l'autre bout de ce grand bassin, peut-être à deux lieues de là, une ville se logeait, ou plutôt se collait sur le flanc de la montagne. Vue de loin, elle ne faisait pas une impression particulièrement pompeuse. On n'y voyait pas de puissante cathédrale dominant les maisons, juste un petit clocher tronqué ; point de citadelle surplombant la ville, ni de bâtiments dont on remarquât la splendeur. Les remparts n'avaient rien d'arrogant, çà et là les maisons les débordaient, surtout vers le bas, en direction de la plaine, donnant à toute l'enceinte un aspect un peu effiloché. C'était comme si l'endroit avait été trop souvent déjà conquis, puis évacué, comme s'il était trop las pour résister encore sérieusement à de futurs assaillants : mais non par faiblesse, plutôt par désinvolture, ou même par un sentiment de force. Cet endroit semblait n'avoir pas besoin d'éblouir. Il régnait sur ce grand bassin odorant, à ses pieds, et cela paraissait lui suffire.

Cet endroit qui ne payait pas de mine et était en même temps plein d'assurance, c'était la ville de Grasse, depuis quelques dizaines d'années capitale incontestée de la fabrication et du commerce des parfums, de leurs ingrédients, des savons et des huiles. Giuseppe Baldini n'avait jamais prononcé son nom qu'avec exaltation et ravissement. Il disait que c'était la Rome des odeurs, la terre promise des parfumeurs : qui n'y avait pas fait ses classes n'aurait pas dû avoir droit au titre de parfumeur.

Grenouille jetait sur la ville de Grasse un regard très froid. Il n'était pas en quête de la terre promise des parfumeurs et son cœur n'était pas en train de fondre à la vue de cette bourgade accrochée à ses collines, de l'autre côté. Il était venu parce qu'il savait qu'on pouvait apprendre là mieux qu'ailleurs certaines techniques d'extraction des parfums. Et c'était ces techniques qu'il voulait acquérir, car il en avait besoin pour les buts qu'il poursuivait. Il tira de sa poche le flacon contenant son parfum, dont il usa avec parcimonie, puis il se remit en route. Une heure et demie plus tard, vers midi, il était à Grasse.

Il mangea dans une taverne dans le haut de la ville, sur la place aux Aires. Celle-ci était traversée dans sa longueur par un ruisseau où les tanneurs lavaient leurs peaux, pour les étendre ensuite à sécher. Il régnait une odeur si âcre que plus d'un client en avait l'appétit coupé. Grenouille, non. Lui, cette odeur lui était familière, elle lui donnait un sentiment de sécurité. Dans toutes les villes, il commençait toujours par chercher le quartier des tanneurs. En partant ainsi du coin de la puanteur pour explorer ensuite les autres parties du lieu, il avait l'impression de ne plus être un étranger.

Tout l'après-midi, il parcourut la ville. Elle était incroyablement sale, en dépit de toute l'eau qui jaillissait de douzaines de sources et de fontaines, ou plutôt précisément à cause de toute cette eau, car elle dévalait en gargouillant jusqu'en bas de la ville, dans des ruisseaux et des caniveaux anarchiques qui minaient les ruelles ou les inondaient de boue. Les maisons étaient, dans certains quartiers, tellement serrées qu'il ne restait guère qu'une aune pour les passages et les perrons et que les passants pataugeant dans la boue ne pouvaient éviter de se bousculer. Et même sur les places et dans les quelques rues un peu plus larges, les charrettes avaient peine à ne pas se heurter.

Pourtant, en dépit de toute cette crasse, de cette saleté et de cette exiguïté, la ville regorgeait d'activité industrieuse. Au cours de son tour de ville, Grenouille ne repéra pas moins de sept savonneries, une douzaine de maîtres parfumeurs et gantiers, une infinité de petites distilleries, de fabriques de pommades et de boutiques d'épices, et enfin six ou sept négociants de parfums en gros.

Il est vrai que c'étaient là des grossistes disposant de stocks considérables. A voir leurs maisons, on ne le soupçonnait souvent pas. Les façades donnant sur la rue avaient un aspect modestement bourgeois. Mais ce qui était entreposé là-derrière, dans des magasins et dans de gigantesques caves, tonneaux d'huile, monceaux de précieux savons à la lavande, bonbonnes d'extraits de fleurs, vins, alcools, ballots de cuirs parfumés, coffres, caisses et sacs bourrés d'épices (Grenouille sentait tout cela en détail, à travers les murs les plus épais), c'étaient des richesses comme des princes n'en possédaient point. Et lorsqu'il flairait plus attentivement encore, il percevait qu'en s'éloignant de la rue, au-delà des magasins et des entrepôts prosaïques et sur l'arrière de ces maisons bourgeoises un peu étriquées, il y avait des bâtiments du genre le plus somptueux. Autour de jardins petits, mais délicieux, où s'épanouissaient palmiers et lauriers-roses et où murmuraient les jeux d'eau de fontaines raffinées enchâssées dans des parterres de fleurs, s'étendaient les véritables demeures, dont les ailes s'ouvraient généralement au midi en dessinant un « U » : appartements inondés de soleil et tapissés de soie à l'étage, luxueux salons aux boiseries exotiques au rez-de-chaussée, et des salles à manger qui se prolongeaient parfois en terrasses jusque dans les jardins et où effectivement, comme l'avait raconté Baldini, l'on mangeait dans l'or et la porcelaine. Les maîtres des demeures ainsi cachées sur l'envers de ce modeste décor sentaient l'or et la puissance, ils dégageaient une odeur de richesse considérable et bien assise, et cette odeur était plus forte que tout ce que Grenouille avait jusque-là senti dans ce genre au cours de son voyage en province.

L'un de ces palais camouflés le retint plus long-temps. La maison était située au début de la rue Droite, une grande rue qui traversait toute la ville d'ouest en est. Elle n'avait pas une allure extraordinaire, sa façade était bien un peu plus large et plus cossue que celle des bâtiments voisins, mais sans rien d'imposant. Devant le porche stationnait un haquet chargé de tonneaux qu'on était en train d'avaler sur une rampe. Un second chariot attendait. Un homme pénétra dans le comptoir, des papiers à la main, en ressortit en compagnie d'un autre et tous deux disparurent sous le porche. Grenouille était debout de l'autre côté de la rue et les regardait faire. Ce qui se passait là ne l'intéressait pas. Pourtant il restait. Quelque chose le retenait.

Il ferma les yeux et se concentra sur les odeurs qui lui arrivaient du bâtiment d'en face. Il y avait les odeurs des tonneaux, vinaigre et vin, puis les centaines d'odeurs capiteuses de l'entrepôt, puis les odeurs de richesse qui transpiraient des murs comme une fine sueur d'or, et enfin les odeurs d'un jardin qui devait se trouver de l'autre côté de la maison. Il n'était pas facile de saisir les parfums plus délicats de ce jardin, car ils ne filtraient qu'en filets ténus jusqu'à la rue, par-dessus les toits pentus. Grenouille distinguait là des magnolias, des jacinthes, des daphnés et des rhododendrons... mais il semblait y avoir encore autre chose, quelque chose de terriblement bon qui sentait là, dans ce jardin, une odeur délicieusement exquise comme il n'en avait jamais senti de sa vie, ou alors une seule fois... Il fallait qu'il approche de cette odeur.

Il se demanda s'il allait simplement passer par le porche pour pénétrer dans cette demeure. Mais entre-temps, il y avait tant de gens occupés à décharger et à contrôler les tonneaux qu'il se ferait sûrement remarquer. Il se décida à remonter la rue pour trouver une ruelle ou un passage qui le ramènerait peut-être sur le côté de la maison. Au bout de quelques mètres, il avait atteint la porte de la ville, où commençait la rue Droite. Il franchit la porte, prit tout de suite à gauche et longea les remparts en suivant la pente. Il n'eut pas à aller loin pour sentir l'odeur du jardin, faible d'abord et encore mélangée à l'air des champs, puis de plus en plus forte. Il sut enfin qu'il était tout près. Le jardin touchait les remparts. Grenouille était juste à côté. En se reculant un peu, il apercevait par-dessus le mur d'enceinte les branches les plus hautes des orangers.

De nouveau, il ferma les yeux. Les senteurs du jardin l'assaillirent, nettes et bien dessinées comme les bandes colorées d'un arc-en-ciel. Et la senteur précieuse, celle qui lui importait, était bien là. Grenouille en était brûlant de volupté et glacé de terreur. Le sang lui monta à la tête comme à un galopin pris en faute, puis reflua vers le milieu du corps, puis remonta, puis reflua encore, et il ne pouvait rien y faire. L'attaque de cette odeur avait été trop brusque. L'espace d'un instant, d'un soupir qui lui parut une éternité, il lui sembla que le temps se dédoublait ou qu'il s'annihilait tout à fait, car il ne savait plus si maintenant était maintenant, si ici était ici, ou bien si au contraire ici et maintenant étaient autrefois et là-bas : à savoir rue des Marais, à Paris, en septembre 1753. Car le parfum qui flottait dans l'air, en provenant de ce jardin, c'était le parfum de la jeune fille rousse qu'il avait alors assassinée. D'avoir retrouvé ce parfum dans le vaste monde, cela lui fit verser des larmes de pur bonheur... et que cela pût ne pas être vrai, cela l'emplissait d'une terreur mortelle.

Il en eut le vertige, et tituba un peu et dut s'appuyer contre le mur d'enceinte, et se laisser lentement glisser jusqu'à s'accroupir. Se recueillant, alors, et reprenant ses esprits, il se mit à respirer ce terrible parfum à traits plus brefs et moins dangereux. Et il constata que ce parfum derrière le mur était certes extrêmement semblable au parfum de la jeune fille rousse, mais qu'il n'était pas parfaitement identique. Il émanait bien lui aussi d'une jeune fille rousse, il n'y avait aucun doute possible. Grenouille voyait devant lui cette jeune fille dans son imagination olfactive comme dans un tableau : elle n'était pas tranquillement assise, elle sautait de-ci, de-là, elle se donnait chaud, puis se rafraîchissait ; manifestement, elle jouait à un jeu où l'on devait se déplacer brusquement, puis brusquement se tenir immobile — et ce avec une deuxième personne, à l'odeur du reste complètement insignifiante. Elle avait une peau d'une blancheur éclatante. Elle avait les yeux verts. Elle avait des taches de rousseur sur le visage, dans le cou et sur les seins, c'est-à-dire... Grenouille bloqua un instant sa respiration, puis renifla plus vigoureusement et s'efforça de refouler le souvenir olfactif de la jeune fille de la rue des Marais... C'est-à-dire que cette jeune fille-ci n'avait pas encore de seins à proprement parler ! Ses seins étaient tout juste esquissés. Ses seins n'étaient que des boutons, infiniment tendres et à peine odorants, piquetés de taches de rousseur, et qui commençaient à se gonfler peut-être depuis quelques jours seulement, peut-être seulement depuis quelques heures... peut-être depuis cet instant même. En un mot : cette jeune fille était encore une enfant. Mais quelle enfant !

Grenouille avait le front couvert de sueur. Il savait que les enfants n'ont guère d'odeur, tout comme les boutons de fleurs avant l'éclosion. Mais cette fleur-ci, cette fleur presque fermée encore, derrière son mur, qui venait tout juste d'exhaler ses premiers effluves, sans que personne s'en avise à part Grenouille, avait dès maintenant un parfum si prodigieusement céleste, à vous hérisser le poil ! Lorsqu'elle aurait atteint son plein et splendide épanouissement, elle répandrait un parfum comme jamais le monde n'en avait senti. Dès à présent, songeait Grenouille, elle a une odeur plus délicieuse que naguère la jeune fille de la rue des Marais : moins forte, moins volumineuse, mais plus subtile, plus multiforme et en même temps plus naturelle. Or, dans un an ou deux, cette odeur aurait mûri et pris une vigueur telle que nul être humain, homme ou femme, ne pourrait s'y soustraire. Et les gens seraient réduits à merci, désarmés, sans défense, devant le charme de cette jeune fille, et ils ne sauraient pas pourquoi. Et comme ils sont stupides et ne savent se servir de leur nez que pour souffler dedans, mais qu'ils croient pouvoir tout connaître par les yeux, ils diraient : c'est parce que cette jeune fille possède la beauté, l'élégance et la grâce. Bornés comme ils le sont, ils loueraient ses traits réguliers, sa silhouette svelte et sa poitrine parfaite. Et ils diraient que ses yeux sont comme des émeraudes, et ses dents comme des perles, et ses membres comme de l'ivoire, et Dieu sait encore quelles comparaisons idiotes. Et ils l'éliraient Reine du Jasmin, et elle se laisserait portraiturer par des peintres imbéciles et on resterait bouche bée devant son portrait, et on dirait que c'est la plus belle femme de France. Et les godelureaux passeraient des nuits à pleurnicher sous sa fenêtre sur accompagnement de mandolines... et de vieux messieurs gras et riches se traîneraient aux pieds de son père pour mendier sa main... Et les femmes de tout âge soupireraient à sa vue et rêveraient dans leur sommeil d'avoir sa séduction fatale, ne serait-ce qu'une journée. Et tous ignoreraient que ce n'est pas à son aspect qu'ils succombent en vérité, non pas à la prétendue perfection de sa beauté apparente, mais à son incomparable, à son magnifique parfum ! Lui seul le saurait, lui, Grenouille, lui seul. Il le savait déjà !

Ah ! Il voulait avoir ce parfum ! Non pas l'avoir de façon aussi vaine, aussi lourdaude que naguère celui de la jeune fille de la rue des Marais. Celui-là, il n'avait fait que s'en soûler, le détruisant du même coup. Non, le parfum de cette jeune fille derrière le mur, il voulait véritablement se l'approprier ; l'ôter d'elle comme une peau et en faire son propre parfum. Comment cela se passerait, il l'ignorait encore. Mais il avait deux ans devant lui pour l'apprendre. Au fond, cela ne pouvait pas être plus difficile que d'extraire le parfum d'une fleur rare.

Il se releva. Avec recueillement, comme s'il quittait un sanctuaire ou une dormeuse, il s'éloigna, courbant l'échine, sans faire de bruit, pour que personne ne pût le voir ni l'entendre, ni n'ait l'attention attirée sur sa précieuse trouvaille. Il s'esquiva ainsi en longeant les remparts jusqu'à l'extrémité opposée de la ville, où enfin le parfum de la jeune fille se perdit et où il rentra par la porte dite des Fénéants. Il s'arrêta à l'ombre des maisons. La puanteur des ruelles le rasséréna et l'aida à dompter la passion qui l'avait enflammé. Au bout d'un quart d'heure, il avait recouvré tout son calme. Il songea qu'il n'irait plus, pour le moment, près du jardin des remparts. Ce n'était pas nécessaire. Cela le mettait dans un état de trop grande excitation. La fleur qui s'y épanouirait n'avait pas besoin de lui, et de toute façon il savait déjà comment elle s'épanouirait. Il ne fallait pas qu'il s'enivre de son parfum de manière intempestive. Il fallait qu'il se plonge dans le travail. Qu'il accroisse ses connaissances et perfectionne ses capacités techniques, pour être fin prêt à la saison de la récolte. Il avait encore deux ans devant lui.

36

Non loin de la porte des Fénéants, dans la rue de la Louve, Grenouille découvrit un petit atelier de parfumeur et y demanda du travail.

Il apprit que le patron, le maître-parfumeur Honoré Arnulfi, était mort l'hiver précédent et que sa veuve, une femme brune et vive qui pouvait avoir trente ans, gérait seule l'affaire, avec l'aide d'un compagnon.

Mme Arnulfi, après de longues plaintes sur la dureté des temps et sur la précarité de sa situation financière, déclara qu'à vrai dire, elle ne pouvait guère se permettre d'embaucher un second compagnon, mais qu'inversement elle en avait un urgent besoin, vu tout le travail qu'il y avait à faire ; elle ajouta qu'elle ne pouvait loger un second compagnon chez elle, dans cette maison, mais qu'en revanche, elle avait une petite cabane dans son oliveraie, derrière le couvent des franciscains (à dix minutes à peine), où pourrait au besoin coucher un jeune homme point trop difficile ; elle dit encore qu'en honnête patronne, elle n'ignorait rien de ses devoirs concernant le bon entretien de ses compagnons, mais qu'inversement elle ne voyait pas comment elle pourrait leur fournir deux repas chauds par jour... Bref, Mme Arnulfi avait (et Grenouille l'avait à vrai dire flairé depuis un moment) un sens des affaires aussi sain que son affaire était saine. Et comme lui ne se souciait pas d'argent et qu'il déclara accepter ces maigres conditions et deux francs de salaire par semaine, ils tombèrent vite d'accord. Le premier compagnon fut appelé, c'était un géant du nom de Druot, dont Grenouille devina tout de suite qu'il partageait habituellement le lit de la patronne, qui ne prenait manifestement pas certaines décisions sans le consulter. Il se planta devant Grenouille, qui en face de ce colosse avait vraiment l'air d'un ridicule freluquet, et le toisa ; jambes écartées, dégageant une puissante odeur de sperme, il le regarda même dans le blanc des yeux, comme pour déjouer quelque intention perfide ou démasquer un éventuel rival, et pour finir, il grimaça un sourire condescendant et donna son accord d'un signe de tête.

Du coup, tout était réglé. Grenouille eut droit à une poignée de main, à un casse-croûte pour le soir, à une couverture et à la clef de la cabane, un réduit sans fenêtre qui fleurait bon le vieux foin et la crotte de mouton, et où il s'installa du mieux qu'il put. Le lendemain, il prit son travail chez Mme Arnulfi.

C'était l'époque des narcisses. Mme Arnulfi faisait cultiver ces fleurs sur des parcelles qui lui appartenaient, dans le grand bassin en dessous de la ville, ou bien elle les achetait à des paysans, non sans marchander chaque lot avec acharnement. Les fleurs étaient livrées dès le petit matin, déversées par corbeilles entières dans l'atelier, où des dizaines de milliers de corolles s'amassaient en tas odorants, volumineux, mais légers comme l'air. Druot, pendant ce temps, faisait fondre dans un grand chaudron de la graisse de porc et de bœuf, pour obtenir une soupe crémeuse que Grenouille devait remuer sans arrêt avec une spatule longue comme un balai et où Druot versait par boisseaux les fleurs fraîches. Celles-ci, semblables à des yeux écarquillés par l'angoisse de la mort, flottaient une seconde à la surface et blémissaient dès que la spatule les enfonçait et que la graisse chaude les engloutissait. Et presque instantanément elles se ramollissaient et se fanaient, et manifestement la mort les prenait si brusquement qu'elles n'avaient pas le choix : il fallait qu'elles exhalent leur dernier soupir parfumé en le confiant à l'élément qui les noyait ; car (Grenouille le constatait avec un ravissement indescriptible) plus il enfonçait de fleurs dans son chaudron, plus puissant était le parfum qui montait de la graisse. Or, ce n'étaient nullement les fleurs mortes qui continuaient à sentir dans la graisse, non, c'était la graisse elle-même qui s'était approprié le parfum des fleurs.

A la longue, la soupe devenait trop épaisse et ils devaient vite la verser sur de grands tamis, pour la débarrasser des cadavres exsangues et la préparer à recevoir des fleurs fraîches. Et ils continuaient ainsi à déverser, à agiter et à filtrer sans arrêt toute la journée, car l'affaire ne souffrait aucun retard jusqu'au moment où, le soir, tout ce tas de fleurs était passé par le chaudron. Pour que, surtout, rien ne se perde, les déchets étaient arrosés d'eau bouillante et essorés au pressoir à vis, ce qui donnait malgré tout encore une huile au parfum délicat. Mais le gros du parfum, l'âme de cet océan de fleurs, demeurait prisonnier dans le chaudron, où il était conservé dans cette graisse terne et gris-blanc, qui ne se figeait que lentement.

Le jour suivant, on poursuivait la macération (tel était le nom de ce procédé), on rallumait sous le chaudron, la graisse refondait et on y passait d'autres fleurs. Et ainsi de suite plusieurs jours durant, du matin au soir. Le travail était fatigant. Grenouille avait les bras en plomb, des ampoules aux mains et mal dans le dos, quand le soir il regagnait en titubant sa cabane. Druot, qui était bien trois fois plus vigoureux que lui, le laissait tourner sans le relayer une seule fois, se contentant de verser les fleurs légères comme l'air, d'entretenir le feu et à l'occasion, à cause de la chaleur, d'aller boire un coup. Mais Grenouille ne mouftait pas. Sans un mot pour se plaindre, il touillait les fleurs dans leur graisse du matin au soir, ne sentant même pas la fatigue sur le moment, car il ne cessait d'être fasciné par l'opération qui se déroulait sous ses yeux et sous son nez : les fleurs qui fanaient à toute allure et leur parfum qui était absorbé.

Au bout d'un certain temps, Druot décidait que la graisse était désormais saturée et qu'elle n'absorberait plus de parfum supplémentaire. Ils éteignaient le feu, filtraient une dernière fois la soupe épaisse et en remplissaient des creusets de grès où elle se figeait bientôt en une pommade au parfum magnifique.

C'était alors le grand moment de Mme Arnulfi, qui venait tester le précieux produit, l'étiqueter et enregistrer méticuleusement dans ses livres la quantité et la qualité du butin. Après avoir en personne obturé les creusets, les avoir scellés et les avoir descendus dans les profondeurs fraîches de sa cave, elle mettait sa robe noire, prenait son voile de deuil et faisait la tournée des négociants et grossistes en parfums de la ville. En termes émouvants, elle dépeignait à ces messieurs sa situation de femme seule, se faisait faire des offres, comparait les prix, soupirait et enfin vendait... Ou ne vendait pas. Stockée au frais, la pommade se conservait longtemps. Et qui sait si les prix, s'ils laissaient actuellement à désirer, n'allaient pas grimper pendant l'hiver ou au printemps prochain ? On pouvait aussi envisager, plutôt que de faire affaire avec ces gros épiciers, de s'entendre avec d'autres petits producteurs pour expédier ensemble par bateau un chargement de pommade vers Gênes, ou pour se joindre à un convoi à destination de la foire d'automne de Beaucaire : opérations périlleuses, certes, mais extrêmement rentables en cas de succès. Mme Arnulfi pesait soigneusement les avantages de ces diverses possibilités avant de se décider, et parfois aussi elle les combinait, vendant une partie de ses trésors, en conservant une autre et risquant une troisième dans une opération commerciale. Mais quand son enquête lui donnait le sentiment que le marché de la pommade était saturé et que la marchandise n'était pas près de se faire rare et de lui rapporter, elle rentrait promptement chez elle, voile au vent, et chargeait Druot de soumettre tout le stock à un lavage et de le transformer en essence absolue.

Alors, toute la pommade remontait de la cave, était précautionneusement réchauffée dans des pots fermés, puis additionnée d'esprit-de-vin très pur et, à l'aide d'un agitateur incorporé qu'actionnait Grenouille, remuée longuement et lavée. Redescendu à la cave, ce mélange refroidissait rapidement, la graisse de la pommade se figeait et l'alcool qui s'en dissociait pouvait être transvasé dans une bouteille. C'était dès lors quasiment un parfum, à vrai dire d'une intensité énorme, tandis que le reliquat de pommade avait perdu la plus grande part de son odeur. Ainsi, le parfum des fleurs avait une nouvelle fois changé de support. Mais l'opération n'était pas terminée pour autant. Après avoir soigneusement filtré l'alcool parfumé à travers de la gaze, qui retenait jusqu'au moindre grumeau de graisse, Druot le versait dans un petit alambic et le distillait lentement à petit feu modeste. Une fois l'alcool évaporé, il restait dans la cornue une infime quantité d'un liquide pâle que Grenouille connaissait bien, mais que jamais, ni chez Runel, ni même chez Baldini, il n'avait senti être de cette qualité et de cette pureté : la pure huile des fleurs, leur parfum tout nu, concentré cent mille fois pour donner quelques gouttes d'essence absolue. Cette essence avait une odeur qui n'avait plus rien d'agréable : une odeur forte et âcre, presque douloureuse. Et pourtant il suffisait d'en délayer une goutte dans un litre d'alcool pour lui redonner vie et pour ressusciter un champ entier de fleurs.

La récolte finale était terriblement maigre. Dans la cornue de l'alambic, il y avait tout juste assez de liquide pour remplir trois petits flacons. Trois petits flacons, c'est tout ce qui était resté du parfum de cent mille fleurs. Mais ces flacons valaient une fortune, déjà ici, à Grasse. Et bien davantage encore si on les expédiait à Paris ou à Lyon, à Grenoble, à Gênes ou à Marseille ! Mme Arnulfi, en contemplant ces petites bouteilles, avait un beau regard humide, elle les caressait des yeux et, en les fermant hermétiquement avec des bouchons de verre à l'émeri, elle retenait son souffle, pour surtout ne pas faire évaporer la moindre partie de leur précieux contenu. Et afin que même après le bouchage pas un atome n'aille s'évaporer, elle scellait les bouchons à la cire liquide et les coiffait d'une vessie de poisson qu'elle ficelait solidement sur le goulot. Puis elle plaçait les flacons dans un petit coffret garni d'ouate et allait les mettre sous clef à la cave.

37

En avril, ils macérèrent ainsi du genêt et de la fleur d'oranger, en mai toute une mer de roses, dont l'odeur plongea tout un mois la ville dans une invisible brume crémeuse et sucrée. Grenouille travaillait comme un bœuf. Modestement, avec une docilité quasi servile, il s'acquittait de toutes les tâches subalternes que lui assignait Druot. Mais tandis que d'un air faussement stupide il touillait, transvasait, lavait les bassines, balayait l'atelier ou charriait le bois de chauffe, rien n'échappait à son attention des opérations essentielles, de la métamorphose des parfums. De manière plus précise que Druot n'eût pu le faire, à savoir avec son nez, Grenouille suivait et surveillait le passage des parfums des pétales à l'alcool en passant par la graisse, jusqu'aux délicieux petits flacons. Bien avant que Druot ne s'en avisât, il sentait quand la graisse chauffait trop, il sentait quand les fleurs étaient épuisées, quand la soupe était saturée de parfum, il sentait ce qui se passait à l'intérieur des bouteilles à mélanger, et à quel moment précis il fallait mettre fin à la distillation. Et à l'occasion il s'exprimait, à vrai dire sans insister et sans se départir de son attitude soumise. Il lui semblait, disait-il, que peut-être la graisse était un peu chaude ; il était tenté de croire qu'on pouvait bientôt filtrer ; il avait comme l'impression que l'alcool de l'alambic avait fini de s'évaporer... Et Druot, qui n'était certes pas prodigieusement intelligent, mais qui n'était pas non plus complètement stupide, comprit à la longue qu'il ne pouvait prendre de meilleures décisions qu'en entérinant ce qu'« il semblait » à Grenouille, ou ce dont « il avait comme l'impression » — Et comme Grenouille ne faisait jamais l'important ni le prétentieux en exprimant ce qu'il était tenté de croire ou ce dont il avait l'impression, et comme jamais (surtout en présence de Mme Arnulfi !) il ne mettait en doute l'autorité de Druot ni sa position prépondérante de premier compagnon, Druot ne vit aucune raison de ne pas suivre les conseils de Grenouille et même de ne pas lui laisser de plus en plus souvent et ouvertement le soin de décider.

De plus en plus fréquemment, non seulement Grenouille agitait, mais il dosait, il chauffait, il filtrait, tandis que Druot faisait un saut aux Quatre Dauphins pour vider un godet, ou bien montait voir si Madame n'avait besoin de rien. Il savait qu'il pouvait se reposer sur Grenouille. Et Grenouille, bien qu'il eût deux fois plus de travail, était heureux d'être seul, de pouvoir se perfectionner dans cet art nouveau et, à l'occasion, se livrer à de petites expériences. Avec une joie sournoise, il constata que la pommade préparée par ses soins était incomparablement plus fine, et son essence absolue de quelques degrés plus pure, que celles qui étaient issues de sa collaboration avec Druot.

Fin juillet, ce fut l'époque du jasmin, en août celle de la jacinthe nocturne. Ces deux plantes avaient des parfums si exquis et en même temps si fragiles que non seulement leurs fleurs devaient être cueillies avant le lever du soleil, mais qu'elles exigeaient le procédé d'épuisement le plus spécial et le plus délicat. La chaleur atténuait leur parfum, et l'immersion soudaine dans la graisse brûlante et la macération l'auraient détruit. Ces plus nobles des fleurs ne se laissaient pas tout bonnement arracher leur âme, il fallait littéralement la leur soustraire par ruse et par flatterie. Dans un local réservé à leur enfleurage, on les répandait sur des plaques de verre enduites de graisse froide, ou bien on les enveloppait mollement dans des linges imprégnés d'huile, et il fallait qu'elles y meurent en s'endormant doucement. Il fallait trois ou quatre jours pour qu'elles soient fanées et qu'elles aient alors exhalé leur parfum au profit de la graisse ou de l'huile voisines. On les en détachait alors prudemment et l'on répandait des fleurs fraîches. L'opération se répétait bien dix ou vingt fois et, d'ici que la pommade fût saturée ou que l'on pût exprimer des linges l'huile odorante, on était en septembre. Le résultat était encore nettement plus maigre que dans le cas de la macération. Mais la pâte de jasmin ou l'huile antique de tubéreuse obtenues par cet enfleurage à froid étaient d'une qualité qui surclassait tout autre produit de l'art des parfumeurs, tant elles étaient fines et fidèles à l'original. De fait, s'agissant du jasmin, on avait le sentiment que l'odeur érotique des fleurs, douce et tenace, avait laissé son reflet sur les plaques graisseuses comme dans un miroir, qui à présent le renvoyait tout naturellement — *cum grano salis*, bien sûr. Car il va de soi que le nez de Grenouille distinguait encore la différence entre l'odeur des fleurs et leur parfum mis en conserve : l'odeur propre de la graisse (si pure qu'elle fût) enrobait là comme un voile ténu l'image originale de la senteur naturelle, l'atténuait, en affaiblissait doucement l'éclat, rendant peut-être du coup supportable aux gens du commun une beauté qui sans cela ne l'eût pas été... Mais en tout cas, l'enfleurage à froid était le moyen le plus raffiné et le plus efficace de capter les parfums délicats. Il n'en existait pas de meilleur. Et si cette méthode ne suffisait pas encore à convaincre entièrement le nez de Grenouille, il savait tout de même qu'elle était mille fois suffisante pour duper un monde de nez grossiers.

Il ne lui fallut pas longtemps pour que l'élève dépasse largement le maître, non seulement en matière de macération, mais aussi dans l'art de l'enfleurage à froid ; ni pour que Grenouille le fasse savoir à Druot, de la manière discrète et obséquieuse qui avait déjà fait ses preuves. Druot lui laissa volontiers le soin de se rendre à l'abattoir pour acheter les graisses qui convenaient le mieux, de les nettoyer, de les disposer, de les filtrer et de les doser entre elles : tâche extrêmement délicate que Druot redoutait toujours, car une graisse malpropre, rance ou sentant trop le porc, l'agneau ou le bœuf pouvait gâcher le produit le plus précieux. Il lui laissa le soin de déterminer l'intervalle entre les plaques dans le local d'enfleurage, le moment où il fallait renouveler les fleurs, le degré de saturation de la pommade, il le laissa bientôt prendre toutes les décisions délicates que lui, Druot, tout comme Baldini en son temps, ne pouvait prendre qu'approximativement, en appliquant des règles apprises, tandis que Grenouille les prenait selon la science de son nez... ce qu'à vrai dire Druot ne soupçonnait pas.

« Il a la main heureuse, disait Druot, il a une bonne intuition de ces choses. »

Et parfois il pensait aussi : il est tout simplement beaucoup plus doué que moi, il me vaut cent fois, comme parfumeur. Ce qui ne l'empêchait pas de le tenir pour un parfait imbécile, puisque Grenouille, croyait-il, ne savait pas tirer le moindre profit de ses dons, tandis que lui, Druot, avec ses capacités plus restreintes, ne tarderait pas à passer maître. Et Grenouille faisait tout pour le confirmer dans cette opinion, s'appliquait à paraître bête, ne manifestait pas la moindre ambition, faisait comme s'il n'avait pas idée de son génie et n'agissait que sur les instructions d'un Druot bien plus expérimenté que lui et sans lequel il eût été nul. De la sorte, ils s'entendaient le mieux du monde.

Puis vint l'automne, puis l'hiver. L'atelier était plus calme. Les parfums des fleurs étaient prisonniers dans la cave, dans des creusets ou des flacons, et sauf quand Madame voulait faire transformer telle ou telle pommade en essence, ou distiller un sac d'épices sèches, il n'y avait pas trop à faire. Il arrivait encore des olives, quelques pleines corbeilles chaque semaine. Ils en exprimaient l'huile vierge, le reste passait au moulin. Et du vin, dont Grenouille distillait en alcool et rectifiait une partie.

Druot se montrait de moins en moins. Il faisait son devoir dans le lit de Madame et, quand il apparaissait, puant la sueur et le sperme, c'était pour filer sans tarder aux Quatre Dauphins. Madame aussi descendait rarement. Elle s'occupait de gérer sa fortune et de transformer sa garde-robe en prévision de la fin de son année de deuil. Souvent, Grenouille ne voyait personne de la journée, hormis la servante, qui lui donnait sa soupe à midi, et le soir du pain et des olives. Il ne sortait guère. Quant aux manifestations de sa corporation, à savoir les réunions et défilés périodiques des compagnons, il y participait juste assez souvent pour ne se faire remarquer ni par son absence ni par sa présence. Il n'avait ni amis ni relations, mais veillait soigneusement à ne pas passer pour arrogant ou pour sauvage. Il laissait les autres compagnons trouver sa société insipide et sans intérêt. Il était passé maître dans l'art de respirer l'ennui et de passer pour un pauvre imbécile — mais sans aller jusqu'à faire les frais de plaisanteries amusées, ni de quelqu'une de ces farces bien senties qui étaient une spécialité de la corporation. Il parvint à se rendre parfaitement inintéressant. On le laissait en paix. Et c'est tout ce qu'il voulait.

38

Il passait son temps dans l'atelier. Vis-à-vis de Druot, il prétendit vouloir inventer une recette d'eau de Cologne. Mais en réalité, il poursuivait des expériences sur des parfums tout différents. Le parfum qu'il s'était fabriqué à Montpellier tirait à sa fin, bien qu'il en usât très parcimonieusement. Il en créa un nouveau. Mais cette fois, il ne se contenta pas de mélanger à la hâte des ingrédients pour imiter tant bien que mal l'odeur humaine, il mit son point d'honneur à se pourvoir d'un parfum personnel, ou plutôt d'une quantité de parfums personnels.

D'abord, il se fit un parfum de banalité, un vêtement olfactif gris souris pour tous les jours, où figurait bien encore l'odeur de fromage aigre propre à l'humanité, mais elle ne se dégageait plus à l'extérieur que comme à travers une épaisse couche de vêtements de lin et de laine enveloppant la peau sèche d'un vieillard. Avec cette odeur, il pourrait commodément se mêler aux hommes. Le parfum était assez fort pour justifier olfactivement l'existence d'une personne, mais trop discret pour gêner qui que ce fût. Du coup, Grenouille n'était pas vraiment présent par l'odeur, et pourtant très humblement justifié d'être là : position hybride qui lui convenait fort bien, tant dans la maison Arnulfi que lorsqu'il avait éventuellement à faire en ville.

En certaines circonstances, à vrai dire, ce parfum modeste se révéla gênant. Quand il avait des courses à faire pour Druot ou que, pour son propre compte, il voulait acheter chez un marchand un peu de civette ou quelques grains de musc, il pouvait arriver qu'on le remarquât tellement peu qu'on l'oubliait et qu'on ne le servait pas ; ou bien on le voyait, mais on le servait de travers et on le plantait là sans finir de le servir. Pour les cas de ce genre, il s'était composé un parfum un peu plus dru, sentant légèrement la sueur, un peu plus anguleux et encombrant, olfactivement parlant, qui lui donnait une allure plus brusque et faisait croire aux gens qu'il était pressé et avait des affaires urgentes. Il avait aussi une imitation de l'*aura seminalis* de Druot (reconstituée à s'y tromper par enfleurage d'un drap de lit crasseux, à l'aide d'une pâte faite d'œufs de canard frais et de farine de froment échauffée) qui donnait de bons résultats quand il s'agissait de provoquer un certain degré d'attention.

Un autre parfum de son arsenal était destiné à susciter la pitié et fit ses preuves sur les femmes d'âge moyen et avancé. Il sentait le lait maigre et le bois tendre et propre. Quand il s'en mettait, Grenouille — même s'il était mal rasé, qu'il avait la mine lugubre et qu'il était enveloppé d'un manteau — faisait l'effet d'un petit garçon pâle dans un pourpoint élimé, et il fallait l'aider. Sur le marché, quand elles flairaient son odeur, les marchandes lui fourraient dans les poches des noix et des poires sèches, parce qu'il avait tellement l'air d'avoir faim et d'être désemparé, disaient-elles. Et la femme du boucher, au demeurant une implacable garce, lui permettait de faire son choix parmi les déchets nauséabonds de viande et d'os, et de les emporter gratis, car ce parfum d'innocence faisait vibrer en elle la corde maternelle. Ces déchets, à leur tour, lui fournirent par extraction directe à l'alcool les principaux ingrédients d'une odeur qu'il prit lorsqu'il voulait à tout prix être seul et qu'on s'écarte de lui. Cette composition suscitait autour de lui une atmosphère de vague nausée, une exhalaison putride analogue à celle qui émane au réveil des vieilles bouches mal entretenues. Elle était si efficace que même Druot, pourtant peu délicat, ne pouvait faire autrement que de se détourner et de prendre le large, sans d'ailleurs savoir clairement ce qui l'avait réellement chassé. Et quelques gouttes de ce *repellent*, lâchées sur le seuil de la cabane, suffisaient pour tenir à l'écart tout intrus, homme ou bête.

Ainsi protégé par diverses odeurs, dont il changeait comme de vêtements selon les nécessités extérieures et qui lui servaient toutes à n'être pas inquiété dans le monde des hommes et à dissimuler sa vraie nature, Grenouille se consacra désormais à sa vraie passion : la subtile chasse aux parfums. Et puisqu'il avait devant les yeux un grandiose objectif et disposait encore d'un an, il ne fit pas seulement preuve d'un zèle ardent, mais aussi d'un systématisme extraordinairement réfléchi pour affûter ses armes, affiner ses techniques et perfectionner progressivement ses méthodes. Il reprit les choses là où il les avait laissées chez Baldini : à l'extraction des odeurs de choses inanimées, pierre, métal, verre, bois, sel, eau, air...

Ce qui avait alors échoué avec le procédé grossier de la distillation réussit maintenant grâce à la forte capacité d'absorption que manifestaient les corps gras. Un bouton de porte en laiton, dont l'odeur terne, froide et moisie lui avait plu, se trouva ainsi emmailloté, pendant quelques jours, dans du gras de bœuf. Or, quand Grenouille éplucha ce gras et le testa, il avait bel et bien, de façon légère mais très nette, l'odeur de ce bouton de porte. Et même après lavage à l'alcool, l'odeur était encore là, infiniment subtile, lointaine, estompée par les vapeurs de l'esprit-de-vin et sans doute perceptible en ce monde uniquement par le nez fin de Grenouille... mais enfin elle était encore là, c'est-à-dire qu'au moins en principe, on pouvait en disposer. S'il avait eu dix mille boutons de porte et qu'il les avait mis pendant des milliers de jours dans la graisse de bœuf, il aurait pu en tirer une petite goutte d'essence absolue de bouton de porte en laiton, et si forte que n'importe qui aurait eu sous le nez l'irréfutable illusion de l'original.

Il obtint un résultat analogue avec l'odeur crayeuse et poreuse d'une pierre qu'il avait trouvée dans l'oliveraie, devant sa cabane. Il l'épuisa par macération et en tira une petite rognure de pommade de pierre, dont l'odeur infinitésimale lui causa une joie indescriptible. Il la combina avec d'autres odeurs, provenant de toutes sortes d'objets environnant sa cabane et mit peu à peu au point un modèle en miniature de ce bois d'oliviers derrière le couvent des franciscains ; il put enfermer ce modèle dans un minuscule flacon qu'il portait sur lui et, quand il lui plaisait, il était en mesure de le ressusciter olfactivement.

C'étaient des acrobaties de parfumeur virtuose

204

qu'il exécutait là, de merveilleux petits jeux qu'à vrai dire nul autre que lui ne pouvait apprécier ni même connaître. Mais il était lui-même ravi de ces prouesses parfaitement gratuites et jamais il n'y eut dans sa vie, ni avant ni après, de moments de bonheur aussi innocent qu'à cette époque où se piquant au jeu, il créait ainsi pour l'odorat des paysages, des natures mortes ou des tableaux de tel ou tel objet. Car bientôt il passa à des objets vivants.

Il se mit à chasser les mouches d'hiver, les larves, les rats, les chatons, et à les noyer dans la graisse chaude. A s'introduire nuitamment dans les étables, pour y envelopper pendant quelques heures des vaches, des chèvres ou des cochons avec des linges enduits de graisse, ou pour les emmailloter dans des bandages huileux. Ou bien il se glissait furtivement dans un enclos à brebis pour y tondre clandestinement un agneau, dont ensuite il lavait à l'esprit-de-vin la laine odorante. Les résultats ne furent d'abord guère satisfaisants. Car, à la différence d'objets dociles comme un bouton de porte ou une pierre, les animaux se montraient récalcitrants au prélèvement de leur odeur. Les porcs se frottaient aux montants de leur porcherie pour arracher les bandages. Les brebis criaient, la nuit, quand il arrivait avec son couteau. Les vaches secouaient obstinément leurs pis pour faire tomber ses linges gras. Quelques insectes qu'il avait attrapés produisirent au moment d'être soumis à son traitement, des sécrétions d'une puanteur répugnante ; et les rats, sans doute parce qu'ils avaient peur, flanquaient des excréments dans ses pommades si sensibles aux odeurs. Ces animaux qu'il voulait macérer n'étaient pas comme les fleurs : ils ne livraient pas leur odeur sans une plainte, ou avec tout juste un soupir silencieux, ils se débattaient désespérément contre la mort, refusaient mordicus de se laisser noyer, s'agitaient et regimbaient tant et si bien qu'ils produisaient en doses excessives des sueurs d'angoisse et d'agonie, dont l'acidité gâtait la graisse chaude. Il était clair qu'on ne pouvait pas travailler comme il faut dans ces conditions. Il fallait que les sujets soient immobilisés, et de façon si soudaine qu'ils n'aient pas le temps d'avoir peur ou de résister. Il fallait qu'il les tue.

Il commença par un petit chien. Derrière l'abattoir, il l'attira loin de sa mère avec un morceau de viande et l'entraîna jusqu'à l'atelier : et comme la petite bête, frétillante et haletante, allait happer la viande dans sa main gauche, Grenouille lui assena derrière la tête un grand coup sec avec une bûche qu'il tenait dans sa main droite. La mort survint si vite que le petit chien avait encore sur les babines et dans les yeux une expression de bonheur, alors que Grenouille l'avait déjà installé depuis longtemps dans le local d'enfleurage, couché sur une grille entre les plaques enduites de graisse, où il put dès lors exhaler son odeur de chien dans toute sa pureté, sans trace d'aucune sueur d'angoisse. Certes, il fallait faire attention ! Les cadavres, tout comme les fleurs coupées, se mettaient vite à pourrir. Aussi Grenouille monta-t-il la garde auprès de sa victime, pendant environ douze heures, jusqu'à ce qu'il note que le corps du chien commençait à dégager les premiers effluves, agréables mais gênants, d'une odeur de cadavre. Il stoppa aussitôt l'enfleurage, fit disparaître le cadavre et recueillit le petit peu de gras odorant dans une casserole, où il le lava soigneusement à l'alcool. Lequel il distilla jusqu'à obtenir de quoi remplir un dé à coudre, et il mit ce reliquat dans un minuscule tube de verre. Le parfum avait nettement l'odeur moite et un peu forte des poils gras du chien, il l'avait même de façon étonnamment intense. Et quand Grenouille le fit renifler à la vieille chienne de l'abattoir, elle poussa des hurlements de joie et des gémissements, sans plus vouloir ôter son museau de sur le petit tube. Mais Grenouille le reboucha hermétiquement et le remit dans sa poche, et il le porta encore longtemps sur lui, en souvenir de ce jour de triomphe où, pour la première fois, il était arrivé à dépouiller un être vivant de son âme odorante.

Ensuite, de manière très progressive et extrêmement prudente, il s'intéressa aux êtres humains. Il mena d'abord sa chasse à une distance prudente et avec un filet à larges mailles : le tableau de chasse lui importait bien moins que de tester le principe de sa méthode.

Camouflé par son discret parfum de banalité, il se mêla le soir, aux clients de la taverne des Quatre Dauphins et y fixa de petits morceaux de tissu imprégné d'huile et de graisse sous les bancs et les tables, et dans des encoignures cachées. Au bout de quelques jours, il les ramassa et les examina. De fait, outre toutes sortes de vapeurs de cuisine, de fumée de tabac et de relents de vin, ils exhalaient aussi un peu d'odeur humaine. Mais celle-ci restait très confuse et voilée, c'était le vague reflet d'une émanation globale plus qu'une odeur personnelle. Une semblable aura générale, mais plus pure et tirant sur la transpiration et le sublime, put être récoltée par Grenouille dans la cathédrale, où il accrocha ses petits fanions sous les bancs le 24 décembre et les releva le 26, après que sept messes, pas moins, y eurent fait asseoir les fidèles. Cela donna un épouvantable conglomérat olfactif : sueur de fesses, sang menstruel, cuisses moites, mais fiévreusement jointes, tout cela mêlé à l'haleine expulsée par mille gosiers entonnant des chœurs ou débitant des *ave maria*, et aux vapeurs oppressantes de l'encens et de la myrrhe, voilà ce qui s'était imprimé sur les petits fanions enduits de graisse. Cette concentration était épouvantable, parce qu'elle était brumeuse, indistincte et écœurante, mais c'était tout de même déjà une odeur humaine, sans doute possible.

La première odeur individuelle, Grenouille se la procura à l'hospice de la Charité. Il s'arrangea pour s'emparer, alors qu'on devait le brûler, du drap d'un compagnon-boursier qui venait de mourir de consomption et qui y avait couché pendant deux mois. Le linge était à ce point imprégné de la crasse de cet ouvrier qu'il en avait absorbé les humeurs aussi bien qu'une pâte d'enfleurage et qu'on pouvait directement le laver à l'alcool. Le résultat fut fantastique : sous le nez de Grenouille, l'ouvrier-boursier, surgissant de l'esprit-de-vin, ressuscita olfactivement d'entre les morts et se mit à flotter là, dans l'espace, défiguré, bien sûr, par cette curieuse méthode de reproduction et par les nombreux miasmes de sa maladie, mais fort reconnaissable par le profil individuel de son odeur : un petit homme de trente ans, blond, le nez épaté, les membres courts, les pieds plats et sentant le fromage, le sexe gonflé, un tempérament bilieux et une mauvaise haleine. Il n'était pas joli, olfactivement, cet ouvrier-boursier ; il ne valait pas, comme le petit chien, d'être gardé longtemps. Et cependant Grenouille fit flotter toute une nuit son odeur fantomatique dans sa cabane, le reniflant sans cesse, enchanté et profondément satisfait par le sentiment du pouvoir qu'il avait ainsi sur l'aura d'un autre être humain. Le lendemain, il jeta le liquide.

Il fit encore un autre test, pendant ces journées d'hiver. A une mendiante muette qui errait dans la ville, il donna un franc pour qu'elle porte à même la peau pendant une journée de petits rubans préparés avec divers mélanges de graisses et d'huiles. Il en ressortit que ce qui convenait le mieux pour fixer l'odeur humaine, c'était une combinaison de graisse de rognons d'agneau et de graisses plusieurs fois purifiées de porc et de vache, dans la proportion deux-cinq-trois, plus un petit peu d'huile vierge.

Grenouille s'en tint là. Il renonça à s'emparer complètement de quelque être humain vivant pour le traiter en parfumeur. Cela aurait toujours comporté des risques, sans rien lui apprendre de nouveau. Il savait qu'il maîtrisait désormais les techniques permettant de ravir son odeur à un être humain, et il n'était pas nécessaire qu'il se le prouvât de nouveau.

D'ailleurs, l'odeur humaine en général lui était en soi indifférente. L'odeur humaine, il était capable de l'imiter suffisamment bien avec des produits de remplacement. Ce qu'il désirait, c'était l'odeur de *certains* êtres humains : à savoir de ces êtres rarissimes qui inspirent l'amour. C'étaient eux ses victimes.

39

En janvier, la veuve Arnulfi épousa en justes noces son premier compagnon Dominique Druot, du coup promu au rang de maître gantier et parfumeur. Il y eut un grand banquet pour les maîtres de jurande, un plus modeste pour les compagnons, Madame acheta un nouveau matelas pour le lit que désormais elle partageait officiellement avec Druot, et elle ressortit de son armoire sa garde-robe colorée. Pour le reste, tout alla comme avant. Elle conserva le bon vieux nom d'Arnulfi, conserva aussi l'intégralité de sa fortune, la direction financière de l'affaire et les clefs de la cave ; Druot accomplissait chaque jour son devoir conjugal, puis allait se requinquer à la taverne ; et Grenouille, bien qu'il fût à présent premier et unique compagnon, faisait le plus gros du travail sans que rien fût changé à son maigre salaire, à sa pauvre nourriture et à son piètre gîte.

L'année débuta par le flot jaune des casses, par les jacinthes, les violettes, les narcisses narcotiques. Un dimanche du mois de mars — il pouvait s'être écoulé un an depuis son arrivée à Grasse —, Grenouille résolut d'aller voir où en étaient les choses derrière le mur, à l'autre bout de la ville. Cette fois, il était préparé à l'odeur, il savait assez précisément ce qui l'attendait... et pourtant, quand il la flaira, dès la Porte Neuve, à mi-chemin seulement de cet endroit des remparts, son cœur se mit à battre plus fort et il sentit son sang lui picoter les veines de bonheur : elle était encore là, cette plante à l'incomparable beauté, elle avait passé l'hiver sans dommage, elle était en pleine sève, elle poussait, s'épanouissait, portait la plus splendide des floraisons ! Son odeur, comme il s'y attendait, était devenue plus forte, sans rien perdre de sa finesse. Ce qui l'an passé encore était délicatement épars et égrené s'était à présent comme lié pour former un flux crémeux de parfum, irisé de mille couleurs et reliant pourtant chacune d'elles sans se rompre. Et ce flux, constatait Grenouille avec ravissement, provenait d'une source de plus en plus abondante. Une année encore, une année seulement, encore seulement douze mois, et cette source déborderait, et lui pourrait venir la saisir et capter la généreuse explosion de son parfum.

Il longea rapidement les remparts jusqu'au fameux endroit où ils bordaient le jardin. Quoique la jeune fille ne fût manifestement pas dans le jardin, mais dans la maison, dans une chambre aux fenêtres closes, son parfum flottait jusqu'à lui comme une douce brise ininterrompue. Grenouille se tint parfaitement immobile. Il n'était ni enivré ni abasourdi comme la première fois qu'il l'avait sentie. Il était envahi par le bonheur de l'amoureux qui de loin guette ou observe sa dulcinée, sachant qu'il viendra la chercher dans un an. En vérité, Grenouille, la tique solitaire, cet être abominable, ce monstre de Grenouille, qui n'avait jamais éprouvé l'amour et ne put jamais l'inspirer, était ce jour de mars sous les remparts de Grasse, et il aimait, et cet amour le rendait profondément heureux.

Certes, il n'aimait pas un être humain ; n'allez pas croire, par exemple, qu'il aimait cette jeune fille, là-bas, dans la maison au-delà du mur. Il aimait le parfum. Lui seul et rien d'autre, et encore l'aimait-il uniquement parce que ce serait le sien. Il viendrait le chercher dans un an, il se le jura sur sa vie. Et après s'être fait ce serment aberrant, ou avoir prononcé ce vœu, cette promesse de fidélité à lui-même et à son futur parfum, il s'éloigna allégrement de cet endroit et rentra dans la ville par la porte du Cours.

La nuit, couché dans sa cabane, il exhuma encore ce parfum de sa mémoire (il ne put résister à la tentation) et il y plongea, le caressa et se fit caresser par lui, d'aussi près et aussi étroitement, dans son rêve, que s'il l'avait déjà possédé réellement, son parfum, son propre parfum ; et il l'aima sur lui, et s'aima à travers lui, pendant un long moment de délicieuse ivresse. Il voulut emporter dans son sommeil cette passion narcissique. Mais juste au moment où il fermait les yeux, alors qu'il ne lui aurait plus fallu qu'un instant pour si assoupir, voilà qu'elle le quitta : elle avait soudain disparu, remplacée autour de lui par cette odeur froide et aigre d'écurie de chèvres.

Grenouille fut saisi d'effroi. Que va-t-il se passer, songea-t-il, si ce parfum que je posséderai.., que va-t-il se passer, s'il finit ?... Ce n'est pas comme dans la mémoire, où tous les parfums sont impérissables. Le parfum réel s'use au contact du monde. Il est évanescent. Et une fois qu'il sera usé, la source où je l'aurai pris n'existera plus. Et je serai nu comme avant, et je devrai m'en tirer grâce à des produits de remplacement. Non, ce sera pire qu'avant ! Car entre-temps je l'aurai connu et possédé, mon magnifique parfum à moi, et je ne pourrai pas l'oublier, car je n'oublie jamais un parfum. Et ainsi je continuerai toute ma vie à me nourrir du souvenir que j'aurai de lui, tout comme en ce moment je me suis nourri du souvenir que j'ai par avance de ce parfum que je posséderai... Alors, en somme, pourquoi en ai-je besoin ?

Cette idée, pour Grenouille, était extrêmement désagréable. Cela le terrorisait au-delà de toute expression de penser que ce parfum qu'il ne possédait pas encore, s'il le possédait, il ne pourrait que le perdre à nouveau, inéluctablement. Combien de temps ce parfum durerait-il ? Quelques jours ? Quelques semaines ? Peut-être un mois, s'il s'en parfumait très parcimonieusement ? Et alors ? Il se voyait déjà secouer le flacon pour en faire descendre la dernière goutte, puis le rincer à l'esprit-de-vin, pour ne pas en perdre le moindre reste, et ensuite il voyait, il sentait son parfum adoré s'évanouir pour toujours et irrémédiablement. Ce serait comme une lente agonie, une sorte d'étouffement à l'envers, une évanescence progressive et torturante de soi-même en direction de l'horreur du monde.

Il était glacé et frissonnant. Il eut soudain envie d'abandonner ses projets, de sortir dans la nuit et de partir. Il allait traverser les montagnes enneigées, sans s'arrêter, et parcourir les cent lieues qui le séparaient de l'Auvergne, et là-bas se réfugier dans sa vieille caverne et s'y endormir pour ne jamais se réveiller. Mais il n'en fit rien. Il resta assis et ne céda pas, parce que c'était chez lui une envie ancienne, de partir et de se réfugier dans une caverne. Il connaissait cela. Ce qu'en revanche il ne connaissait pas encore, c'était de posséder un parfum humain, aussi magnifique que le parfum de la jeune fille derrière le mur. Et quoiqu'il sût devoir cruellement payer la possession de ce parfum de sa perte ultérieure, cette possession *et* cette perte lui parurent plus désirables que de renoncer abruptement à l'une comme à l'autre. Car il avait passé sa vie à renoncer. Tandis que jamais encore il n'avait possédé et perdu.

Peu à peu, les doutes refluèrent, et avec eux les frissons. Il sentit son sang l'irriguer à nouveau de chaleur et de vie, il sentit que la volonté de faire ce qu'il avait résolu prenait à nouveau possession de lui. Et ce plus fortement qu'avant, car cette volonté ne procédait plus à présent d'un simple désir, mais aussi d'une décision mûrement réfléchie. La tique, placée devant le choix de se dessécher sur place ou de se laisser choir, optait pour la seconde solution, sachant fort bien que cette chute serait sa dernière. Grenouille se laissa de nouveau aller sur sa couche, se lova douillettement entre sa paille et sa couverture, et se trouva très héroïque.

Mais Grenouille n'eût pas été Grenouille s'il s'était longtemps satisfait de cet héroïque fatalisme. Son caractère était pour cela bien trop accrocheur, sa nature trop roublarde et son esprit trop subtil. C'était entendu, il avait décidé de posséder ce parfum de la jeune fille derrière le mur. Bien. Et si au bout de quelques semaines il le perdait à nouveau et qu'il en mourait, soit. Mais mieux vaudrait ne pas mourir et posséder tout de même le parfum, ou du moins retarder le plus possible cette perte. Il fallait rendre le parfum plus durable. Capter son évanescence sans le dépouiller de son caractère : c'était un problème de parfumerie.

Il est des parfums qui tiennent des dizaines d'années. Une armoire frottée au musc, une peau imprégnée d'huile de cannelle, un nodule d'ambre, un coffre en bois de cèdre possèdent quasiment la vie éternelle, olfactivement parlant. Et d'autres parfums — huile de limette, bergamote, extraits de narcisse et de tubéreuse, et beaucoup d'essences florales — s'évaporent au bout de quelques heures, si on les expose à l'air à l'état pur et sans les lier. Le parfumeur tourne cette fâcheuse difficulté en liant les senteurs trop évanescentes par des senteurs tenaces qui leur mettent en quelque sorte des entraves et brident leur aspiration à la liberté, tout l'art consistant à laisser ces entraves assez lâches pour que l'odeur qui les subit paraisse conserver sa liberté, mais à les resserrer tout de même suffisamment pour qu'elle ne puisse s'enfuir. Grenouille avait un jour parfaitement réussi ce tour de force sur une huile de tubéreuse, dont il avait ligoté la senteur éphémère par d'infimes adjonctions de civette, de vanille, de labdanum et de cyprès, qui du coup la mettaient véritablement en valeur. Pourquoi ne pas traiter de manière analogue le parfum de la jeune fille ? Ce parfum qui était le plus précieux et le plus fragile de tous, pourquoi l'utiliser pur et le gaspiller ? Quelle balourdise ! Quel extraordinaire manque de raffinement ! Laissait-on les diamants sans les tailler ? Portait-on l'or en pépites autour du cou ? Etait-il, lui Grenouille, un grossier pilleur d'odeurs comme Druot et comme les autres macérateurs, distillateurs et écraseurs de fleurs ? Ou bien était-il, oui ou non, le plus grand parfumeur du monde ?

Il se frappa le front, effaré de n'y avoir pas songé plus tôt : naturellement, qu'il ne fallait pas utiliser à l'état brut ce parfum unique au monde ! Il fallait le sertir comme la pierre la plus précieuse. Il fallait composer comme un orfèvre un diadème odorant, au centre et au sommet duquel, inséré dans d'autres senteurs et tout à la fois les dominant, *son* parfum jetterait tous ses feux. Il allait faire un parfum selon toutes les règles de l'art, et l'odeur de la jeune fille derrière le mur en serait l'âme.

Mais pour en constituer le corps, la base, le torse et la tête, pour lui fournir ses notes aiguës et lui donner un fixateur, les adjuvants idoines n'étaient pas le musc et la civette, ni l'huile de rose ou le néroli, c'était bien clair. Un tel parfum, un parfum humain, exigeait d'autres ingrédients.

40

Au mois de mai de la même année, dans un champ de roses à l'est de Grasse et à mi-chemin du petit village d'Opio, on découvrit le cadavre nu d'une jeune fille de quinze ans. Elle avait été assommée d'un coup de gourdin derrière la nuque. Le paysan qui trouva le corps fut tellement troublé par son affreuse découverte qu'il faillit se rendre suspect : il déclara d'une voix tremblante au lieutenant de police que jamais il n'avait rien vu de si beau... alors qu'en fait, il voulait dire qu'il n'avait jamais rien vu d'aussi affreux.

De fait, la jeune fille était d'une beauté exquise. Elle était de ce type de femmes nonchalantes et languides qu'on dirait faites de miel brun, elles en ont la saveur sucrée, le contact lisse et l'étonnante onctuosité : il leur suffit d'un geste indolent, de rejeter leurs cheveux en arrière ou de faire lentement claquer le fouet de leur regard pour dompter tout l'espace autour d'elles et se retrouver, tranquilles, au centre d'un cyclone, apparemment inconscientes du champ de gravitation où elles attirent irrésistiblement vers elles les désirs et les âmes des hommes comme des femmes. Et elle était jeune, toute jeune et fraîche, le charme propre à son type n'avait pas encore eu le temps de s'empâter. Les membres charnus étaient encore lisses et fermes, le sein comme un œuf dur qu'on vient de peler, et le visage plutôt plat, ceint d'une opulente chevelure noire, possédait encore les contours les plus tendres et les endroits les plus secrets. La chevelure elle-même avait à vrai dire disparu. Le meurtrier l'avait coupée et emportée, comme il avait emporté les vêtements.

On suspecta les gitans. De la part des gitans, on pouvait s'attendre à tout. On savait bien que les gitans faisaient des tapis avec des morceaux de vieux vêtements, qu'ils utilisaient des cheveux pour bourrer leurs coussins et qu'ils fabriquaient de petites poupées avec la peau et les dents des suppliciés. Un crime aussi pervers, ce ne pouvait être que les gitans. Seulement, il n'y avait pas de gitans en ce moment, pas le moindre à des lieues à la ronde ; la dernière fois que des gitans étaient passés dans la région, c'était en décembre.

Faute de gitans, on suspecta ensuite les saisonniers italiens. Mais il n'y avait pas non plus d'Italiens
en ce moment, pour eux c'était trop tôt dans l'année,
ils ne viendraient dans le pays qu'en juin pour la
récolte du jasmin, ça ne pouvait donc pas être eux
non plus. Finalement, c'est sur les perruquiers que se
portèrent les soupçons, et l'on fouilla chez eux pour
retrouver les cheveux de la jeune fille assassinée.
Sans résultat. Puis on dit que c'étaient sûrement les
juifs, puis les moines — prétendument lubriques —
du monastère bénédictin (qui en vérité avaient tous
largement dépassé les soixante-dix ans), puis les cis-
terciens, puis les francs-maçons, puis les fous de la
Charité, puis les charbonniers, et en dernier ressort
la noblesse débauchée, en particulier le marquis de
Cabris, car il était marié pour la troisième fois et l'on
disait qu'il organisait des messes noires dans ses
caves et qu'il y buvait du sang de vierge pour stimu-
ler sa virilité. Au demeurant, on ne put apporter
aucune preuve matérielle. Personne n'avait été
témoin du meurtre, on ne retrouva ni les vêtements
ni les cheveux de la morte. Au bout de quelques
semaines, le lieutenant de police considéra que
l'enquête était close.

A la mi-juin, les Italiens arrivèrent, beaucoup avec
leurs familles afin de se louer pour la cueillette. Les
paysans les embauchèrent mais, compte tenu du
meurtre, interdirent à leurs femmes et à leurs filles
de les fréquenter. Car bien que ces saisonniers ne
fussent pas effectivement responsables du meurtre
qui avait eu lieu, ils auraient pu l'être en principe : il
valait donc mieux être sur ses gardes.

Peu après le début de la récolte du jasmin, il y eut
deux autres meurtres. De nouveau, les victimes
étaient des beautés, de nouveau elles étaient du
genre brun et languide, de nouveau on les retrouva
nues et rasées dans des champs de fleurs, avec une
plaie contuse derrière la nuque. De nouveau, aucune
trace du meurtrier. La nouvelle se répandit comme

une traînée de poudre et les représailles allaient éclater contre les étrangers, quand on apprit que les deux victimes étaient italiennes et filles d'un journalier génois.

Alors, la peur s'abattit sur le pays. Les gens ne savaient plus contre qui diriger leur rage impuissante. Il y en avait bien encore quelques-uns pour soupçonner les fous ou le ténébreux marquis, mais personne n'y croyait vraiment, car ceux-là étaient jour et nuit sous surveillance, et celui-ci était depuis belle lurette parti pour Paris. On serra donc les rangs. Les paysans ouvrirent leurs granges aux migrants, qui couchaient jusque-là à la belle étoile. Les citadins instaurèrent dans chaque quartier une patrouille de nuit. Le lieutenant de police doubla la garde aux portes de la ville. Mais toutes ces mesures ne servirent à rien. Quelques jours seulement après le double meurtre, on trouva de nouveau le cadavre d'une jeune fille, dans le même état que les autres. Il s'agissait cette fois d'une lavandière sarde du palais épiscopal, assommée près du grand lavoir de la fontaine de la Foux, aux portes mêmes de la ville. Et bien que les édiles sous la pression des bourgeois en émoi, prissent des mesures supplémentaires (contrôles plus rigoureux aux portes, renforcement des gardes de nuit, interdiction à toute personne du sexe de sortir après le coucher du soleil), il ne s'écoula pas une semaine, cet été-là sans qu'on découvre le cadavre d'une jeune fille. Et à chaque fois elles venaient juste de devenir des femmes, à chaque fois, c'étaient les plus belles, et généralement elles étaient de ce même type brun et marqué... Encore que bientôt le meurtrier ne dédaignât point non plus le genre qui était le plus répandu dans la population locale : les tendrons à peau laiteuse, et un peu plus rondes. Dans les derniers temps, il y avait même parmi ses victimes des filles châtain, voire châtain clair — pourvu qu'elles ne fussent pas maigres. Il les débusquait partout, non seulement dans la campagne de Grasse, mais en pleine ville et jusque dans les maisons. La fille d'un menuisier fut trouvée morte dans sa chambre, au cinquième étage, et dans la maison personne n'avait entendu le moindre bruit, et aucun des chiens n'avait donné de la voix, alors que d'habitude ils aboyaient dès qu'ils flairaient un inconnu. L'assassin semblait insaisissable, immatériel, un pur esprit.

Les gens se révoltaient, insultant les pouvoirs publics. A la moindre rumeur, cela tournait à l'émeute. Un colporteur qui vendait de la poudre d'amour et autres charlataneries manqua de se faire écharper, le bruit ayant couru que ses petites médecines contenaient de la poudre de cheveux de jeune fille. On tenta de mettre le feu à l'hôtel de Cabris et à l'hospice de la Charité. Le drapier Alexandre Misnard abattit d'un coup de feu son propre valet qui rentrait en pleine nuit, parce qu'il le prit pour le sinistre tueur de filles. Ceux qui en avaient les moyens expédiaient leurs filles adolescentes chez des parents éloignés ou dans des pensionnats de Nice, d'Aix ou de Marseille. Sur les instances du conseil municipal, le lieutenant de police fut relevé de ses fonctions. Son successeur chargea une commission médicale d'examiner les corps de ces beautés rasées, afin d'établir si elles étaient restées vierges. Il apparut qu'elles étaient toutes intactes.

Curieusement, cette nouvelle accrut encore l'effroi, au lieu de l'atténuer : chacun avait tacitement admis qu'on avait abusé de ces jeunes filles. On aurait au moins tenu là un mobile de l'assassin. A présent on ignorait tout, on était complètement désemparé. Et les croyants se réfugièrent dans la prière, suppliant Dieu d'épargner au moins à leur propre maison ce fléau diabolique.

Au conseil municipal siégeaient les trente aristocrates et grands bourgeois les plus fortunés et les plus respectés de Grasse, pour la plupart philosophes et anticléricaux, qui jusque-là se souciaient fort peu de cette brave bête d'évêque et auraient volontiers transformé couvents et abbayes en autant d'entrepôts et de manufactures. Or, dans leur désarroi, ces fiers et puissants personnages du conseil ne crurent pas déchoir en adressant à Mgr l'Evêque une humble requête, où ils priaient Son Excellence, puisque le bras temporel ne parvenait pas à frapper le monstre qui décimait les vierges, de bien vouloir l'excommunier et dénoncer en chaire, à l'instar de son Révérendissime prédécesseur, qui en avait usé de même, en l'an 1708, avec les épouvantables sauterelles qui menaçaient alors le pays. Et de fait, fin septembre, le tueur de Grasse, alors meurtrier de vingt-quatre jeunes beautés issues de toutes les couches sociales, fut personnellement et solennellement excommunié par l'évêque du haut de toutes les chaires de la ville, y compris celle de Notre-Dame-du-Puy, et l'excommunication fut de surcroît placardée dans toutes les églises.

Le résultat fut foudroyant. Les meurtres cessèrent du jour au lendemain. Octobre et novembre s'écoulèrent sans qu'il y eût un seul cadavre. Début décembre, on rapporta qu'à Grenoble sévissait depuis peu un tueur de jeunes filles qui étranglait ses victimes, mettant leurs vêtements en lambeaux et leur arrachant les cheveux par poignées. Et quoique ces crimes de malotru ne concordassent point avec les meurtres soigneux commis à Grasse, tout le monde fut convaincu qu'il s'agissait d'un seul et même assassin. Les habitants de Grasse se signèrent par trois fois tant ils furent soulagés que la brute ne se déchaînât plus chez eux, mais à sept jours de là, dans la lointaine Grenoble. Ils organisèrent une retraite aux flambeaux en l'honneur de l'évêque, et une grande messe d'actions de grâces le 24 décembre. A l'occasion du premier janvier 1766, on assouplit les mesures de sécurité qu'on avait précédemment renforcées et l'on supprima le couvre-feu instauré pour les femmes. Avec une incroyable rapidité, la vie publique et privée redevint normale. La peur s'était comme envolée, personne ne parlait plus de l'horreur qui régnait quelques mois plus tôt sur la ville et la campagne. On n'en parlait même plus dans les familles des victimes. On eût cru que la parole épiscopale avait expulsé non seulement l'assassin, mais tout souvenir de lui. Et c'est ce qui convenait aux gens.

Il n'y avait que ceux qui avaient une fille atteignant l'âge critique : ils continuaient à ne pas aimer la laisser sans surveillance, à redouter le crépuscule et, le matin, à être tout heureux de la retrouver fraîche et dispose — sans à vrai dire s'avouer clairement pourquoi.

41

Il y avait un homme dans Grasse qui ne se fiait pas à cette paix revenue. Il s'appelait Antoine Richis, avait la charge de deuxième consul et habitait une belle demeure au début de la rue Droite.

Richis était veuf et avait une fille nommée Laure. Bien qu'il n'eût pas quarante ans et qu'il eût toute sa vitalité, il ne pensait pas se remarier avant quelque temps. Il entendait d'abord marier sa fille. Et la marier non pas au premier venu, mais à un homme de qualité. Il y avait un certain baron de Bouyon, qui possédait un fils et un fief près de Vence, une bonne réputation et des finances désastreuses : Richis et lui s'étaient déjà mis d'accord sur le futur mariage de leurs enfants. Une fois Laure casée, il songerait lui-même à trouver un parti du côté de maisons vénérables comme les Drée, les Maubert ou les Fontmichel : non qu'il fût arrogant et prétendît à tout prix mettre une noble dans son lit, mais il entendait fonder une dynastie et mettre sa postérité sur une voie qui menât à la plus haute considération sociale et à l'influence politique. Pour cela, il lui fallait encore au moins deux fils, dont l'un reprendrait son affaire, tandis que l'autre, en passant par une carrière juridique et par le parlement d'Aix, parviendrait à se faire anoblir. Mais étant donné sa condition, il ne pouvait caresser de telles ambitions avec quelque chance de succès que si lui et sa famille s'alliaient étroitement à la noblesse provençale.

Ce qui lui donnait quelque droit de forger des plans aussi ambitieux, c'était sa fabuleuse richesse. Antoine Richis était de très loin le bourgeois le plus fortuné de tout le pays. Il possédait des propriétés terriennes non seulement dans la région de Grasse, où il cultivait l'oranger, l'olivier, le froment et le chanvre, mais aussi près de Vence et du côté d'Antibes, où il avait des métayers. Il possédait des immeubles à Aix, des maisons à la campagne, des parts sur des navires commerçant avec les Indes, un comptoir permanent à Gênes, et le plus grand entrepôt de France pour la parfumerie, les épices, les huiles et les cuirs.

Pourtant, ce que Richis possédait de plus précieux, c'était sa fille. Elle était son unique enfant, elle venait juste d'avoir seize ans, elle avait les cheveux d'un roux profond et les yeux verts. Son visage était si ravissant que les visiteurs de tout âge et de tout sexe en étaient immédiatement pétrifiés et ne pouvaient plus en détacher leur regard, léchant littéralement son visage des yeux, comme s'ils avaient léché de la glace avec leur langue, et avec l'expression d'abandon stupide qui caractérise ce genre d'activités buccales. Quand il regardait sa fille, Richis lui-même se surprenait (pour un temps indéterminé, un quart d'heure, une demi-heure peut-être) à oublier le monde et, du même coup, ses affaires, ce qui par ailleurs ne lui arrivait même pas en dormant ; et il s'abîmait complètement dans la contemplation de cette merveilleuse fille, et après coup était incapable de dire ce qu'il venait de faire. Et depuis peu (il l'avait noté avec quelque malaise), le soir quand il l'accompagnait jusqu'à son lit, ou le matin quand il venait la réveiller et qu'elle dormait encore, jetée sur son lit comme par la main d'un dieu, et que le drapé de sa chemise dessinait ses hanches et ses seins, et que, de la région du sein, de l'aisselle, du coude et l'avant-bras lisse où elle avait niché son visage, montait son souffle calme et chaud... Voilà que Richis sentait son estomac se nouer atrocement, et sa gorge se serrer, et il avalait sa salive et, par Dieu ! se maudissait d'être le père de cette femme, et non un inconnu, un homme quelconque, devant qui elle serait couchée comme maintenant devant lui et qui sans scrupules pourrait se coucher contre elle, sur elle, en elle, avec tout son désir. Et il ruisselait de sueur et ses membres tremblaient, tandis qu'il étranglait en lui cette envie atroce et qu'il se penchait vers elle pour l'éveiller d'un chaste baiser paternel.

L'année passée, à l'époque des meurtres, il n'avait pas encore ce genre d'accès fâcheux. La séduction qu'exerçait alors sur lui sa fille était — du moins lui semblait-il — encore celle d'une enfant. Et c'est d'ailleurs pourquoi il n'avait jamais sérieusement redouté que Laure pût être la victime d'un meurtrier dont on savait qu'il ne s'en prenait ni aux enfants ni aux femmes, mais exclusivement à des jeunes filles pubères et vierges. Certes, il avait renforcé la garde de la maison, fait poser de nouvelles grilles aux fenêtres de l'étage et ordonné à la femme de chambre de dormir dans la même pièce que Laure. Mais il avait répugné à l'expédier au loin, comme ses pairs l'avaient fait de leurs filles, voire de leurs familles entières. Il trouvait cette attitude méprisable et indigne d'un membre du conseil et d'un deuxième consul, qui devait à son sens donner à ses concitoyens l'exemple du calme, du courage et de la fermeté. Au demeurant, il n'était pas homme à se laisser dicter ses décisions par autrui, ni par une foule paniquée, ni moins encore par quelque crapule anonyme comme ce criminel. Aussi, pendant la période terrible, avait-il été l'un des rares dans la ville à être cuirassé contre la fièvre de l'angoisse et à garder la tête froide. Mais, curieusement, voilà qu'à présent cela changeait. Tandis que les gens, à l'extérieur, faisaient comme s'ils avaient déjà pendu le meurtrier, fêtaient la fin de ses méfaits et oubliaient rapidement la période fatale, l'angoisse envahissait maintenant le cœur de Richis comme un vilain poison. Longtemps, il ne voulut pas s'avouer que c'était cette angoisse qui l'incitait à remettre des voyages qu'il aurait pourtant dû déjà avoir faits, à ne sortir de chez lui qu'à contrecœur, à abréger visites et réunions pour rentrer le plus vite possible. Il prétextait envers lui-même des malaises et le surmenage, et s'avouait bien aussi qu'il était un peu soucieux, comme l'est après tout n'importe quel père qui a une fille en âge d'être mariée, c'était un souci tout à fait normal... La renommée de sa beauté ne s'était-elle pas déjà répandue à l'extérieur ? Est-ce que les gens ne se tordaient pas le cou pour la voir, quand on allait avec elle à la messe du dimanche ? Est-ce que certains messieurs du conseil ne faisaient pas déjà des avances, en leur nom et en celui de leurs fils !...

42

Mais voici qu'un jour de mars Richis était assis au salon et vit Laure sortir dans le jardin. Elle portait une robe bleue, sur laquelle retombait sa chevelure rousse, flamboyant au soleil : il ne l'avait jamais vue aussi belle. Elle disparut derrière une haie. Et elle mit peut-être deux secondes de trop, le temps de deux battements de cœur, avant de réapparaître : Richis éprouva une frayeur mortelle, car pendant ces deux battements de cœur, il avait cru l'avoir perdue à jamais.

La nuit même, il se réveilla d'un rêve affreux dont il ne put se rappeler le contenu, mais qui concernait Laure ; et il se précipita dans sa chambre, persuadé qu'elle était morte, qu'il allait la trouver sur son lit assassinée, violée et rasée... et il la découvrit intacte.

Il regagna sa propre chambre, trempé de sueur et frémissant d'émotion ; non, pas d'émotion, mais de peur ; il s'avoua enfin que c'était la peur pure et simple qui l'avait pris à la gorge, et cet aveu lui fit recouvrer son calme et sa lucidité. S'il était sincère, il n'avait jamais cru à l'efficacité de l'excommunication par l'évêque ; il ne croyait pas non plus que le meurtrier se trouvât maintenant à Grenoble ; ni d'ailleurs qu'il eût quitté la ville. Non, il vivait encore ici, au milieu des Grassois, et à un moment ou à un autre, il frapperait à nouveau. En août et en septembre, Richis avait vu quelques-unes des jeunes filles assassinées. Le spectacle l'avait terrifié et en même temps, il devait se l'avouer, fasciné, car elles étaient toutes, et chacune d'une façon bien particulière, d'une beauté exquise. Jamais il n'aurait cru qu'il y avait à Grasse tant de beautés inconnues. Ce meurtrier lui avait ouvert les yeux. Ce meurtrier avait un goût parfait. Et il avait une démarche systématique. Non seulement tous les meurtres étaient perpétrés de la même manière soigneuse, mais le choix des victimes trahissait aussi une volonté de planification quasi économique. Certes, Richis ignorait *ce que* le meurtrier voulait effectivement de ses victimes, car il ne pouvait pas leur avoir pris ce qu'elles avaient de mieux, leur beauté et le charme de leur jeunesse... à moins que si ? En tout cas, si absurde que cela parût, le meurtrier ne lui semblait pas être un esprit destructeur, mais au contraire un collectionneur méticuleux. Car effectivement (songeait Richis), si l'on se figurait toutes ces victimes non pas comme des individualités prises une à une, mais comme des éléments participant à un principe supérieur, et si l'on imaginait idéalement leurs qualités respectives fondues dans un ensemble cohérent, la mosaïque constituée par une telle juxtaposition serait nécessairement l'image même de la beauté, et la séduction qui en émanerait ne serait plus d'ordre humain, mais divin. (Nous voyons que Richis était un esprit des Lumières, qui ne reculait pas devant des déductions blasphématoires, et que, raisonnant selon des catégories visuelles et non olfactives, il était pourtant tout près de la vérité.)

Or, en admettant (songeait Richis, poursuivant son raisonnement) que le meurtrier fût un tel collectionneur de beauté et qu'il travaillât à composer la beauté parfaite, même si ce n'était que dans l'imagination de son cerveau malade ; en admettant ensuite que c'était un homme d'un goût sublime et d'une parfaite méthode, comme il semblait effectivement, eh bien, il était alors impensable qu'il prive sa composition de l'élément le plus précieux qu'il pouvait trouver sur terre : la beauté de Laure. Toutes les tâches meurtrières qu'il avait accomplies jusque-là n'auraient pas de valeur sans elle. Elle était la clef de voûte de son édifice.

Richis, tandis qu'il se livrait à cette épouvantable déduction, était assis en chemise de nuit sur son lit et il s'étonna d'avoir à ce point recouvré son calme. Il ne frissonnait plus de froid, ne tremblait plus. La peur vague qui le tourmentait depuis des semaines avait disparu, faisant place à la conscience d'un danger concret : les projets et les efforts du meurtrier visaient manifestement Laure, depuis le début. Tous les autres meurtres n'étaient qu'accessoires, par rapport à ce dernier meurtre, qui viendrait les couronner. Certes, le but matériel des meurtres restait obscur, il n'était pas même clair qu'ils en eussent un. Mais l'essentiel, à savoir la méthode systématique du meurtrier et son mobile idéal, Richis l'avait percé à jour. Et plus il y réfléchissait, plus ces deux idées lui plaisaient ; et son respect pour le meurtrier augmentait également — respect qui, à vrai dire, rejaillissait aussitôt sur lui-même comme d'un miroir bien clair. Car après tout, c'était lui, Richis, qui avait deviné la démarche de l'adversaire grâce à son subtil esprit d'analyse.

Si lui-même, Richis, avait été un meurtrier, et avait possédé les mêmes idées passionnées que ce meurtrier, il ne s'y serait pas pris différemment, et comme lui il mettrait tout en œuvre pour couronner son travail de dément par le meurtre de Laure, cette créature splendide et unique.

Cette dernière idée lui plut tout particulièrement. D'être ainsi capable de se mettre en pensée à la place du futur meurtrier de sa fille, cela le rendait en effet infiniment supérieur à ce meurtrier. Car le meurtrier, c'était bien clair, n'était pas capable en dépit de toute son intelligence, de se mettre à la place de Richis — ne fût-ce que parce qu'il ne pouvait pas soupçonner que Richis s'était depuis longtemps mis à la sienne. Au fond, ce n'était pas différent des affaires — *mutatis mutandis,* bien entendu. On était plus fort qu'un concurrent dès qu'on avait deviné ses intentions ; on ne se laissait plus flouer par lui ; pas quand on s'appelait Antoine Richis, qu'on avait roulé sa bosse et qu'on avait un tempérament de lutteur. Après tout, la plus grande affaire de parfumerie de France, sa fortune et sa charge de deuxième consul ne lui étaient pas échues telles quelles par la grâce de Dieu, il les avait conquises de haute lutte, à coups de défis et de ruses, en discernant les dangers en temps voulu, en devinant astucieusement les plans de ses concurrents et en abattant des atouts contre ses adversaires. Et ses buts futurs, le pouvoir et l'anoblissement pour ses descendants, il les atteindrait de la même façon. Et c'est aussi de cette façon qu'il allait contrecarrer les plans de ce meurtrier, son concurrent pour la possession de Laure — et ne serait-ce que parce que Laure était aussi la clef de voûte de son édifice à lui, Richis, l'édifice que constituaient ses propres plans. Il aimait sa fille, certes ; mais aussi il en avait besoin. Et ce dont il avait besoin pour réaliser ses ambitions les plus hautes, il ne laisserait personne le lui dérober, il s'y cramponnerait du bec et des ongles.

A présent, il se sentait mieux. Maintenant que ces réflexions nocturnes concernant la lutte contre le démon, il était parvenu à les ramener sur le plan d'un affrontement entre hommes d'affaires, il se sentait envahi d'un courage tout neuf, et même d'allégresse. Envolée, la dernière trace de peur ; disparu, ce sentiment d'irrésolution et de préoccupation morose ; balayé, ce brouillard de pressentiments lugubres, où il tournait en rond à tâtons depuis des semaines. Il se retrouvait sur un terrain familier et se sentait de taille à relever n'importe quel défi.

43

C'est avec soulagement et presque avec bonne humeur qu'il sauta à bas de son lit, tira le cordon de la sonnette et, quand son valet entra, titubant de sommeil, lui ordonna d'apprêter les bagages et des provisions de route, car il entendait partir pour Grenoble au lever du jour en compagnie de sa fille. Puis il s'habilla et fit lever en fanfare le reste du personnel.

Une grande agitation s'empara donc, en pleine nuit, de la maison de la rue Droite. Les foyers flambaient dans les cuisines, les servantes surexcitées filaient dans les couloirs, le valet grimpait et dévalait les escaliers, dans les caves on entendait tinter le trousseau de clefs du magasinier, dans la cour les flambeaux jetaient leurs lueurs, les palefreniers couraient chercher les chevaux, d'autres tiraient des mulets de leur écurie, on harnachait et on sellait, on courait et on chargeait... On aurait pu croire que les hordes austro-sardes envahissaient le pays, pillant et brûlant tout sur leur passage, comme en l'an 1746, et que le maître de maison s'apprêtait à fuir dans la panique et la précipitation. Mais nullement ! Aussi olympien qu'un maréchal de France, le maître de maison était assis au pupitre de son comptoir, buvait son café au lait et donnait ses consignes aux domestiques qui défilaient au pas de course. Dans le même temps, il rédigeait des lettres à l'adresse du maire et premier consul, de son notaire, de son avocat, de son banquier à Marseille, du baron de Bouyon et de divers fournisseurs et clients.

Vers six heures du matin, il en avait terminé avec cette correspondance et avait pris toutes les dispositions nécessaires à ses plans. Il mit dans ses poches deux petits pistolets de voyage, se ceignit de la ceinture où était son argent et referma à clef son pupitre. Puis il alla éveiller sa fille.

A huit heures, la petite caravane s'ébranla. Richis chevauchait en tête, magnifique à voir dans un habit bordeaux aux lisérés d'or, avec une redingote noire et un feutre noir crânement orné d'un plumet. Venait ensuite sa fille, plus modestement vêtue, mais d'une beauté si radieuse que la foule, dans la rue et aux fenêtres, n'avait d'yeux que pour elle et laissait échapper des cris d'admiration dévote, tandis que les hommes se découvraient : apparemment devant le deuxième consul, mais en réalité devant elle et son allure de reine. Puis venait la femme de chambre, qu'on remarquait à peine, puis le valet de Richis avec deux chevaux de somme (l'emploi d'une voiture étant contre-indiqué, vu l'état notoirement déplorable de la route de Grenoble) ; fermaient enfin la marche une douzaine de mulets chargés de toutes sortes de bagages et conduits par deux palefreniers. A la porte du Cours, les sentinelles présentèrent les armes, et ne les reposèrent que quand le dernier mulet eut fini de passer en trottinant. Des enfants couraient derrière, qui suivirent un bon moment, puis firent adieu de la main à cette troupe qui s'éloigna lentement sur le chemin abrupt et sinueux qui gravissait la montagne.

Le départ d'Antoine Richis et de sa fille fit sur les gens une impression étrangement profonde. Ils eurent le sentiment d'avoir assisté à une cérémonie archaïque de sacrifice. Le bruit s'était répandu que Richis partait pour Grenoble : pour la ville, donc, où sévissait à présent ce monstre qui tuait les jeunes filles. Les gens ne savaient qu'en penser. Etait-ce criminelle légèreté, de la part de Richis, ou admirable courage ? Voulait-il défier les dieux, ou les apaiser ? Très vaguement, ils pressentaient qu'ils venaient de voir la belle jeune fille aux cheveux roux pour la dernière fois. Ils pressentaient que Laure Richis était perdue.

Ce pressentiment allait se révéler juste, bien qu'il fût fondé sur des hypothèses complètement fausses. Car Richis n'allait nullement à Grenoble. Ce départ en grande pompe n'était qu'une feinte. A une lieue et demie au nord-ouest de Grasse, à proximité du village de Saint-Vallier, il fit stopper le convoi. Il remit à son valet des pouvoirs et des lettres de recommandation et lui ordonna d'emmener seul jusqu'à Grenoble mulets et palefreniers.

Pour sa part, avec Laure et la femme de chambre, il piqua sur Cabris, où il fit une pause pour midi, puis il prit vers le sud à travers la montagne du Tanneron. Le chemin était extrêmement ardu, mais il permettait de faire un grand détour pour l'ouest autour de Grasse et de son bassin, et d'atteindre la côte dans la soirée, sans être vu... Le lendemain — tel était le plan de Richis — il se ferait conduire avec Laure jusqu'aux îles de Lérins, sur la plus petite desquelles se trouvait le couvent bien fortifié de Saint-Honorat. Il était géré par une poignée de moines âgés, mais qui étaient encore très capables de se défendre et que Richis connaissait bien, car cela faisait des années qu'il achetait et écoulait tout ce que le couvent produisait : liqueur d'eucalyptus, pignons et huile de cyprès. Et c'est précisément là, dans ce couvent de Saint-Honorat, qui était sans doute l'endroit le plus sûr de toute la Provence après le château d'If et la prison royale de l'île Sainte-Marguerite, que Richis voulait d'abord mettre sa fille à l'abri. Lui repasserait immédiatement sur le continent et, évitant cette fois Grasse par l'est via Antibes et Cagnes, il pourrait être à Vence dans la soirée du même jour. Il y avait déjà donné rendez-vous à son notaire, afin d'y passer un accord avec le baron de Bouyon sur le mariage de leurs enfants Laure et Alphonse. Il ferait à Bouyon une offre que celui-ci ne pourrait refuser : prise en charge de ses dettes jusqu'à concurrence de quarante mille livres, dot du même montant, assortie de diverses métairies et d'un moulin à huile près de Maganosc, plus une rente annuelle de trois mille livres pour le jeune couple. L'unique condition posée par Richis, ce serait que les noces soient célébrées dans un délai de dix jours et que le mariage soit immédiatement consommé, et que les jeunes mariés s'installent aussitôt à Vence.

Richis savait qu'en pressant ainsi les choses il faisait monter de façon tout à fait disproportionnée le prix de l'alliance entre sa maison et la maison de Bouyon. S'il avait attendu davantage, il l'aurait eue à meilleur compte. C'est le baron qui aurait mendié la permission d'élever dans l'échelle sociale, par l'intermédiaire de son fils, la fille du gros négociant roturier, car la renommée de la beauté de Laure aurait encore grandi, tout comme la fortune de Richis et la débâcle financière de Bouyon. Mais tant pis ! Ce n'était pas le baron qui était son adversaire dans cette affaire, c'était le célèbre meurtrier. C'est lui qu'il s'agissait de contrer. Une femme mariée, déflorée et éventuellement déjà enceinte, n'avait plus sa place dans sa galerie d'objets rares. La dernière pierre de la mosaïque serait dévalorisée, Laure perdrait tout intérêt pour le meurtrier, son ouvrage serait un échec. Et cette défaite, il faudrait qu'il la sente passer ! Richis allait faire célébrer les noces à Grasse, en grande pompe et publiquement. Il ne connaissait pas son adversaire et ne le connaîtrait jamais, mais il goûterait tout de même le plaisir de savoir que celui-ci assisterait à l'événement et serait obligé de voir de ses propres yeux lui passer sous le nez ce qu'il désirait le plus au monde.

Le plan était astucieusement combiné. Et de nouveau nous sommes obligés d'admirer la perspicacité qui amenait Richis à deux doigts de la vérité. Car effectivement, si le fils du baron de Bouyon prenait pour femme Laure Richis, cela constituait une défaite écrasante pour le meurtrier de Grasse. Mais ce plan n'était pas encore exécuté. Richis n'avait pas encore mis sa fille sous le voile qui la sauverait. Il ne l'avait pas encore amenée jusqu'au couvent bien gardé de Saint-Honorat. Les trois cavaliers en étaient encore à se frayer un chemin à travers la montagne inhospitalière du Tanneron. Parfois, les chemins étaient si mauvais qu'on devait descendre de cheval. Tout cela allait très lentement. Ils espéraient atteindre la mer vers le soir, à La Napoule, une petite localité à l'ouest de Cannes.

44

Au moment où Laure Richis quittait Grasse avec son père, Grenouille se trouvait à l'autre bout de la ville, dans l'atelier Arnulfi, et macérait des jonquilles. Il était seul, et il était de bonne humeur. Son séjour à Grasse tirait à sa fin. Le jour du triomphe était proche. Là-bas, dans la cabane, étaient rangés dans un coffret doublé d'ouate vingt-quatre minuscules flacons contenant en quelques gouttes les auras de vingt-quatre jeunes filles vierges : précieuses essences que Grenouille avait obtenues au cours de l'année précédente par enfleurage à froid des corps, macération des cheveux et des vêtements, lavage et distillation. Et la vingt-cinquième, la plus exquise et la plus importante, il allait aller la cueillir le jour même. En vue de cette dernière prise, il avait déjà préparé un creuset plein d'une graisse maintes fois épurée, une étoffe du lin le plus fin et une bonbonne d'un alcool extrêmement rectifié. Le terrain avait été sondé de la façon la plus précise. C'était la nouvelle lune.

Il savait que cela n'aurait pas de sens de prétendre s'introduire par effraction dans la demeure bien gardée de la rue Droite. Aussi voulait-il s'y faufiler à la tombée du crépuscule, avant qu'on ferme les portes cochères, et se dissimuler dans quelque recoin de la maison, à l'abri de cette absence d'odeur qui le rendait aussi invisible qu'un bonnet magique, tant pour les hommes que pour les bêtes. Plus tard, quand tout dormirait, il monterait, guidé par la boussole de son nez, jusqu'à la chambre de sa merveille. Il lui appliquerait sur place le linge imprégné de graisse. Il n'emporterait, comme d'habitude, que les cheveux et les vêtements, car ces parties pouvaient se laver directement à l'esprit-de-vin, ce qu'il était plus commode de faire à l'atelier. Pour finir de traiter la pommade et pour obtenir le concentré par distillation, il prévoyait une seconde nuit. Et si tout se passait bien (et il n'avait aucune raison de douter que tout se passerait bien), il serait après-demain en possession de toutes les essences qui donneraient le meilleur parfum du monde, et il quitterait Grasse en étant l'homme de toute la terre qui aurait l'odeur la plus suave.

Vers midi, il en eut terminé avec ses jonquilles. Il éteignit le feu, recouvrit le chaudron plein de graisse, puis alla prendre le frais devant l'atelier. Le vent soufflait de l'ouest.

A la première bouffée d'air qu'il respira, il remarqua que quelque chose n'allait pas. L'atmosphère n'était pas normale. Dans la robe olfactive de la ville, dans son tissu fait de milliers de fils, il manquait le fil d'or. Au cours des dernières semaines, ce fil odorant était devenu si fort que Grenouille l'avait nettement perçu même par-dessus la ville, depuis sa cabane. Voilà qu'il n'était plus là, il avait disparu ; même en reniflant intensément, impossible de le retrouver. Grenouille fut comme paralysé d'effroi.

Elle est morte, pensa-t-il. Puis, plus affreux encore : un autre m'a devancé. Un autre a effeuillé ma fleur et mis la main sur son parfum ! Il ne put pas pousser de cri, il était trop secoué ; mais il put pleurer, des larmes qui gonflèrent les coins de ses yeux et ruisselèrent soudain des deux côtés de son nez.

Puis Druot rentra des Quatre Dauphins pour le repas de midi et raconta, en passant, qu'au petit matin le deuxième consul était parti pour Grenoble avec douze mulets et sa fille. Grenouille ravala ses larmes et partit en courant à travers la ville, jusqu'à la porte du Cours. Il s'arrêta sur la place qui était devant, et renifla. Et dans le vent encore exempt des odeurs de la ville qui arrivait de l'ouest, il retrouva effectivement son fil d'or, ténu et faible, certes, mais reconnaissable entre mille. A vrai dire, pourtant, le parfum adoré ne venait pas du nord-ouest, du côté de la route de Grenoble, mais plutôt de la direction de Cabris, sinon même du sud-ouest.

Grenouille demanda à la sentinelle quelle route avait prise le deuxième consul. L'homme tendit le doigt vers le nord.

« Pas la route de Cabris ? Ou bien l'autre, au sud, vers Auribeau et La Napoule ?

— Sûrement pas, dit la sentinelle, je l'ai vu de mes propres yeux. »

Grenouille, toujours courant, retraversa la ville jusqu'à sa cabane, mit dans son sac de voyage l'étoffe de lin, le pot de pommade, la spatule, les ciseaux et une petite matraque lisse en bois d'olivier, et se mit immédiatement en route : non pas en direction de Grenoble, mais dans la direction que lui indiquait son nez : vers le sud.

Le chemin qu'il prit était le chemin direct vers La Napoule, qui suivait les contreforts du Tanneron, en passant par les vallées de la Frayère et de la Siagne. On y marchait facilement. Grenouille avançait vite. Quand Auribeau apparut sur sa droite, accroché en haut des coteaux, il sentit à l'odeur qu'il avait presque comblé son retard sur les fugitifs. Peu après, il était à leur hauteur. Il les sentait à présent un par un, il sentait même l'écume de leurs chevaux. Ils ne pouvaient être, tout au plus, qu'à une demi-lieue à l'ouest, quelque part dans les forêts du Tanneron. Ils marchaient vers le sud, en direction de la mer. Exactement comme lui.

Vers cinq heures de l'après-midi, Grenouille atteignit La Napoule. Il entra dans l'auberge, y mangea et demanda un gîte peu coûteux. Il dit qu'il était un compagnon-tanneur, qu'il venait de Nice et se rendait à Marseille. On lui dit qu'il pouvait dormir dans l'écurie. Il s'y coucha dans un coin et se reposa. Il sentit que les trois cavaliers approchaient. Il n'avait plus qu'à attendre.

Deux heures plus tard (le jour était déjà très bas), ils arrivèrent. Pour préserver leur incognito, ils avaient changé de vêtements. Les deux femmes portaient maintenant des robes sombres et des voiles, Richis un habit noir. Il se donna pour un gentilhomme venant de Castellane et dit qu'il voulait se faire emmener le lendemain aux îles de Lérins, l'aubergiste devait lui retenir un bateau qui se tînt prêt au lever du soleil. Il s'enquit s'il y avait d'autres clients, à part lui et ses gens. L'aubergiste répondit que non, à part un compagnon-tanneur de Nice, qui couchait à l'écurie.

Richis fit monter les femmes dans leurs chambres. Lui-même alla à l'écurie, sous prétexte qu'il avait laissé quelque chose dans ses fontes. Il ne trouva pas tout de suite le compagnon-tanneur, il fallut que le palefrenier lui donnât une lanterne. Alors il le vit, couché dans un coin sur la paille avec une vieille couverture, la tête appuyée contre son sac, dormant profondément. Il payait si peu de mine que Richis eut un instant l'impression qu'il n'existait pas vraiment, que ce n'était qu'une illusion, provoquée par les ombres que faisait danser la lanterne. En tout cas, il fut aussitôt évident pour Richis que cet être inoffensif au point d'en être touchant ne pouvait présenter le moindre danger ; et il s'éloigna sans faire de bruit, pour ne pas troubler son sommeil, et rentra dans l'auberge.

Il prit son souper en compagnie de sa fille, dans sa chambre. Il ne lui avait pas révélé la destination ni le but de cet étrange voyage, quoiqu'elle l'en eût prié. Il lui dit qu'il la mettrait dans la confidence le lendemain et qu'elle pouvait lui faire confiance : tous ces déplacements et ces projets serviraient au mieux ses intérêts et son bonheur.

Après le repas, ils firent quelques parties d'hombre, qu'il perdit toutes, parce qu'au lieu de ses cartes il regardait son visage, pour se délecter de sa beauté. Vers neuf heures, il l'accompagna jusqu'à sa chambre, qui était en face de la sienne, lui souhaita bonne nuit en l'embrassant et ferma sa porte à clef de l'extérieur. Puis il alla lui-même se coucher.

Il se sentit d'un coup très éprouvé par les fatigues de la journée et de la nuit précédente, et en même temps très content de lui et du déroulement de l'affaire. Sans la moindre pensée soucieuse, sans pressentiment sinistre comme ceux qui jusqu'à hier régulièrement le tourmentaient et le tenaient éveillé dès qu'il éteignait sa lampe. Il s'endormit aussitôt et dormit sans faire de rêves, sans gémir, sans s'agiter convulsivement ni se retourner nerveusement dans tous les sens. Pour la première fois depuis bien longtemps, Richis eut un sommeil profond, calme et réparateur.

A la même heure, Grenouille, dans l'écurie, se levait de sa couche. Lui aussi était content de lui et du déroulement de l'affaire, et il se sentait extrêmement frais, bien qu'il n'eût pas dormi une seconde. Quand Richis était venu dans l'écurie pour le voir, il avait fait semblant de dormir, pour rendre plus frappant encore l'air inoffensif que lui conférait déjà en lui-même son parfum de banalité. Si Richis l'avait mal jaugé, lui en revanche avait très précisément jaugé Richis, à savoir avec son nez, et le soulagement de Richis à son égard ne lui avait nullement échappé.

Ainsi, lors de leur brève rencontre, ils s'étaient mutuellement convaincus d'être inoffensifs, à tort ou à raison ; et c'était bien ainsi, trouva Grenouille, car cette allure inoffensive, feinte chez lui et sincère chez Richis, facilitait bien les choses à Grenouille : et c'est une manière de voir que Richis aurait tout à fait partagée, dans le cas inverse.

45

C'est avec l'allure posée du professionnel que Grenouille se mit au travail. Il ouvrit le sac de voyage, en
tira le tissu de lin, la pommade et la spatule, déploya
le linge sur la couverture où il s'était étendu, et
commença à l'enduire de pâte grasse. C'était un travail qui demandait du temps, car il importait que la
couche de graisse fût plus épaisse à certains endroits
et plus mince à d'autres, selon la partie du corps avec
laquelle elle serait en contact. La bouche et les aisselles, les seins, le sexe et les pieds fourniraient plus
d'éléments odorants que par exemple les tibias, le
dos ou les coudes ; les paumes des mains, plus que
leur dos ; les sourcils, plus que les paupières, etc., il
fallait donc les doter plus généreusement de graisse.
Grenouille modela donc sur le linge une sorte de
diagramme olfactif du corps à traiter, et cette partie
du travail était en vérité la plus satisfaisante, car il
s'agissait d'une technique artistique mettant en jeu à
parts égales les sens, l'imagination et les mains, tout
en anticipant de surcroît, idéalement, sur la jouissance que procurerait le résultat final.

Lorsqu'il eut épuisé le petit pot de pommade, il
apporta encore au tableau quelques retouches épar-
ses, enlevant du gras à tel endroit du linge pour
l'ajouter ailleurs, retouchant et vérifiant encore ce
paysage modelé dans la graisse — avec le nez, du
reste, et non avec les yeux, car tout ce travail s'effec-
tuait dans l'obscurité totale, ce qui était peut-être
une raison de plus pour que Grenouille fût de cette
humeur sereinement joyeuse. Dans cette nuit de la
nouvelle lune, rien ne venait le distraire. Le monde
n'était rien qu'odeur, et un petit bruit de ressac qui
venait de la mer. Il était dans son élément. Puis il
replia le linge comme une tapisserie, de telle sorte
que les parties enduites fussent face à face. C'était
pour lui une opération douloureuse, car il savait

bien qu'en dépit de toutes ces précautions, certains contours marqués allaient ainsi s'aplatir et se déformer. Mais il n'y avait pas d'autre possibilité pour transporter le linge. Après l'avoir plié assez pour pouvoir le porter posé sur son avant-bras sans trop d'embarras, il mit dans ses poches la spatule, les ciseaux et la petite matraque en olivier, et il se glissa furtivement au-dehors.

Le ciel était couvert. Dans l'auberge, il n'y avait plus une lumière. La seule étincelle, dans cette nuit d'encre, jaillissait à l'est, sur le phare de l'île Sainte-Marguerite, à plus d'une lieue : minuscule épingle de lumière dans une étoffe aile de corbeau. De la baie montait une légère brise fleurant le poisson. Les chiens dormaient.

Grenouille alla jusqu'à la dernière lucarne de la grange, contre laquelle une échelle était dressée, qu'il souleva et emporta droite, en équilibre, en coinçant trois barreaux sous son bras droit libre et en la calant contre son épaule ; il traversa ainsi la cour jusque sous la fenêtre de la jeune fille. La fenêtre était entrouverte. En gravissant l'échelle avec autant d'aisance qu'un escalier, il se félicita de pouvoir récolter le parfum de la jeune fille ici, à La Napoule. A Grasse, avec des fenêtres grillagées et une maison jalousement surveillée, tout aurait été beaucoup plus difficile. Ici, elle dormait seule. Il n'aurait même pas à neutraliser la femme de chambre.

Il repoussa le battant de la fenêtre, se glissa dans la chambre et se déchargea du linge. Puis il se tourna vers le lit. C'était le parfum de ses cheveux qui dominait, car elle était couchée sur le ventre et son visage, entouré par son bras replié, était enfoui dans l'oreiller, si bien que sa nuque s'offrait de manière véritablement idéale à la matraque.

Le bruit du coup fut sourd et accompagné d'un crissement. Grenouille détesta ce bruit. Ne fût-ce que parce que c'était un bruit, un bruit au milieu d'une tâche par ailleurs silencieuse. Il dut serrer les dents pour supporter ce bruit répugnant, et quand ce fut fini, il resta encore un moment raide et contracté, la main crispée sur la matraque, comme s'il craignait que le bruit fût renvoyé par quelque écho. Mais le bruit ne revint pas, c'est le silence qui revint dans la chambre, et même un silence accru, car il y manquait désormais le doux frôlement d'une respiration. Et bientôt Grenouille relâcha sa crispation (qu'on aurait peut-être pu interpréter aussi comme une attitude de respect ou une sorte de minute de silence un peu raide) et son corps retrouva lentement sa souplesse.

Il rangea la matraque et ne fut plus dorénavant habité que par un affairement assidu. En premier lieu, il déploya le linge d'enfleurage et l'étala souplement, l'envers en dessous, sur la table et des chaises, en veillant à ce que le côté gras ne touche rien. Puis il rabattit le dessus-de-lit. Le magnifique parfum de la jeune fille, libéré soudain dans une bouffée chaude et puissante, ne l'émut pas. Car enfin il le connaissait, et il n'en jouirait, n'en jouirait jusqu'à l'ivresse, que plus tard, une fois qu'il le posséderait vraiment. Pour l'instant il s'agissait d'en capter le plus possible, d'en répandre le moins possible à côté : pour l'instant, il fallait se concentrer et faire vite.

A coups de ciseaux rapides, il fendit la chemise de nuit et la lui ôta, saisit le linge enduit de graisse et en recouvrit son corps nu. Puis il la souleva, fit passer le linge sous elle, l'y enroula comme un pâtissier refermant un chausson, replia les extrémités, l'enveloppant depuis les orteils jusqu'au front. Seule la chevelure dépassait encore de cette gangue de momie. Il la coupa au ras du cuir chevelu et l'emballa dans la chemise de nuit, qu'il ficela en un paquet. Enfin il rabattit un coin libre du linge sur le crâne rasé et en lissa l'extrémité, qu'il tapota délicatement du bout des doigts pour qu'elle adhère bien. Il vérifia l'ensemble de cet emballage. Aucune fente, aucun petit trou, aucun petit pli béant ne pouvait laisser échapper le parfum de la jeune fille. Elle était parfaitement enveloppée. Il n'y avait plus rien à faire, qu'à attendre pendant six heures, jusqu'au petit matin.

Il prit le petit fauteuil où elle avait posé ses vêtements, le porta jusqu'au lit et s'assit. La grande robe noire exhalait encore l'effluve délicat de son parfum, mêlé à l'odeur des biscuits à l'anis qu'elle avait mis dans sa poche comme provision de voyage. Il posa ses pieds sur le bord du lit, près des siens, se couvrit avec sa robe et mangea les biscuits à l'anis. Il était fatigué. Mais il ne voulait pas dormir, car cela ne se faisait pas de dormir pendant le travail, même quand ce travail ne consistait qu'à attendre. Il se souvint des nuits qu'il passait à distiller dans l'atelier de Baldini : l'alambic noir de suie, les flammes vacillantes, le petit crachotement avec lequel le condensat tombait du serpentin dans le vase florentin. De temps en temps, il fallait surveiller le feu, remettre de l'eau dans la cucurbite, changer le vase florentin, remettre d'autres plantes, les précédentes étant épuisées. Et pourtant il avait toujours eu le sentiment qu'on ne veillait pas pour se livrer à ces activités épisodiques, mais que cette veille avait son sens en elle-même. Même ici, dans cette chambre où le processus d'enfleurage s'accomplissait tout seul et où même on n'aurait fait que le troubler en vérifiant intempestivement, en retournant ou en tripotant ce paquet parfumé, même ici Grenouille avait l'impression qu'il était important qu'il fût présent et qu'il veillât. Dormir aurait mis en danger l'esprit de la réussite.

Il n'avait du reste aucune peine à rester éveillé et à attendre, en dépit de sa fatigue. Cette attente-là, il l'aimait. Il l'avait aimée aussi auprès des vingt-quatre autres jeunes filles, car ce n'était pas une attente vague et morne, pas non plus une attente impatiente et nostalgique, mais une attente qui accompagnait, qui avait un sens et qui en quelque sorte était active. Quelque chose se faisait, pendant cette attente. C'était l'essentiel qui se faisait. Il avait beau ne pas le faire lui-même, cela se faisait tout de même par lui. Il avait fait de son mieux. Il avait mis là toute son habileté d'artiste. Il ne lui avait échappé aucune faute. L'ouvrage était unique en son genre. Il serait couronné de succès... Il n'avait plus qu'à attendre quelques heures. Elle le satisfaisait profondément, cette attente. Jamais de sa vie il ne s'était senti si bien, si calme, si serein, si en accord avec lui-même — y compris naguère, dans sa montagne —, que dans ces heures de pause artisanale qu'il passait en pleine nuit près de ses victimes et où il attendait en veillant. C'étaient les seuls moments où, dans son cerveau sinistre, se formaient des pensées presque gaies.

Etrangement, ces pensées ne se tournaient pas vers l'avenir. Il ne songeait pas au parfum qu'il récolterait dans quelques heures, au parfum fait de vingt-cinq auras de jeunes filles, ni à des projets futurs, au bonheur ou au succès. Non, il se remémorait son passé. Il se rappelait les étapes de sa vie, depuis la maison de Mme Gaillard et le tas de bois humide et chaud qui était devant, jusqu'au voyage d'aujourd'hui, qui l'avait mené dans ce petit village de La Napoule, qui fleurait le poisson. Il se souvenait du tanneur Grimal, de Giuseppe Baldini, du marquis de la Taillade-Espinasse. Il se souvenait de la ville de Paris, de son haleine mauvaise, immense et aux mille nuances, il se souvenait de la jeune fille rousse de la rue des Marais, de la pleine campagne, du vent léger, des forêts. Il se rappelait aussi la montagne en Auvergne (il n'évitait nullement ce souvenir), sa caverne, l'air vide d'hommes. Il se rappelait aussi ses rêves. Et il se souvenait de toutes ces choses avec grand plaisir. Il lui semblait même, en se les remémorant ainsi, qu'il était un homme particulièrement favorisé par la chance et que son destin lui avait fait suivre des voies certes tortueuses, mais finalement judicieuses : comment eût-il été possible, autrement, qu'il ait trouvé le chemin aboutissant à cette cham-bre obscure et au but de ses désirs ? En y réfléchis-sant bien, il était vraiment un individu protégé par la Fortune !

L'émotion l'envahit, l'humilité et la gratitude.

« Je te remercie, dit-il à mi-voix, je te remercie, Jean-Baptiste Grenouille, d'être tel que tu es ! »

Tant était grande l'émotion qu'il s'inspirait à lui-même.

Puis il ferma les paupières — non pour dormir, mais pour s'abandonner tout entier à la paix de cette nuit sainte. La paix emplissait son cœur. Mais elle paraissait aussi régner tout alentour. Il flairait le sommeil paisible de la femme de chambre, à côté, le sommeil profondément satisfait d'Antoine Richis de l'autre côté du couloir ; il sentait dormir paisible-ment l'aubergiste et les valets, les chiens, les bêtes à l'écurie, le village entier et la mer. Le vent était tombé. Tout était silencieux. Rien ne troublait la paix.

A un moment, il tourna son pied sur le côté et effleura le pied de Laure. Pas vraiment son pied, mais juste le tissu qui l'enveloppait, avec en dessous une mince couche de graisse, qui s'imprégnait du parfum de la jeune fille, de ce magnifique parfum, de son parfum à lui.

46

Quand les oiseaux commencèrent à crier — donc un bon moment avant l'aurore —, il se leva et acheva son travail. Il déplia le linge et le décolla de la morte comme un emplâtre. La graisse se détachait bien de la peau. Il n'y avait que dans les recoins que quelques restes demeuraient accrochés, qu'il dut racler à la spatule. Les autres traces de pommade, il les essuya avec la propre chemise de jour de Laure, avec laquelle il frictionna finalement le corps de la tête aux pieds, si consciencieusement qu'il se formait sur la peau de petits grumeaux de sébum, emportant avec eux les dernières miettes et les dernières poussières de son parfum. Maintenant, seulement, elle était pour lui vraiment morte, fanée, pâle et molle comme des déchets de fleurs.

Il jeta la chemise dans le grand linge d'enfleurage, seul endroit où la jeune fille survivait, y joignit la chemise de nuit avec les cheveux, et roula le tout en un petit paquet serré qu'il se coinça sous le bras. Il ne prit pas la peine de recouvrir le cadavre sur le lit. Et bien que l'obscurité de la nuit fît déjà place au crépuscule gris-bleu du matin et que les objets de la chambre prissent déjà des contours, il ne jeta plus un regard sur le lit, pour la voir de ses yeux au moins une fois dans sa vie. Sa forme ne l'intéressait pas. Elle n'existait plus pour lui en tant que corps, mais uniquement comme un parfum immatériel. Et ce parfum, il l'avait sous le bras et l'emportait avec lui.

Sans bruit, il enjamba l'appui de la fenêtre et descendit l'échelle. Dehors, le vent s'était à nouveau levé, et le ciel se dégageait, versant sur le paysage une froide lumière bleu sombre.

Une demi-heure plus tard, la servante allumait le feu de la cuisine. Lorsqu'elle sortit devant la maison pour prendre du bois, elle vit l'échelle dressée, mais elle était encore trop ensommeillée pour réagir. Peu après six heures, le soleil se leva. Enorme et rouge d'or, il surgit de la mer entre les deux îles de Lérins. Il n'y avait pas un nuage. C'était une radieuse journée de printemps qui commençait.

Richis, dont la chambre donnait à l'ouest, s'éveilla à sept heures. Pour la première fois depuis des mois, il avait vraiment dormi magnifiquement et, contrairement à son habitude, il resta au lit encore un quart d'heure, s'étirant et soupirant de plaisir, et écoutant l'agréable tumulte qui montait de la cuisine. Quand il se leva enfin, ouvrit largement la fenêtre, vit le beau temps qu'il faisait dehors, aspira l'air frais et épicé du matin et entendit le ressac de la mer, sa bonne humeur ne connut plus de bornes : il avança les lèvres et siffla une mélodie allègre.

Il sifflait encore en s'habillant, et sifflait toujours quand il quitta sa chambre et, d'un pas fringant, traversa le couloir jusqu'à la porte de sa fille. Il frappa. Frappa encore, tout doucement, pour ne pas l'effrayer. Pas de réponse. Il sourit. Il comprenait fort bien qu'elle dormît encore.

Il introduisit la clef dans la serrure et tourna doucement, tout doucement, soucieux de ne pas l'éveiller, désireux presque de la trouver encore endormie, pour la réveiller d'un baiser, encore une fois, la dernière, avant qu'il dût la donner à un autre homme.

La porte céda, il entra, et le soleil le heurta en plein visage. La chambre était toute pleine d'une lumière argentée, tout y rayonnait et, sous le coup de la douleur, il dut un moment fermer les yeux.

Quand il les ouvrit à nouveau, il vit Laure étendue sur le lit, nue et morte, rasée, et d'une blancheur éclatante. C'était comme dans le cauchemar qu'il avait fait à Grasse, l'avant-dernière nuit, et qu'il avait oublié depuis et dont le contenu maintenant lui revenait en mémoire comme un éclair. Tout était soudain exactement comme dans ce rêve, seulement avec beaucoup plus de lumière.

47

La nouvelle de l'assassinat de Laure Richis se répandit aussi vite à Grasse que si l'on avait annoncé : « Le roi est mort ! », ou : « C'est la guerre ! », ou : « Les pirates ont débarqué sur la côte ! » ; et elle déclencha une terreur analogue, et pire. La peur qu'on avait soigneusement oubliée fut d'un coup là de nouveau, virulente comme à l'automne précédent, avec tous ses symptômes annexes : panique, indignation, fureur, soupçons hystériques, désespoir. Les gens ne sortaient plus la nuit, enfermaient leurs filles, se barricadaient, se méfiaient les uns des autres et ne dormaient plus. Tout le monde pensait qu'il allait maintenant continuer comme l'autre fois, un meurtre par semaine. Le temps semblait être remonté six mois en arrière.

La peur était encore plus paralysante que six mois auparavant, car le retour soudain d'un danger qu'on croyait depuis longtemps surmonté répandit parmi les gens un sentiment d'impuissance et de désarroi. Si même l'excommunication de l'évêque ne faisait rien ! Si Antoine Richis, le grand Richis, le plus riche bourgeois de la ville, le deuxième consul, cet homme puissant et réfléchi qui disposait de tous les moyens possibles, ne pouvait pas protéger sa propre enfant ! Si la main du meurtrier ne reculait même pas devant la beauté sacrée de Laure — car de fait, elle apparaissait comme une sainte à tous ceux qui l'avaient connue, surtout maintenant, après coup, une fois morte. Que restait-il donc comme espoir d'échapper au meurtrier ? Il était plus cruel que la peste ; car la peste, on pouvait la fuir, mais ce meurtrier non, comme le prouvait l'exemple de Richis. Il possédait manifestement des qualités surnaturelles. Il avait sûrement conclu un pacte avec le diable, s'il n'était pas le diable en personne. Aussi beaucoup, surtout parmi les esprits plus simples, ne voyaient d'autre recours que d'aller à l'église et de prier, chaque métier son patron : les serruriers saint Eloi, les tisserands saint Crispin, les jardiniers saint Antoine, les parfumeurs saint Joseph. Et ils emmenaient leurs femmes et leurs filles, priaient en commun, mangeaient et dormaient dans l'église, ne la quittaient même plus pendant le jour, convaincus de trouver dans la protection de la communauté désespérée et sous le regard de la Sainte Vierge la seule sécurité possible face au monstre, pour autant qu'il y eût encore la moindre sécurité.

D'autres esprits plus retors, constatant que l'Eglise avait déjà échoué une fois, constituèrent des groupes occultes, engagèrent à grands frais une sorcière patentée de Gourdon, allèrent se fourrer dans l'une des nombreuses cavernes calcaires du sous-sol grassois et y tinrent des messes noires, pour tenter de se concilier les faveurs du démon. D'autres encore, surtout des membres de la bonne bourgeoisie et de la noblesse éclairée, misèrent sur les méthodes scientifiques les plus modernes : ils firent magnétiser leurs maisons et hypnotiser leurs filles, formèrent dans leurs salons des cercles silencieux de méditation collective et tentèrent ainsi, en émettant de concert le fluide de leurs pensées, d'influencer par télépathie l'esprit de l'assassin. Les corporations organisèrent une procession expiatoire de Grasse à La Napoule et retour. Les moines des cinq couvents de la ville instaurèrent un office propitiatoire ininterrompu, avec chants continuels, si bien que nuit et jour, tantôt dans un coin de la ville, tantôt dans un autre, on entendait un *lamento* permanent. C'est à peine si l'on travaillait encore.

Ainsi, dans une inactivité fiévreuse, la population de Grasse attendait presque avec impatience le prochain assassinat. Personne ne doutait qu'il fût imminent. Et chacun brûlait en secret d'en apprendre la nouvelle, dans le seul espoir qu'elle concernerait quelqu'un d'autre.

Cette fois, à vrai dire, les pouvoirs publics de la ville, de la région et de la province ne se laissèrent pas gagner par l'hystérie qui régnait dans la population. Pour la première fois depuis que s'était manifesté le tueur de jeunes filles, une collaboration concertée et fructueuse s'instaura entre les bailliages ou vigueries de Grasse, de Draguignan et de Toulon, entre magistrats, police, intendant, parlement et marine royale.

Les raisons de cette coopération effective entre autorités étaient d'une part la crainte d'un soulèvement populaire général, et d'autre part le fait que, depuis l'assassinat de Laure Richis, on disposait enfin d'éléments permettant une recherche systématique du meurtrier. Celui-ci avait été vu. Manifestement, il s'agissait de ce compagnon-tanneur plus que suspect qui avait dormi, la nuit du meurtre, dans l'écurie de l'auberge de La Napoule et qui, le lendemain matin, avait disparu sans laisser de traces. D'après les déclarations concordantes de l'aubergiste, du palefrenier et de Richis, c'était un petit bonhomme qui ne payait pas de mine, avec un habit brun et un sac de voyage en grosse toile. Bien qu'à part cela le souvenir des trois témoins restât étrangement vague et que par exemple ils fussent incapables de décrire le visage de l'homme, ni sa couleur de cheveux, ni sa façon de parler, l'aubergiste sut tout de même dire que, s'il ne se trompait pas, il avait remarqué dans l'attitude et la démarche de l'inconnu une gêne, un boitement, comme s'il avait une blessure à la jambe ou un pied estropié.

Munis de ces indices, dès le jour du crime, vers midi, deux détachements à cheval de la maréchaussée se mirent à la poursuite du meurtrier : l'un suivant la côte, l'autre prenant par l'intérieur des terres. On fit fouiller par des volontaires les environs immédiats de La Napoule. Le tribunal de Grasse envoya deux commissaires à Nice pour y trouver trace de ce compagnon-tanneur. Dans les ports de

Fréjus, de Cannes et d'Antibes, on contrôla tous les bateaux en partance, et à la frontière de la Savoie, tous les chemins furent barrés et les voyageurs durent justifier de leur identité. Un avis de recherche assorti d'un signalement du suspect fut affiché, pour ceux qui savaient lire, à toutes les portes des villes de Grasse, de Vence et de Gourdon et sur les portails des églises de villages. Les crieurs publics en lurent le texte trois fois par jour. Cette histoire de pied-bot corroborait à vrai dire l'opinion selon laquelle le meurtrier était le diable en personne, et elle contribuait moins à collecter d'utiles indices qu'à attiser encore la panique dans la population.

Il fallut que le président du tribunal de Grasse, à l'initiative de Richis, annonce une récompense d'un montant considérable (deux cents livres) pour tous indices permettant l'arrestation du coupable, pour que des dénonciations fassent appréhender, à Grasse, à Opio et Gourdon, quelques ouvriers tanneurs, dont l'un avait effectivement le malheur d'être boiteux. On envisageait déjà, en dépit d'un alibi confirmé par plusieurs témoins, de le soumettre à la question, quand, le dixième jour après le meurtre, un membre de la garde municipale se présenta au parquet et fit aux juges la déclaration suivante : il s'appelait Gabriel Tagliasco et était sergent de la garde ; à midi, le jour du crime, il était de service comme à l'habitude, à la porte du Cours, et un individu correspondant assez bien au signalement dont il avait à présent connaissance lui avait adressé la parole et lui avait demandé à plusieurs reprises et de façon insistante par quelle route le deuxième consul avait quitté la ville le matin, avec sa caravane ; il n'avait pas attaché à ce petit fait la moindre importance, ni sur le moment, ni par la suite, et il ne se serait sûrement pas souvenu de lui-même de cet individu (qui n'avait absolument rien de remarquable), s'il ne l'avait pas revu par hasard hier, ici même, à Grasse, dans la rue de la Louve, devant l'atelier de

Maître Druot et de Mme Arnulfi, et si à cette occasion il n'avait pas remarqué de surcroît que l'homme, en rentrant dans l'atelier, boitait nettement.

Une heure après, Grenouille était arrêté. L'aubergiste de La Napoule et son palefrenier, venus à Grasse pour identifier les autres suspects, reconnurent aussitôt en lui le compagnon-tanneur qui avait passé la nuit chez eux : c'était bien lui et personne d'autre, le meurtrier qu'on recherchait ne pouvait être que lui.

On fouilla l'atelier, on fouilla la cabane de l'oliveraie, derrière le couvent des franciscains. Dans un coin, à peine cachées, on trouva la chemise de nuit, la chemise de jour et la chevelure rousse de Laure Richis. Et lorsqu'on creusa le sol, on mit peu à peu au jour les vêtements et les chevelures des vingt-quatre autres jeunes filles. On retrouva la matraque de bois qui avait servi à assommer les victimes, et le sac de voyage en toile. Les indices étaient confondants. On fit sonner les cloches des églises. Le président du tribunal fit afficher et proclamer que le sinistre tueur de jeunes filles recherché depuis près d'un an avait enfin pu être appréhendé et mis sous les verrous.

48

Pour commencer, les gens ne crurent pas à cette proclamation. Ils y virent une manœuvre des pouvoirs publics pour masquer leur incompétence et tenter d'apaiser l'exaspération dangereuse de l'opinion. On se rappelait trop bien le moment où prétendument le meurtrier était parti pour Grenoble. Cette fois, la peur était trop ancrée dans l'âme des gens.

Pour que l'opinion publique évolue, il fallut que le lendemain, sur la place de l'église, devant la prévôté, on expose publiquement les pièces à conviction : c'était une vision atroce, cette rangée de vingt-cinq robes et de vingt-cinq scalps, accrochés à des piquets et alignés au fond de la place, face à la cathédrale...

Les gens défilèrent par centaines le long de cette galerie macabre. Reconnaissant les robes, des parents des victimes s'effondraient en criant. Le reste de la foule, mi par goût du sensationnel, mi pour se convaincre, réclama de voir le meurtrier. Les cris qui l'exigeaient devinrent bientôt si forts, l'agitation si menaçante, sur la petite place noire de monde, que le président se résolut à faire quérir Grenouille au fond de sa cellule et à le présenter à une fenêtre du premier étage de la prévôté.

Quand Grenouille se montra à la fenêtre, les hurlements cessèrent. Il se fit d'un seul coup un silence aussi complet qu'un jour d'été brûlant, à l'heure de midi, quand tout le monde est aux champs ou bien se tapit dans l'ombre des maisons. Personne ne bougeait pied ni patte, ne se raclait la gorge, ne respirait. La foule resta ainsi pendant plusieurs minutes, bouche bée et l'œil rond. Personne n'arrivait à croire que ce petit bonhomme fluet et tassé sur lui-même, là-haut, à la fenêtre, ce vermisseau, ce petit tas de misère, ce rien du tout, fût censé avoir commis plus de deux douzaines de meurtres. Il n'avait tout simplement pas l'air d'un meurtrier. Certes, personne n'aurait su dire *comment* on avait bien pu imaginer le meurtrier, ce démon, mais tout le monde était d'accord : pas comme ça ! Et pourtant, bien que le meurtrier ne correspondît pas du tout à ce qu'avaient imaginé les gens, et qu'on pût donc craindre que sa présentation n'emporterait guère la conviction, paradoxalement la simple présence physique de cet homme à la fenêtre et le fait que c'était lui et personne d'autre qu'on présentait comme étant le meurtrier avait un effet convaincant. Ils pensaient tous : mais, c'est *pas* possible !... et savaient en même temps que c'était bien la réalité.

A vrai dire, ce fut seulement quand les gardes eurent tiré en arrière le petit homme dans l'obscurité de la pièce, seulement donc quand il ne fut plus présent et visible, et n'exista plus dans le cerveau des gens que comme un souvenir, si récent fût-il, et presque, dirait-on, comme un concept, le concept d'un abominable assassin, ce fut alors seulement que la stupéfaction de la foule se dissipa et fit place à une réaction idoine : les mâchoires se refermèrent et ces milliers d'yeux reprirent vie. Et ensuite retentit un seul cri grondant de fureur et de vengeance : « Donnez-le-nous ! » Et ils s'apprêtèrent à prendre d'assaut la prévôté, pour l'étrangler de leurs propres mains, le déchirer, le tailler en petits morceaux. Les gardes eurent toutes les peines du monde à mettre les barres au portail et à repousser la populace. Grenouille fut prestement ramené dans son cachot. Le président se montra au balcon et promit que la procédure serait rapide et d'une sévérité exemplaire. Néanmoins, il fallut encore des heures pour que la foule se disperse, et des jours pour que la ville retrouve à peu près le calme.

De fait, le procès de Grenouille fut mené tambour battant, vu que non seulement les preuves étaient écrasantes, mais que l'accusé lui-même, lors de ses auditions, ne fit aucune difficulté pour avouer les meurtres qui lui étaient reprochés.

Il n'y a que sur ses mobiles qu'il ne put donner de réponse satisfaisante. Il ne savait que répéter qu'il avait besoin de ces jeunes filles, et que c'était pour cela qu'il les avait tuées. Il en avait eu besoin pour quoi faire, et d'ailleurs qu'est-ce que ça voulait dire, « en avoir besoin » ? Là, il se taisait. On le livra donc à la question, on le pendit par les pieds pendant des heures, on lui entonna sept pintes d'eau, on lui appliqua les brodequins sans le moindre résultat. L'homme semblait insensible à la douleur physique, il n'en sortait pas un son et, lorsqu'on l'interrogeait à nouveau, il ne savait dire que : « J'en avais besoin. » Les juges estimèrent que c'était un malade mental. Ils mirent un terme à la question et décidèrent de mener la procédure à bonne fin sans l'entendre davantage.

Le seul atermoiement qui intervînt encore fut un conflit de compétence avec le tribunal de Draguignan, La Napoule étant située dans la viguerie correspondante, et avec le parlement d'Aix : tous deux voulaient s'attribuer l'affaire. Mais les juges de Grasse ne s'en laissèrent plus déposséder. C'étaient eux qui avaient appréhendé le coupable, c'était dans leur ressort qu'avaient été commis la plupart des meurtres, et c'étaient eux qui seraient en butte au courroux populaire, s'ils laissaient le meurtrier entre les mains d'une autre cour. C'est à Grasse que son sang devrait couler.

Le verdict fut rendu le 15 avril 1766 et lu à l'accusé dans sa cellule : « Le compagnon-parfumeur Jean-Baptiste Grenouille, disait la sentence, sera mené dans les quarante-huit heures sur le Cours aux portes de la ville et là, la face tournée vers le ciel, il y sera lié sur une croix de bois et recevra, vif encore, douze coups d'une barre de fer, qui lui briseront les articulations des bras, des jambes, des hanches et des épaules, ensuite de quoi il restera exposé sur cette croix jusqu'à ce que mort s'ensuive. » La grâce traditionnelle consistant, après avoir rompu les membres du criminel, à l'étrangler avec un lacet, fut expressément interdite à l'exécuteur des hautes œuvres, quand bien même l'agonie devrait se prolonger pendant des jours. Le corps serait ensuite jeté à la voirie et rien ne devrait en indiquer l'emplacement.

Grenouille écouta cette lecture sans broncher. L'huissier du tribunal lui demanda quelle était sa dernière volonté.

Rien, dit Grenouille. Il avait tout ce qu'il lui fallait.

Un prêtre pénétra dans la cellule pour l'écouter en

confession, mais il ressortit au bout d'un quart d'heure sans être arrivé à rien. Le condamné, en l'entendant prononcer le nom de Dieu, l'avait regardé avec un air de totale incompréhension, comme s'il entendait ce nom pour la première fois, puis s'était recouché sur son bat-flanc, où il avait aussitôt sombré dans le sommeil le plus profond. Toute parole supplémentaire eût été dénuée de sens.

Dans les deux jours suivants, beaucoup de gens vinrent, pour voir de près le célèbre meurtrier. Les gardiens les laissaient jeter un coup d'œil par le mouchard et prenaient six sous par coup d'œil. Un graveur sur cuivre, qui voulait faire une esquisse, dut payer deux francs. Mais le sujet était plutôt décevant. Le prisonnier, pieds et poings liés, restait couché tout le temps et dormait. Il gardait le visage tourné vers le mur et ne réagissait ni quand on frappait à la porte, ni quand on l'interpellait. L'accès de la cellule était strictement interdit aux visiteurs et, en dépit d'offres alléchantes, les gardiens n'osaient pas passer outre. On craignait que le prisonnier ne fût prématurément tué par un parent de ses victimes. Pour la même raison, on n'avait pas le droit de lui faire passer de la nourriture. Elle aurait pu être empoisonnée. Pendant toute sa détention, Grenouille reçut ses repas des cuisines du palais épiscopal, et le surveillant en chef de la prison devait les goûter avant lui. Pendant ces deux derniers jours, à vrai dire, il ne mangea presque rien. Il resta couché et dormit. Parfois ses chaînes tintaient et, quand le gardien accourait pour regarder à travers le mouchard, il voyait Grenouille boire une gorgée d'eau à la bouteille, se jeter à nouveau sur son lit et se rendormir aussitôt. Cet homme paraissait être tellement fatigué de sa vie qu'il ne voulait même pas vivre ses dernières heures éveillé.

Pendant ce temps, on préparait le Cours pour l'exécution. Des charpentiers construisaient un échafaud de trois mètres sur trois et deux mètres de haut, avec une balustrade et un solide escalier : on n'en avait jamais eu d'aussi magnifique à Grasse. Et puis une tribune en bois pour les notables, et une palissade pour le petit peuple, qui devait être tenu à une certaine distance ; les places aux fenêtres des maisons, à gauche et à droite de la porte du Cours, et dans le bâtiment de la garde, étaient louées depuis longtemps à des prix exorbitants. Même dans l'hospice de la Charité, qui était situé un peu de côté, l'assistant du bourreau avait négocié avec les malades la location de leurs chambres et les avait relouées à des curieux avec un considérable bénéfice. Les limonadiers préparaient de l'eau de réglisse par bidons entiers, pour être parés, le graveur sur cuivre tirait des centaines de gravures de l'esquisse qu'il avait faite du meurtrier à la prison et que son imagination avait su rendre encore un peu plus saisissante ; les marchands ambulants affluaient par douzaines dans la ville, les boulangers faisaient des fournées de macarons-souvenirs.

L'exécuteur des hautes œuvres, M. Papon, n'ayant eu à rompre les membres d'aucun criminel depuis bien des années, se fit forger une lourde barre de fer à section carrée et se rendit à l'abattoir pour s'entraîner sur des cadavres d'animaux. Il n'avait le droit que de porter douze coups, et devait briser à coup sûr les douze articulations, sans endommager les parties nobles du corps, comme le torse ou la tête : tâche difficile, qui exigeait une grande finesse d'exécution.

Les bourgeois se préparaient à l'événement comme à une grande fête carillonnée. On ne travaillerait pas ce jour-là, cela allait de soi. Les femmes repassaient leurs atours les plus fastueux, les hommes époussetaient leurs habits et faisaient cirer leurs bottes à s'y mirer dedans. Si on avait un brevet militaire ou une fonction civile, si l'on était maître de jurande, avocat, notaire, régent d'une confrérie ou quoi que ce fût d'important, on revêtirait son uniforme ou son costume officiel, on ceindrait écharpes et chaînes, on porterait ses décorations pendantes et l'on mettrait une perruque d'un blanc immaculé. Les croyants projetaient de se réunir pour un office *post festum*, les adeptes du malin comptaient lui rendre grâce par une messe noire qui ne serait pas piquée des vers, et la noblesse éclairée se réunirait pour des séances de magnétisme dans les hôtels des Cabris, des Villeneuve et des Fontmichel. Dans les cuisines, on enfournait et l'on fricassait déjà, on allait chercher le vin dans les caves et les bouquets de fleurs au marché, tandis qu'à la cathédrale répétaient l'organiste et le chœur.

Dans la maison Richis, dans la rue Droite, tout était silencieux. Richis avait défendu qu'on prépare quoi que ce fût pour cette « journée de la libération » : ainsi le peuple avait-il baptisé le jour de l'exécution de l'assassin. Tout cela le dégoûtait. La crainte soudain renaissante chez les gens l'avait dégoûté, et maintenant leur joie fiévreuse le dégoûtait. Eux-mêmes, les gens, tous autant qu'ils étaient, le dégoûtaient. Il n'avait pas assisté à la présentation du coupable et de ses victimes sur la place de la cathédrale, ni au procès ni au répugnant défilé des badauds avides de sensations devant la cellule du condamné. Pour l'identification de la chevelure et des vêtements de sa fille, il avait prié le juge de se déplacer jusqu'à chez lui, il avait fait une déposition brève et digne, puis prié qu'on veuille bien lui laisser ces objets à titre de reliques, ce qui lui avait d'ailleurs été accordé. Il les porta dans la chambre de Laure, posa sur son lit la chemise de nuit lacérée et la combinaison, étala les cheveux roux sur l'oreiller, puis il s'assit face au lit et ne quitta plus cette chambre, ni de jour ni de nuit, comme s'il voulait par cette veille absurde réparer sa négligence de la nuit à La Napoule. Il était si plein de dégoût, dégoût du monde et de lui-même, qu'il était incapable de pleurer.

L'assassin lui aussi ne lui inspirait que dégoût. Il

ne voulait plus voir en lui un être humain, mais uniquement désormais une victime qu'on allait égorger. Il ne voulait le voir que lors de l'exécution, quand il serait sur la croix et que les douze coups viendraient le briser ; là il voulait le voir, il voulait le voir de tout près, il s'était fait réserver une place au tout premier rang. Et quand la foule se serait dispersée, au bout de quelques heures, il monterait le voir sur l'échafaud, s'assoirait près de lui et le veillerait, pendant des jours et des nuits s'il le fallait, en le regardant dans les yeux, le meurtrier de sa fille, en lui instillant dans les yeux goutte à goutte tout le dégoût qui était en lui, en déversant tout son dégoût sur son agonie comme un acide brûlant, jusqu'à ce que cette chose ait fini de crever...

Après ? Ce qu'il ferait après ? Il l'ignorait. Peut-être reprendre sa vie habituelle, peut-être se marier, peut-être engendrer un fils, peut-être ne rien faire, peut-être mourir. Cela lui était complètement indifférent. Il lui semblait aussi absurde d'y réfléchir que de réfléchir à ce qu'il serait censé faire après sa propre mort : rien, naturellement. Rien qu'il pût savoir dès à présent.

49

L'exécution était fixée à cinq heures de l'après-midi. Dès le matin, les premiers spectateurs arrivèrent pour s'assurer des places. Ils apportaient des chaises, des petits bancs, des coussins, de quoi manger, du vin, et leurs enfants. Quand, vers midi, la population rurale afflua en masses de tous les coins de l'horizon, le Cours était déjà si plein de monde que les nouveaux arrivants durent s'installer dans les jardins et les champs en terrasses de l'autre côté de la place et le long de la route de Grenoble. Les marchands faisaient déjà de bonnes affaires, on mangeait, on buvait, tout cela bourdonnait et bouillonnait comme une foire. Bientôt, il dut bien y avoir là près de dix mille personnes, plus que pour la fête de la Reine du Jasmin, plus que pour la plus grande procession, plus que jamais auparavant à Grasse. On en voyait debout jusqu'en haut des coteaux. Ils étaient accrochés dans les arbres, perchés sur les murs et les toits, se pressaient à dix ou douze par fenêtre. Il n'y avait qu'au centre du cours, protégé par la palissade et comme découpé dans la pâte humaine, qu'il restait encore un petit emplacement libre pour la tribune et pour l'échafaud, qui paraissait soudain tout petit, comme un jouet ou comme la scène d'un théâtre de marionnettes. Et l'on maintenait libre un passage, du lieu de l'exécution à la rue Droite, en passant par la porte du Cours.

Peu après trois heures apparurent M. Papon et ses assistants. Les applaudissements éclatèrent. Ils portèrent jusque sur l'échafaud la croix de saint André faite de poutres de bois et la hissèrent jusqu'à la hauteur de travail, en la posant sur quatre lourds tréteaux de menuisier. Un compagnon-menuisier cloua l'ensemble. Chaque geste des bourreaux et du menuisier récoltait les applaudissements de la foule. Quand ensuite Papon s'approcha avec sa barre de fer, fit le tour de la croix, prit ses marques et, d'un côté, puis d'un autre, porta des coups fictifs, ce fut une véritable ovation.

A quatre heures, la tribune commença de se remplir. Il y avait beaucoup de gens de qualité à admirer, de riches messieurs avec laquais et bonnes manières, de belles dames, de grands chapeaux, des robes chatoyantes. Toute la noblesse de la ville et de la campagne était présente. Ces messieurs du conseil arrivèrent en cortège, menés par les deux consuls. Richis portait des vêtements noirs, des bas noirs, un chapeau noir. Derrière le conseil marchaient les magistrats, conduits par le président du tribunal. Enfin venait l'évêque, en chaise à porteurs ouverte, sa robe était d'un violet lumineux, et son petit chapeau, vert. Ceux qui ne s'étaient pas encore découverts ôtèrent leur bonnet au plus tard à ce moment-là. Les choses devenaient solennelles.

Puis, pendant dix minutes environ, il ne se passa rien. Le beau monde s'était installé, le peuple attendait sans bouger, personne ne mangeait plus, tout le monde était dans l'expectative. Papon et ses assistants avaient l'air vissés en haut de l'échafaud. Le soleil était au-dessus de l'Estérel, gros et jaune. Du bassin de Grasse montait une douce brise, apportant le parfum des fleurs d'oranger. Il régnait une forte chaleur, et un silence proprement invraisemblable.

Enfin, alors qu'on avait le sentiment que cette tension ne pouvait durer plus longtemps sans éclater en un cri poussé par des milliers de gorges, en un tumulte, en une frénésie ou quelque autre phénomène de masse, on entendit dans le silence claquer des sabots de chevaux et grincer des roues.

Descendant la rue Droite, apparut, tirée par quatre chevaux, une voiture fermée, celle du lieutenant de police. Elle franchit la porte de la ville et s'engagea, visible à présent pour tous, dans l'étroit passage qui menait au lieu de l'exécution. C'est le lieutenant de police qui avait imposé cette façon de faire, faute de quoi il ne pouvait garantir la sécurité du condamné. Ce n'était pas la façon habituelle. La prison n'était pas à cinq minutes et si, pour une raison ou pour une autre, le condamné n'était pas en état de parcourir à pied ce court trajet, une charrette à âne découverte aurait bien fait l'affaire. Que quelqu'un arrive en carrosse à sa propre exécution, avec cocher, valets en livrée et escorte de cavaliers, on n'avait encore jamais vu cela.

Pourtant la foule ne manifesta aucune agitation ni irritation, au contraire. On était content qu'il se passe enfin quelque chose, on trouvait que le truc de la voiture était une heureuse idée, un peu comme au théâtre, lorsqu'on apprécie de voir présentée une pièce connue de façon nouvelle et surprenante. Beaucoup trouvèrent même que cette entrée en scène était ce qui convenait. Un criminel aussi exceptionnellement abominable méritait un traitement d'exception. On ne pouvait pas le traîner enchaîné sur cette place et l'y mettre à mort comme un vulgaire bandit de grand chemin. Cela n'aurait rien eu de sensationnel. Le faire ainsi passer des coussins d'un grand équipage à la croix de saint André, c'était d'une cruauté incomparablement plus inventive.

La voiture s'arrêta entre l'échafaud et la tribune. Les laquais bondirent à terre, ouvrirent la portière et déplièrent le petit escalier. Le lieutenant de police descendit, puis un officier de la garde, et enfin Grenouille. Il portait un habit bleu, une chemise blanche, des bas de soie blancs et des escarpins noirs. Il n'était pas enchaîné. Personne ne le tenait par le bras. Il descendait de voiture comme un homme libre.

Et il se produisit alors un miracle. Ou quelque chose qui ressemblait à un miracle : ce fut tellement incompréhensible, inouï et incroyable que tous les témoins auraient ensuite parlé de miracle, si jamais personne en avait reparlé ; mais ce ne fut pas le cas, étant donné que tous sans exception eurent ensuite honte d'y avoir été mêlés.

Ce qui se produisit, ce fut que les dix mille personnes massées sur le cours et sur les pentes environnantes furent instantanément pénétrées de la conviction inébranlable que ce petit homme en habit bleu en train de descendre de la voiture, il était *impossible qu'il fût un meurtrier.* Non qu'ils aient douté de son identité ! C'était bien la même personne que, peu de jours auparavant, sur la place de la cathédrale, ils avaient vue à la fenêtre de la prévôté et qu'alors, si elle leur était tombée entre les mains, ils auraient lynchée avec une haine furieuse. C'était le même homme qui, deux jours plus tôt, avait été condamné en bonne et due forme sur des preuves écrasantes et sur la foi de ses propres aveux. Le même homme dont, une minute avant, ils attendaient goulûment l'exécution par le bourreau. C'était lui, indubitablement !

Et pourtant... en même temps, ce n'était pas lui, ce ne pouvait pas être lui, celui-ci ne pouvait pas être un meurtrier. L'homme qui était là debout, sur le lieu de l'exécution, était l'innocence en personne. Tous le savaient, en ce moment, de l'évêque au limonadier, de la marquise à la petite blanchisseuse, du président du tribunal jusqu'au gamin des rues.

Papon aussi le savait. Et ses grosses mains qui tenaient serrée la barre de fer tremblaient. Il éprouvait tout d'un coup une telle faiblesse dans ses bras robustes, une telle mollesse dans ses genoux, une telle angoisse dans son cœur : comme un enfant. Il ne pourrait pas lever cette barre, jamais, au grand jamais il ne trouverait la force de la lever sur ce petit homme innocent ; ah ! il redoutait l'instant où on allait le faire monter, ses jambes se dérobaient sous lui, il devait s'appuyer sur cette barre meurtrière pour ne pas tomber à genoux, tant il se sentait faible, le grand, le robuste Papon !

Il n'en allait pas autrement des dix mille hommes, femmes, enfants et vieillards qui étaient rassemblés là : ils ressentaient tous une faiblesse de petite fille succombant au charme de son amoureux. Ils étaient envahis d'un sentiment puissant d'affection, de tendresse, d'entichement éperdu et puéril, oui, par Dieu, d'amour pour le petit scélérat ; et ils ne pouvaient, ne voulaient rien faire là contre. C'était comme une envie de pleurer qu'on ne peut réprimer, qu'on a retenue longtemps et qui monte du ventre, faisant fondre comme par miracle toute résistance, inondant et liquéfiant tout. Ces gens fondaient complètement, se dissolvaient d'âme et d'esprit, n'étaient plus qu'un liquide amorphe, ils ne sentaient plus en eux-mêmes que leur cœur comme une masse flottante, que chacun et chacune déposait entre les mains du petit homme en habit bleu, pour le meilleur et pour le pire : ils l'aimaient.

Cela faisait déjà bien plusieurs minutes que Grenouille était debout devant la portière ouverte de la voiture et qu'il ne bougeait pas. Le laquais qui était près de lui était tombé à genoux et continuait encore à s'incliner, jusqu'à prendre cette posture complètement prostrée qui est d'usage en Orient devant le sultan et devant Allah. Et même ainsi prosterné, il tremblait et vacillait encore, voulait descendre plus bas, s'aplatir sur le sol, s'y enfoncer, y disparaître. Il voulait plonger jusqu'à l'autre bout du monde, à force de dévotion. L'officier de la garde et le lieutenant de police, hommes pleins de morgue tous les deux, et dont la tâche eût été maintenant de mener le condamné à l'échafaud et de le remettre au bourreau, n'étaient plus capables de se conduire de façon cohérente. Ils pleuraient et ôtaient leurs chapeaux, s'en recoiffaient, les jetaient sur le sol, se tombaient dans les bras l'un de l'autre, se lâchaient, battaient absurdement l'air de leurs bras, se tordaient les mains, agités de convulsions et de grimaces comme s'ils avaient eu la danse de Saint-Guy.

Les notables assis plus loin s'abandonnaient à leur émotion de manière à peine plus discrète. Chacun laissait libre cours à l'élan de son cœur. Il y avait des dames qui regardaient Grenouille en serrant leurs poings dans leur giron et en gémissant de volupté ; et d'autres que leur brûlant désir de ce splendide éphèbe (car c'est ainsi qu'il leur apparaissait) faisait purement et simplement tomber en pâmoison. Il y avait des messieurs qui ne cessaient de bondir de leurs sièges et de s'y rasseoir et d'en bondir à nouveau en soufflant comme des bœufs et en crispant leur poing sur la poignée de leur épée comme s'ils voulaient dégainer, et dès qu'ils commençaient à dégainer, ils rengainaient à nouveau, si bien que dans les fourreaux c'était un cliquetis général et un vrai tintamarre ; et d'autres levaient en silence leurs yeux vers le ciel et crispaient leurs mains pour prier ; et Monseigneur l'évêque, comme s'il avait eu la nausée, basculait son torse en avant et se frappait le front sur les genoux, jusqu'à ce que le petit chapeau vert dégringolât de sa tête ; mais il n'avait nullement la nausée, seulement c'était la première fois de sa vie qu'il connaissait le ravissement mystique, car un miracle s'était produit devant les yeux de tous, le Seigneur Dieu en personne avait arrêté le bras du bourreau en révélant au monde que celui qu'il pensait être un meurtrier était un ange. Ah ! que de pareilles choses arrivent encore au XVIIIe siècle ! Que le Seigneur était grand ! Et qu'on était soi-même petit et inconsistant, d'avoir prononcé une excommunication sans y croire, juste pour apaiser le peuple ! Ah ! quel orgueil, quel manque de foi ! Et voilà que le Seigneur faisait un miracle ! Ah ! quelle magnifique humiliation, quel délectable abaissement, quelle grâce que d'être, en tant qu'évêque, ainsi châtié par Dieu !

Cependant, le peuple, derrière la barricade, s'abandonnait d'une manière de plus en plus éhontée à l'effrayante ivresse affective qu'avait déclenchée l'apparition de Grenouille. Tel à qui sa vue n'avait d'abord inspiré que pitié et attendrissement était désormais plein de concupiscence toute nue ; tel qui d'abord avait admiré et désiré, en était à présent à l'extase. Tous tenaient l'homme en habit pour l'être le plus beau, le plus séduisant et le plus parfait qu'ils pussent imaginer : les nonnes voyaient en lui le Sauveur en personne ; les suppôts de Satan, le radieux prince des ténèbres ; les philosophes, l'Être suprême ; les jeunes filles, un prince de conte de fées ; les hommes, un reflet idéal d'eux-mêmes. Et tous se sentaient mis à nu et empoignés par lui à leur endroit le plus sensible, il avait touché au centre même de leur érotisme. C'était comme si cet homme avait eu dix mille mains invisibles et qu'à chacune de ces dix mille personnes qui l'entouraient il avait mis la main sur le sexe et le caressait exactement de la façon que chacune d'entre elles, homme ou femme, désirait le plus dans ses fantasmes les plus secrets.

La conséquence en fut que l'exécution prévue de l'un des criminels les plus abominables de son époque dégénéra en la plus grande bacchanale que le monde eût connue depuis le IIe siècle avant Jésus-Christ : de vertueuses épouses arrachaient leurs corsages, dénudaient leurs seins avec des cris hystériques, se jetaient sur le sol en retroussant leurs jupes ; les hommes, les yeux égarés, parcouraient en titubant ce champ de chair écartelée et lubrique, ils extrayaient de leurs culottes, avec des doigts tremblants, des membres raidis par quelque invisible gelée, s'abattaient avec un râle n'importe où, copulaient dans les positions et les configurations les plus impossibles, le vieillard avec la vierge, le journalier avec l'épouse de l'avocat, le petit apprenti avec la nonne, le jésuite avec la franc-maçonne, tout mélangé, comme cela se trouvait. L'air était lourd de la sueur sucrée de la jouissance, et tout plein des cris, des grognements et des gémissements de dix mille bêtes humaines. C'était infernal.

Grenouille était debout et souriait. Ou plutôt il paraissait, aux gens qui le voyaient, sourire du sourire le plus innocent, le plus affable, le plus merveilleux et le plus séduisant du monde. Mais en réalité, ce n'était pas un sourire, c'était un affreux rictus cynique qui flottait sur ses lèvres, reflétant toute l'étendue de son triomphe et de son mépris. Lui, Jean-Baptiste Grenouille, né sans odeur à l'endroit le plus puant du monde, issu de l'ordure, de la crotte et de la pourriture, lui qui avait poussé sans amour et vécu sans la chaleur d'une âme humaine, uniquement à force de révolte et de dégoût, petit, bossu, boiteux, laid, tenu à l'écart, abominable à l'intérieur comme à l'extérieur, il était parvenu à se rendre aimable aux yeux du monde. Se rendre aimable était trop peu dire ! Il était aimé ! Vénéré ! Adoré ! Il avait accompli cet exploit prométhéen. L'étincelle divine que les autres hommes reçoivent tout bonnement au berceau et dont il était seul dépourvu, il l'avait conquise de haute lutte avec une infinie subtilité. Plus encore ! Il l'avait fait jaillir lui-même et en lui-même. Il était plus grand encore que Prométhée. Il s'était créé une aura plus radieuse et plus efficace que personne n'en avait possédé avant lui. Et il ne la devait à personne, à aucun père, à aucune mère, et moins encore à quelque dieu bienveillant, il ne la devait à personne qu'à *lui-même*. Il était de fait son propre dieu, et un dieu plus glorieux que ce dieu puant l'encens qui habitait les églises. A ses pieds était prosterné un évêque en chair et en os, qui vagissait de plaisir. Les riches et les puissants, les dames et les messieurs arrogants mouraient d'admiration, tandis que tout le peuple à la ronde, y compris les pères, les mères, les frères et les sœurs de ses victimes, célébraient des orgies en son honneur et en son nom. Il n'avait qu'un signe à faire, et tous abjureraient leur dieu et l'adoreraient lui, le Grand Grenouille.

Oui, il *était* le Grand Grenouille ! C'était bien clair à présent. Il l'était maintenant en réalité comme il l'avait été naguère dans les rêves où il s'aimait lui-même. Il vivait en ce moment le plus grand triomphe de sa vie. Et il sentait que ce triomphe devenait effrayant.

Il devenait effrayant, parce qu'il ne pouvait pas en jouir une seule seconde. Dès l'instant où il était descendu de la voiture sur la place inondée de soleil, revêtu du parfum qui vous faisait aimer des hommes, du parfum auquel il avait travaillé deux années durant, du parfum qu'il avait toute sa vie brûlé de posséder... dès ce moment où il avait vu et senti comme il agissait irrésistiblement et, se répandant à la vitesse du vent, captivait les gens autour de lui : dès ce moment tout son dégoût des hommes était remonté en lui, lui gâchant si foncièrement son triomphe qu'il n'éprouvait non seulement aucune joie, mais même pas le moindre sentiment de satisfaction. Ce à quoi il avait toujours aspiré, à savoir que les autres l'aiment, lui devenait insupportable à l'instant du succès, car lui-même ne les aimait pas, il les haïssait. Et soudain il sut que ce ne serait jamais dans l'amour qu'il trouverait sa satisfaction, mais dans la haine, celle qu'il portait aux autres et celle qu'ils lui porteraient.

Mais la haine qu'il éprouvait pour les hommes restait sans écho de leur part. Plus il les haïssait, à cet instant, plus ils l'adoraient comme un dieu, car ils ne percevaient de lui que l'aura qu'il s'était arrogée, son masque odorant, son parfum volé, et celui-ci était effectivement digne d'adoration.

Ce qu'il aurait souhaité plus que tout, maintenant, ç'aurait été de les rayer tous de la surface de la terre, ces êtres humains stupides, puants, érotisés, tout comme naguère il avait rayé les odeurs hostiles, dans le pays de son âme toute noire. Et il aurait voulu qu'ils se rendissent compte à quel point il les haïssait et que pour cette raison, en raison du seul sentiment qu'il ait jamais vraiment éprouvé, ils l'exterminassent en retour, comme d'ailleurs ils en avaient eu tout d'abord l'intention. Il voulait, *une* fois dans sa vie, s'extérioriser. Il voulait, une fois dans sa vie, être comme tous les autres hommes et extérioriser ce qui était en lui : ils extériorisaient leur amour et leur idiote vénération, lui extérioriserait sa haine. Il voulait une fois, juste une seule fois, qu'on prît en compte son être véritable, et recevoir d'un autre être humain une réponse à son seul sentiment vrai : la haine.

Mais cela ne donnait rien. Cela ne pouvait rien donner. Aujourd'hui moins que jamais. Car enfin il était masqué du meilleur parfum du monde, et sous ce masque il ne portait pas de visage, mais uniquement sa totale absence d'odeur. Alors il eut soudain la nausée, car il sentit que les brouillards montaient à nouveau.

Comme naguère dans sa caverne, en-rêve-dans-son-sommeil-dans-son-cœur-dans-son-imagination, montaient tout d'un coup les brouillards, les épouvantables brouillards de sa propre odeur, qu'il ne pouvait sentir, parce qu'il était sans odeur. Et, comme l'autre fois, il fut pris d'une peur et d'une angoisse infinie et il crut qu'il n'échapperait pas à l'étouffement. Mais à la différence de l'autre fois, ce n'était ni un rêve, ni le sommeil, c'était la réalité pure et simple. Et à la différence de l'autre fois, il n'était pas seul dans sa caverne, il était debout sur une place, en face de dix mille personnes. Et à la différence de l'autre fois, il ne servirait à rien de crier pour se réveiller et se délivrer, ni de retourner se réfugier dans la bonne chaleur du monde. Car ceci, maintenant et ici, *c'était* le monde, et ceci, maintenant et ici, c'était son rêve réalisé. Et c'était lui-même qui l'avait voulu ainsi.

Les affreux brouillards poisseux continuaient à monter des bas-fonds de son âme, tandis qu'autour de lui le peuple geignait dans les convulsions de l'orgasme et de l'orgie. Un homme accourut vers lui. Il avait bondi du premier rang de la tribune des notables, si brusquement que son chapeau noir était tombé de sa tête, et il volait, son habit noir au vent, à travers la place comme un corbeau ou un ange vengeur. C'était Richis.

Il va me tuer, pensa Grenouille. Il est le seul à ne pas se laisser abuser par mon masque. Il ne peut pas se laisser abuser. Le parfum de sa fille est collé à moi et me trahit aussi clairement que du sang. Il ne peut pas ne pas me reconnaître et ne pas me tuer. Il ne peut pas ne pas le faire.

Et il écarta les bras pour recevoir l'ange qui se précipitait sur lui. Il croyait déjà sentir le coup de poignard ou d'épée heurter sa poitrine avec un picotement magnifique, et la lame traverser toutes les cuirasses de parfum et tous les brouillards poisseux pour pénétrer en plein dans son cœur froid... Enfin, enfin quelque chose dans son cœur, quelque chose d'autre que lui-même ! Il se sentait déjà presque délivré.

Mais voilà que d'un coup Richis était contre sa poitrine, et ce n'était pas un ange vengeur, c'était un Richis bouleversé et sanglotant lamentablement, qui le serrait dans ses bras et s'agrippait littéralement à lui, comme s'il ne trouvait rien d'autre à quoi se raccrocher dans une mer de félicité. Pas de poignard libérateur, pas de coup en plein cœur, pas même une malédiction ou un cri de haine. Au lieu de cela, la joue trempée de larmes de Richis contre la sienne, et une bouche tremblante qui gémissait à son adresse :

« Pardonne-moi, mon fils, mon cher fils, pardonne-moi ! »

Alors, de l'intérieur, Grenouille sentit ses yeux qui blanchissaient, et le monde extérieur devint noir comme de l'encre. Les brouillards prisonniers se condensèrent en un liquide bouillonnant, comme du lait qui mousse et qui déborde. Ils l'inondaient, l'écrasaient avec une pression insupportable contre l'écorce intérieure de son corps, sans trouver par où s'échapper. Lui voulait fuir, pour l'amour du Ciel, fuir, mais où ?... Il voulait craquer, voulait exploser, pour ne pas être étouffé par lui-même. Finalement, il s'effondra et perdit conscience.

50

Lorsqu'il revint à lui, il était couché dans le lit de Laure Richis. Ses reliques, chemises et chevelure, avaient été enlevées. Une bougie brûlait sur la table de chevet. Par la fenêtre entrouverte, il entendit au loin la rumeur de joie de la ville en fête. Antoine Richis était assis sur un tabouret près du lit et le veillait. Il avait pris la main de Grenouille dans la sienne et la caressait.

Avant même d'ouvrir les yeux, Grenouille étudia l'atmosphère. Intérieurement, elle était calme. Plus rien ne bouillait ni ne l'écrasait. Il régnait à nouveau dans son âme l'habituelle nuit froide dont il avait besoin pour rendre sa conscience glaciale et limpide, et la tourner vers l'extérieur : là, il sentit son parfum. Il s'était modifié. Les notes extrêmes s'étaient quelque peu affaiblies, si bien que la note centrale constituée par l'odeur de Laure se détachait encore plus magnifiquement, comme un feu doux, sombre et pétillant. Il se sentit en sécurité. Il savait qu'il était inattaquable encore pour des heures, et il ouvrit les yeux.

Le regard de Richis était posé sur lui. Il y avait dans ce regard une infinie bienveillance, de la tendresse, de l'attendrissement, et la profondeur creuse et bêtasse de celui qui aime.

Il sourit, serra plus fort la main de Grenouille et dit :

« Tout va s'arranger, à présent. Les juges ont annulé le verdict. Tous les témoins se sont rétractés. Tu es libre. Tu peux faire ce que tu veux. Mais moi, je veux que tu restes auprès de moi. J'ai perdu une fille, je veux avec toi gagner un fils. Tu lui ressembles. Tu as sa beauté, ses cheveux, sa bouche, sa main... Je t'ai tenu la main tout le temps, ta main est comme la sienne. Et quand je te regarde dans les yeux, j'ai l'impression qu'elle me regarde. Tu es son frère et je veux que tu deviennes mon fils, ma joie, ma fierté, mon héritier. Tes parents vivent-ils encore ? »

Grenouille secoua la tête et le visage de Richis devint rouge comme la crête d'un dindon, tant il était heureux :

« Alors, tu deviendras mon fils ? bégaya-t-il en bondissant de son tabouret pour venir s'asseoir sur le bord du lit et serrer aussi l'autre main de Grenouille. Tu voudras ? Tu veux ? Tu veux bien m'avoir pour père ? Ne dis rien. Ne parle pas. Tu es encore trop faible pour parler. Fais-moi juste un signe. »

Grenouille fit oui de la tête. Alors le bonheur de Richis jaillit comme une sueur rouge par tous les pores de sa peau, il se pencha sur Grenouille et le baisa sur la bouche.

« Maintenant, dors, mon cher fils, dit-il quand il se fut relevé. Je veillerai à ton chevet jusqu'à ce que tu te sois endormi. »

Et après l'avoir longuement contemplé dans un ravissement muet, il dit encore :

« Tu me causes un très, très grand bonheur. »

Grenouille étira légèrement les coins de sa bouche, comme il avait vu le faire les êtres humains qui sourient. Puis il ferma les yeux. Il attendit un moment avant de respirer plus calmement et plus profondément, comme font les dormeurs. Il sentait le regard plein d'amour que Richis posait sur son visage. A un moment, il devina que Richis se penchait à nouveau sur lui pour l'embrasser, puis y renonçait, de peur de l'éveiller. Enfin la bougie fut soufflée, et Richis se glissa hors de la chambre sur la pointe des pieds.

Grenouille resta couché jusqu'à ce qu'il n'entendît plus de bruit dans la maison et dans la ville. Quand il se leva alors, c'était déjà le crépuscule du matin. Il s'habilla et fila, suivit tout doucement le couloir, descendit l'escalier et traversa le salon pour aboutir sur la terrasse.

De là, on voyait par-dessus les remparts, on dominait le bassin de Grasse et, par temps clair, on devait même apercevoir la mer. Pour le moment, il y avait dans l'air un léger brouillard, une vapeur plutôt, au-dessus des champs, et les odeurs qui venaient de ce côté, d'herbe, de genêts et de roses, étaient comme lavées, pures, toutes simplettes, d'une simplicité réconfortante. Grenouille traversa le jardin et escalada le mur.

Lorsqu'il fut remonté jusqu'au Cours, il lui fallut encore une fois se frayer un chemin à travers les exhalaisons humaines, avant de gagner la rase campagne. Toute la place et les pentes avoisinantes ressemblaient au gigantesque bivouac d'une armée dépenaillée. Des formes gisaient par milliers, ivres et épuisées par les excès de la fête nocturne ; certaines nues, certaines à moitié dénudées et à moitié couvertes des vêtements épars sous lesquels elles s'étaient réfugiées comme sous des couvertures. Cela puait le vin aigre, l'eau-de-vie, la sueur et la pisse, la crotte d'enfant et la viande carbonisée. Ici et là fumaillaient encore les feux des rôtis, près desquels on avait bu et dansé. Par endroits, cela gloussait encore, au milieu de ces milliers de ronflements : parole pâteuse d'un ivrogne ou éclat de rire. Peut-être aussi que quelques-uns veillaient encore, noyant dans l'alcool les dernières bribes de conscience qui surnageaient dans leur cerveau. Mais personne ne vit Grenouille, qui enjambait les corps épars, à pas prudents et rapides à la fois, comme s'il avait traversé un bourbier. Et ceux qui le virent ne le reconnurent pas. Il ne sentait plus bon. Le miracle était terminé.

Parvenu à l'extrémité du Cours, il ne prit pas la route de Grenoble, ni celle de Cabris, il prit plein ouest à travers champs, sans se retourner une seule fois. Lorsque le soleil se leva, gras, jaune et dardant des rayons brûlants, il avait disparu depuis longtemps.

Les Grassois se réveillèrent avec une gueule de bois épouvantable. Même ceux qui n'avaient pas bu avaient la tête comme du plomb, et une nausée atroce dans l'estomac et dans l'âme. Sur le Cours, en plein soleil, de braves paysans cherchaient les vêtements qu'ils s'étaient arrachés dans les excès de l'orgie ; de vertueuses matrones cherchaient leurs époux et leurs enfants ; des gens qui ne s'étaient jamais vus se dégageaient, effarés, des entremêlements les plus intimes, tandis que des amis, des voisins, des époux, se retrouvaient soudain face à face en public et dans la nudité la plus gênante.

Pour beaucoup, ce fut une expérience si cruelle, si complètement inexplicable et inconciliable avec ce qu'étaient en fait leurs idées morales, qu'à l'instant même où ils la firent, ils l'effacèrent littéralement de leur mémoire et que par conséquent, même par la suite, ils furent véritablement incapables de s'en souvenir. D'autres, maîtrisant moins parfaitement leurs mécanismes mentaux, s'efforcèrent de regarder ailleurs, de ne pas écouter et de penser à autre chose — ce qui n'était pas très facile, la honte était trop publique et trop générale. Ceux qui avaient retrouvé leurs affaires et leur famille s'éclipsaient aussi prestement et discrètement que possible. Vers midi, la place était entièrement vide, comme si on y avait donné un coup de balai.

Les gens de la ville ne ressortirent de leurs maisons — quand ils en ressortirent — que vers le soir, pour faire les courses les plus urgentes. On ne se saluait que vaguement, en passant, et on ne parlait que de la pluie et du beau temps. Sur les événements de la veille et de la nuit précédente, pas un mot. Autant on s'était montré hier encore spontané et déchaîné, autant on était pudique à présent. Et tous étaient ainsi, car tous étaient coupables. Le consensus ne parut jamais meilleur entre les bourgeois de Grasse qu'à ce moment-là. On vivait comme dans la ouate.

Certains, à vrai dire, furent bien obligés, ne fût-ce que par leurs fonctions, de s'occuper plus directement de ce qui était arrivé. La continuité de la vie publique, l'inviolabilité de la loi et de l'ordre exigeaient que l'on prît rapidement des mesures. Le conseil municipal tint une séance dès l'après-midi. Ces messieurs, y compris le deuxième consul, se donnèrent l'accolade en silence, comme si ce geste évoquant une conjuration devait redonner un nouveau fondement à leur assemblée. Puis on résolut à l'unanimité et sans que fût fait mention des événements ni, encore moins, du nom de Grenouille, que « la tribune et l'échafaud installés sur le Cours seraient immédiatement démontés, et que la place et les champs voisins qui avaient pu être piétinés seraient remis dans l'état normal antérieur ». On débloqua pour cela cent soixante livres.

Dans le même temps, le tribunal siégeait à la prévôté. Les magistrats s'accordèrent sans débat pour considérer comme close « l'affaire G. », pour refermer le dossier et le classer sans référence, et pour engager une nouvelle procédure contre l'assassin non identifié de vingt-cinq jeunes filles vierges de la région de Grasse. Le lieutenant de police reçut instruction d'engager les recherches sans délai.

Dès le lendemain, il trouva la solution. Sur de fortes présomptions, on arrêta Dominique Druot, maître-parfumeur dans la rue de la Louve, dans la cabane duquel on avait après tout découvert les vêtements et les chevelures de toutes les victimes. Ses dénégations premières n'abusèrent point les juges. Soumis à la question pendant vingt-quatre heures, il avoua tout et pria même qu'on l'exécutât rapidement, ce qui lui fut accordé dès le jour suivant. On le pendit à l'aube, sans grand tralala, sans échafaud ni tribune, en présence seulement du bourreau, de quelques magistrats, d'un médecin et d'un prêtre. Quand la mort fut intervenue, qu'elle eut été constatée et qu'on en eut dressé procès-verbal, le cadavre fut immédiatement inhumé. L'affaire était ainsi classée.

La ville l'avait déjà oubliée de toute façon, et même si complètement que les voyageurs qui passèrent les jours suivants et s'enquirent négligemment du célèbre tueur de jeunes filles de Grasse ne trouvèrent pas une seule personne de bon sens qui pût les renseigner. Seuls quelques originaux de la Charité, malades mentaux notoires, jacassaient encore et racontaient qu'il s'était donné une grande fête sur la place du Cours et qu'à cette occasion on les avait chassés de leurs chambres.

Et la vie se normalisa bientôt tout à fait. Les gens travaillaient dur, dormaient bien, vaquaient à leurs affaires et se tenaient dans le droit chemin. L'eau gargouillait toujours d'innombrables sources et fontaines, inondant de boue les ruelles. La ville était de nouveau là, miteuse et fière, accrochée à ses coteaux, au-dessus de son bassin fertile. Le soleil était chaud. C'était bientôt le mois de mai. On récoltait les roses.

QUATRIÈME PARTIE

51

Grenouille marchait de nuit. Comme au début de son voyage, il contournait les villes, évitait les routes, s'étendait pour dormir au lever du jour, se relevait le soir et repartait. Il mangeait ce qu'il trouvait en chemin : herbes, champignons, fleurs, oiseaux morts, vers. Il traversa la Provence, franchit le Rhône dans une barque volée au sud d'Orange, suivit le cours de l'Ardèche en s'enfonçant dans les Cévennes, puis celui de l'Allier vers le nord.

En Auvergne, il ne passa pas loin du Plomb du Cantal. Il le vit vers l'ouest, grand et argenté au clair de lune, et il flaira le vent froid qui en venait. Mais il n'eut pas envie d'y aller. Il n'avait plus la nostalgie de vivre dans la caverne. Cette expérience était déjà faite et elle s'était révélée invivable. Tout comme l'autre expérience, celle de vivre parmi les hommes. On étouffait d'un côté comme de l'autre. Il ne voulait plus vivre du tout. Il voulait se rendre à Paris et mourir. Voilà ce qu'il voulait.

De temps en temps, il plongeait la main dans sa poche et la refermait sur le flacon de verre contenant son parfum. La petite bouteille était encore presque pleine. Pour son apparition publique de Grasse, il n'en avait consommé qu'une goutte. Le reste suffirait pour ensorceler le monde entier. S'il le voulait, il pourrait à Paris se faire ovationner non seulement par des dizaines, mais par des centaines de milliers de gens ; ou bien aller tranquillement à Versailles, se faire baiser les pieds par le roi ; écrire au pape une lettre parfumée et se révéler comme le nouveau messie ; à Notre-Dame, devant les rois et les empereurs, se donner à lui-même l'onction d'empereur suprême, voire de Dieu sur terre... à supposer qu'un dieu ait encore besoin d'une onction.

Tout cela, il le pouvait, pour peu qu'il le voulût. Il en avait le pouvoir. Il le tenait dans le creux de sa main. Un pouvoir plus fort que le pouvoir de l'argent, ou que le pouvoir de la terreur, ou que le pouvoir de la mort : le pouvoir invincible d'inspirer l'amour aux hommes. Il n'y avait qu'une chose que ce pouvoir ne pouvait pas : il ne pouvait faire que Grenouille se sentît une odeur. Et quand bien même son parfum le ferait apparaître comme un dieu aux yeux du monde, s'il ne pouvait se sentir lui-même et si donc jamais il ne savait qui il était, alors il s'en fichait : il se fichait du monde, de lui-même, de son parfum.

La main qui avait serré le flacon gardait une odeur très subtile et, quand il la portait à son nez et reniflait, il se sentait tout chose et, pendant quelques secondes oubliait d'avancer, restait là planté, sentait. Personne ne sait comme ce parfum est réellement bon, pensait-il. Personne ne sait comme il est bien *fait*. Les autres sont seulement subjugués par son action, mais ils ne savent même pas que c'est un parfum qui agit sur eux et les ensorcelle. Le seul à en connaître jamais la beauté réelle, c'est moi, parce que je l'ai moi-même créé. Et en même temps je suis le seul qu'il ne peut pas ensorceler. Je suis le seul pour qui il n'a pas de sens.

Et une autre fois — il était déjà en Bourgogne — il pensa : le jour où j'étais près des remparts, en dessous du jardin où jouait la jeune fille rousse et que son parfum flottait jusqu'à moi... ou plutôt la promesse de son parfum, car le parfum qu'elle aurait plus tard n'existait pas encore... peut-être que ce que j'ai éprouvé alors ressemblait à ce qu'éprouvaient les gens sur le Cours, quand je les ai inondés de mon parfum ?... Mais ensuite il rejeta cette idée. Non, c'était autre chose. Car moi je savais que je désirais le parfum et non la jeune fille. Tandis que les gens croyaient me désirer *moi*, et ce qu'ils désiraient vraiment est resté pour eux un mystère.

Ensuite, il ne pensa plus rien, car la pensée n'était pas son fort, et d'ailleurs il était déjà dans l'Orléanais.

Il traversa la Loire à Sully. Un jour après, il avait dans les narines l'odeur de Paris. Le 25 juin 1767, il entra dans la ville par la rue Saint-Jacques, le matin à six heures.

La journée devint vite chaude, la plus chaude qu'on avait connue jusque-là cette année. Les milliers d'odeurs et de puanteurs suintaient comme de mille poches de pus crevées. Il n'y avait pas un souffle de vent. Les légumes à l'étal devenaient tout flasques avant même qu'il fût midi. Viandes et poissons se putréfiaient. Dans les rues, l'air pollué était immobile. Même la Seine semblait ne plus couler, elle paraissait s'être arrêtée et ne faire que puer. C'était une journée comme celle où Grenouille était né.

Par le Pont-Neuf, il gagna la rive droite, puis les Halles et le cimetière des Innocents. Il fit halte sous les arcades des ossuaires longeant la rue aux Fers. Le terrain du cimetière s'étendait sous ses yeux comme un champ de bataille bombardé : ravagé, labouré, coupé de fossés, parsemé de crânes et d'ossements, sans un arbre, ni un buisson ni un brin d'herbe ; un dépotoir de la mort.

Il n'y avait pas trace d'êtres vivants. La puanteur de cadavre était si oppressante que même les fossoyeurs avaient quitté les lieux. Ils ne réapparurent qu'après le coucher du soleil, pour creuser à la lueur des torches, jusque tard dans la nuit, les fosses pour les morts du lendemain.

Et ce n'est qu'après minuit — les fossoyeurs étaient déjà repartis — que l'endroit se peupla de toute la racaille possible : voleurs, assassins, surineurs, putains, déserteurs, jeunes gens à la dérive.

Un petit feu de camp fut allumé, pour cuire des aliments et pour absorber la puanteur.

Quand Grenouille sortit de sous les arcades et vint se mêler à ces gens, ils ne firent d'abord pas du tout attention à lui. Il put s'approcher de leur feu sans être inquiété, comme s'il était des leurs. Cela les confirma, plus tard, dans l'idée qu'il s'agissait sûrement d'un esprit, ou d'un ange, ou de quelque être surnaturel. Car d'habitude ils réagissaient très vivement à l'approche d'un étranger.

Or, le petit homme, dans son habit bleu, s'était simplement trouvé là, tout d'un coup, comme s'il était sorti de terre, avec à la main une petite bouteille qu'il avait débouchée. C'était la première chose dont ils se souvenaient tous : il y avait là un type qui débouchait une petite bouteille. Et ensuite il s'était aspergé des pieds à la tête avec le contenu de cette petite bouteille et était apparu tout d'un coup inondé de beauté comme d'un feu radieux.

Sur le moment, ils reculèrent, par respect et parce qu'ils étaient stupéfaits. Mais en même temps ils sentaient déjà que ce mouvement de recul était plutôt une manière de prendre leur élan, que leur respect se muait en désir, leur stupéfaction en enthousiasme. Ils éprouvaient une attirance pour cet homme qui avait l'air d'un ange. Un tourbillon terrible les aspirait vers lui, un flux irrésistible contre lequel nul homme au monde n'aurait pu s'arc-bouter, d'autant que nul homme au monde n'en aurait eu la volonté, puisque c'était la volonté elle-même que ce flux minait et entraînait dans sa direction à lui : en direction du petit homme.

Ils avaient fait cercle autour de lui, à vingt ou trente, et resserraient maintenant ce cercle de plus en plus. Bientôt, le cercle ne put plus les contenir tous et ils se mirent à se presser, à se pousser, à se bousculer, chacun voulant être le plus près du centre.

Et puis, d'un seul coup, le dernier blocage sauta en

eux, et le cercle craqua. Ils se précipitèrent vers l'ange, lui tombèrent dessus, le plaquèrent au sol. Chacun voulait le toucher, chacun voulait en avoir sa part, en avoir une petite plume, une petite aile, avoir une étincelle de son feu merveilleux. Ils lui arrachèrent ses vêtements, ses cheveux, lui arrachèrent la peau, le plumèrent, plantèrent leurs griffes et leurs dents dans sa chair, l'assaillirent comme des hyènes.

Mais un corps humain comme cela, c'est coriace, cela ne s'écartèle pas aussi simplement, même des chevaux ont du mal à y arriver. Aussi vit-on bientôt l'éclair des poignards qui s'abattirent et tranchèrent ; des haches et des couteaux sifflèrent en frappant les articulations, en brisant les os qui craquaient. En un instant, l'ange fut découpé en trente parts et chaque membre de la horde empoigna son morceau et, tout plein de volupté goulue, se recula pour le dévorer. Une demi-heure plus tard, Jean-Baptiste Grenouille avait disparu de la surface de la terre jusqu'à sa dernière fibre.

Quand, ayant fini de prendre leur repas, les cannibales se retrouvèrent autour du feu, personne ne prononça un mot. L'un ou l'autre éructait un peu, recrachait un petit bout d'os, faisait discrètement claquer sa langue, poussait d'un petit coup de pied dans les flammes un minuscule lambeau qui restait de l'habit bleu. Ils étaient tous un peu gênés et n'osaient pas se regarder. Un meurtre ou quelque crime ignoble, ils en avaient tous au moins déjà un sur la conscience, hommes et femmes. Mais manger un homme ? Jamais de leur vie ils n'auraient pensé être capables d'une chose aussi affreuse. Et ils s'étonnaient d'avoir tout de même fait ça aussi facilement et de ne pas éprouver, cette gêne mise à part, la moindre trace de mauvaise conscience. Au contraire ! Ils avaient bien l'estomac un peu lourd, mais le cœur était tout à fait léger. Dans leurs âmes ténébreuses, il y avait soudain une palpitation d'allégresse. Et sur leurs visages flottait une virginale et délicate lueur de bonheur. Sans doute était-ce pour cela qu'ils craignaient de lever les yeux et de se regarder en face.

Mais lorsqu'ils s'y risquèrent ensuite, d'abord à la dérobée, puis tout à fait franchement, ils ne purent s'empêcher de sourire. Ils étaient extraordinairement fiers. Pour la première fois, ils avaient fait quelque chose par amour.

IMPRIMÉ EN FRANCE PAR BRODARD ET TAUPIN
Usine de La Flèche (Sarthe).
LIBRAIRIE GÉNÉRALE FRANÇAISE - 43, quai de Grenelle - 75015 Paris.
ISBN : 2 - 253 - 04490 - 3